# 墜ちてゆく男

ドン・デリーロ

上岡伸雄訳

新潮社

Don DeLillo

FALLING MAN

# 目次

FALLING MAN

by

Don DeLillo



Design by Shinchosha Book Design Division

# 墜ちてゆく男

# 第一部　ビル・ロートン

# I

もはや街路ではなかった。世界だ。落ちてくる灰で夜のように暗くなった時空間の世界。彼は瓦礫と泥の中を北に向かって歩いていた。タオルで顔を押さえたり、ジャケットを頭にかぶったりした人々が、走って彼を追い越して行った。ハンカチを口に押しつけている人々もいた。手に靴を持っている者も。ひとりの女性は右手と左手にそれぞれ靴を持って、彼を追い越して行った。走っては転んだ――彼らのうちの何人かは――混乱し、ぶざまな恰好で、そこらじゅうに瓦礫が落ちる中を。そして、車の下に避難する者たちもいた。

轟音がまだ空中に残っていた。ドドドドッと裂け、崩れていく音。これが今や世界だった。煙と灰が道路上を押し寄せてきて、角を曲がる。交差点にぶつかって、方向を変える――地殻変動のような煙の津波。会社の書類が飛び交う。標準的な便箋が刃物のような切っ先をもち、人々の体をヒュッと掠めて飛んでいく。朝の陰鬱な帳の中に現われた別世界の事物。

彼はスーツを着て、ブリーフケースを抱えていた。髪にも顔にもガラス片が刺さっている。血と光で大理石模様になった頭。「朝食スペシャル」という看板を通り過ぎたとき、彼らが走ってきた——市警の警察官たちと警備員たち——銃が揺れないように銃床をしっかり押さえて。
屋内の事物は遠く離れて見え、静寂を保っていた——本来彼がいるべき場所なのだが。それは彼のまわりじゅう至るところで起きていた。車は瓦礫に半分埋まり、窓ガラスが割れ、騒音が漏れ出ている。ラジオの音が車の残骸を引っ掻くように聞こえてくる。彼は人々が水を滴らせながら走るのを見た。スプリンクラーからの水で服も体もずぶ濡れなのだ。道路上に捨てられた靴がある、ハンドバッグもラップトップも。歩道に座りこんだ男が咳とともに血を吐き出している。紙コップが弾むように転がっていく。
これもまた世界だった——千フィート頭上の窓に見える人影が何もない空間に落ちていく。そして燃料の燃える匂い、空気を絶え間なく引き裂くサイレンの音。人々が走るところどこにでも騒音があった。層を成して周囲に積み重なる音。そして彼はその音から逃げていくと同時に、音に向かって突進していた。
それ以外にも何かがあった——これらすべての外にあるもの、これらに属していないものが、空高くに。彼はそれが落ちて来るのを見た。空を覆う煙からシャツが現われ出る。微かな光の中、シャツは浮き上がり、漂い、そして再び落ちる。川に向かって落ちて行く。
人々は走った。それから止まった——何人かは——立ったまま体を左右に揺らしている、焼け焦げた大気から息を吸い込もうとして。信じられないという発作的な叫び、罵り、行き場のない怒鳴り声。そして空中に紙が群がっている、契約書や履歴書が風に流されていく、ビジネスの断片が紙飛行機のように滑空する。

彼は歩き続けた。走る人々の中には立ち止まった者たちもいるし、わき道に逸れて行った者たちもいた。ある者たちは後ろ向きに歩いていた。あれの中心部を見つめていたのだ、現場でのた打ち回る生き物たちを。物が落ちて来る、また落ちて来る、焼け焦げた物体が炎の線を引きずっていく。

彼は二人の女性を見た。後ろ向きの行進を続けながらすすり泣き、彼よりもずっと向こうを見つめている。どちらもランニング用のショーツをはき、顔は虚脱状態だ。

彼は太極拳のグループが近くの公園にいるのを見た。ほぼ胸の高さに手を上げ、肘を曲げて立っている。まるでこのすべてが——彼ら自身も含めて——一時停止状態であるかのように。

何者かが食堂から出て来て、彼にボトルの水を手渡そうとした。埃よけのマスクをして、野球帽をかぶった女だった。彼女はボトルを引っ込めると、キャップを外し、もう一度彼に向かって差し出した。彼はブリーフケースを下に置いて、ボトルを受け取った——自分が左手を使っていないことをほとんど意識もせず。ボトルを受け取るには、ブリーフケースを下ろさなければならなかったのだ。三台のパトカーがサイレンを鳴らし、このストリートに曲がって来て、ダウンタウンに向かって走り去った。彼は目を閉じて水を飲んだ。水が体内を通り過ぎ、埃と煤も一緒に降りていくのを感じた。女は彼を見つめていた。何か言ったが、彼には聞こえなかった。彼はボトルを返し、ブリーフケースを持ち上げた。水をゴクリゴクリと飲んだときの血の味が口に残っていた。

彼はまた歩き始めた。スーパーマーケットのカートが真っ直ぐ立っていたが、中には何も入っていなかった。その背後には女性がいて、彼の方を向いていた。警察のテープを頭や顔に巻いている——事件現場がどこまでかを示す黄色い警告のテープ。この明るい色の仮面に挟まれた彼女の目は、細くて白い波紋のようだった。彼女はカートのハンドルを摑み、じっと立ち止まって、煙を見つめていた。

やがて彼の耳に二度目の倒壊の音が聞こえてきた。彼はカナル・ストリートを渡った。事物がどこか違った形で見え始めた。いつものように熱がこもっているようには見えない——丸石で舗装された道、鋳鉄製のビル。彼の周囲の事物にはどこか決定的に欠けているものがあるのだ。まだ完成されていない事物——それがどういう意味であれ。目に見えない事物——それがどういう意味であれ。店のウィンドー、荷積みデッキ、ペンキのスプレーを吹きつけた壁。おそらく、誰も見る者がいないときには、事物はこのように見えるのだろう。

彼は二度目の倒壊の音を聞いた。あるいは、それを震える大気の中に感じた。北棟が崩れ落ちている。彼方のさまざまな声がまとまって、静かな畏怖の音として聞こえてくる。彼なのだ、北棟とともに崩れ落ちているのは。

ここまで来ると空は明るくなり、彼は楽に息が吸えるようになった。彼の背後には多くの人々がいた、何千人も。ここからあそこまでの距離を満たし、隊形に近いものを組んでいる群衆。煙から逃れて歩いて来る人々。彼は止まらなければならなくなるまで歩き続けた。そしていきなり悟った、もうこれ以上行けないということを。

彼は自分が生きているのだと自分に言い聞かせようとした。しかし、その考えは漠然としすぎていて、胸に沈み込まなかった。タクシーはおらず、それぱかりか車はどんなものであれほとんど見当たらなかった。そのとき電気屋の小型バンが現われた。エレクトリカル・コントラクター社、ロングアイランド・シティ。小型バンは道路脇に停まり、運転手が助手席側の窓に向かって身を乗り出した。外に見えるものが何かを探ろうとしている——灰に覆われた男、何か粉々になったものに覆われている男。運転手はどこに行きたいのかと彼に訊ねた。トラックに乗り込み、ドアを閉めたとき、ようやく彼は理解した。自分がどこに行こうとしていたかを。

## 2

それは昼であれ夜であれ、ベッドにいるときだけではなかった。セックスは初めのころ、至るところにあった。単語の中に、フレーズの中に、中途半端な身振りの中に、場所が移動したことを単純に仄めかすようなときに。彼女が本か雑誌を置き、二人のあいだに小さな間《ま》が生じる。これがセックスだ。二人で通りを歩き、埃っぽいウィンドーに映る自分たちの姿を見る。階段の昇り降りもセックスだ。彼女が壁際を歩き、彼がすぐ後をついて来るときのこと。触れることもあり、触れないこともあり、手を軽く掠めたり、ぴったりとくっついてきたりする。彼が後ろから迫って来るのを感じる。彼の手が腿を這い登って来て、彼女の動きを止める。彼が緊張を緩めるときのこと、彼女が彼の手首を摑むときのこと。彼女が振り向いて、彼を見つめるとき、サングラスをわざと少し傾けること。あるいはテレビで映画を放送していて、女が誰もいない部屋に入り、そして女がひとりでいる限りは、電話を取るかスカートを脱ぐかはたいした問題ではなく、それを二人で見ているようなとき。借りた海辺の家もセックスだ。肩の凝る長時間のドライヴの後で、夜にその家に入って行くとき。彼女は自分の関節が固まってしまったかのように感じ、砂丘の向こう側からは柔らかな波のうねりが聞こえてくる。ドサッと落ちては、流れる。そしてこれが外界との境界線だった。屋外の闇に響く、地球の血の脈動を示す音。

彼女は座ってそのことを考えていた。心がそこに入り込んでは出て行く。結果的に長引いてしまった、結婚と呼ばれる不快な時間の最初のころ、八年前のこと。今日の郵便物が彼女の膝の上に載っていた。処理しなければならない物事があり、そんな物事を締め出してしまう事件があったが、彼女はランプの向こうの壁をじっと見つめていた。そこには彼らの姿が、まるで投影されたかのように映っている。男と女、不完全だが鮮やかで、リアルな肉体。

彼女を現実に引き戻したのは絵葉書だった。請求書や他の郵便物の上に載っている。その絵葉書——ローマに滞在している友人から送られたもの——に書かれた、月並な手書きのメッセージを一瞥し、それから葉書の絵を見た。それは十二の篇《カントー》から成るシェリーの詩『イスラムの反乱』の初版の表紙を再現したものだった。絵葉書の形になっていても、その表紙の装丁が美しいことは明らかだ。大きなRの文字が描かれ、そこに動物をかたどった装飾がついている——雄羊の頭と、象のような牙や鼻をもつ空想上の魚と思われるもの。『イスラムの反乱』。絵葉書はスペイン広場のキーツ＝シェリー記念館から来たものだった。張り詰めた数秒間のうちに、彼女は理解した、絵葉書が投函されたのは一週間から二週間前であることを。これは単純な偶然の一致にすぎないのだ。いや、それほど単純ではないのかもしれない、特にこのタイトルをもつ本の絵葉書がちょうどこのときに届けられたということは。

それだけだった。一生分くらいに思われた週の金曜日の、失われた一瞬。テロ事件から三日後だった。

彼女は母親に言った。「あり得ないことだったわ。死者たちの中から蘇ったみたいに、彼が玄関に現われたんだから。ジャスティンがここでお母さんと一緒にいてくれてよかった。あんな状態の父親を見るのは恐ろしい経験だったろうから。頭から爪先まで灰色の煤みたいっていうか、煙みたいっていうか――そこに立っていたのよ、顔も服も血まみれで」

「パズルをやってたよ。動物のパズル、草原の馬」

母親のアパートは五番街から遠くなかった。壁には、慎重に間隔をあけて絵画が掛けられており、テーブルや本棚の上には小さなブロンズ像が置かれている。この日、リビングルームは楽しげにちらかっていた。ジャスティンのおもちゃやゲームが床中に散らばっており、部屋の超時間的な性質を覆していた。これって素敵だ、とリアンは思った。そうでなければ、このような状況では声を潜めずにいられないから。

「どうしたらよいのかわからなかったわ。だって、電話も使えないんだから。結局、病院まで歩いていくことにしたの。歩いたのよ、一歩一歩、子供を歩かせるみたいに」

「そもそも、どうして彼はそこに行ったんだろうね、あなたのアパートに？」

「わからないわ」

「どうしてまっすぐ病院に行かなかったんだろう？　現場から近くの、ダウンタウンの病院に。どうして友達のところに行かなかったんだろう？」

友達とはガールフレンドを意味していた。避けようのない皮肉。母は言わずにいられないのだ、抑えられないのだ。

「わからないわよ」

「そのことについて話し合っていないのね。彼は今どこにいるの？」

「大丈夫よ。しばらく前にお医者さんの治療は終わったわ」

「何を話し合ったの？」

「たいしたことは話してないわ、体のことくらい」

「何を話し合ったの？」

彼女の母、ニナ・バートスは、カリフォルニアとニューヨークの大学で教えてきた。二年前に引退し、キースの言葉を借りれば、どこそこ大学の何とか教授という肩書きになった。膝関節移植手術を受けて以降、母は青白く、痩せ細ってしまった。ついに、決定的に、年寄りになったのだ。そうなることを求めているように思われた——くたびれた老婆になること。老齢を抱きしめ、老齢を吸収し、それで自分を包み込むこと。杖があり、薬があり、午後の昼寝があり、食事制限があり、医者の予約があった。

「今話し合うことは何もないわ。彼は、物事に関わっちゃいけないのよ、話し合うことにもね」

「無口ってわけね」

「キースがどんな人かはわかってるでしょ」

「その点については、すごい人だと感心してきたわ。何だか、深いものがあるような印象を与えるのよ。ハイキングやらスキーやら、トランプやらよりも深いものが。でも、何なの?」

「ロッククライミングもあるわ。忘れないで」

「そう、あなたも一緒に行ったのよね。忘れてたわ」

彼女の母は椅子に座り、椅子に合わせたスツールに足を載せたまま、体をもぞもぞと動かした。昼が近いのにまだローブを着たままで、タバコが死ぬほどほしいと思っていた。

「彼の無口さは好きよ。まあ、無口なのかどうかよくわからないけど」と彼女は言った。「でも、気をつけてね」

「彼が無口なのは、お母さんといるときだけよ。ていうか、そうだったのよ。何度か直接話をしたときにはね」

「気をつけて。彼は重大な危機に直面しているわ。あそこに友達が何人もいたし。それはわかってる」と母は言った。「でも、同情と善意のためにあなたの判断力が鈍るようなことになったら」

友人やかつての同僚たちとの会話があった。膝関節移植手術について、股関節置換手術について、短期間しかもたない記憶力と長期間の健康保険の残酷さについて。そのすべてがリアンの母親観とあまりにかけ離れていて、演技している部分があるのではないかと思ってしまった。ニナは老齢の侵食をドラマのように扱うことで、それに合わせようとしているのだ。皮肉っぽく距離を置くことによって。

「それからジャスティンよ。また父親と一緒に住むことになったわけだから」

「あの子は大丈夫。子供の状態なんてわからないでしょう？　あの子は大丈夫。学校にまた行き始めたわ。授業が再開されたの」

「でも、心配でしょう。わかるわ。あなたは恐怖心を募らせるのが好きだから」

「次は何かしら？　自分に問いかけない？　来月だけじゃない。これから数年間のことよ」

「次には何もないわ。〝次〟なんてないのよ。これが〝次〟だったわけ。八年前、タワーに爆弾が仕掛けられたでしょう。あのとき誰も〝次〟は何かと言わなかった。これが〝次〟だったの。恐怖を感じる時というのは、恐れる理由が何もない時なんだわ。もう遅すぎるの」

リアンは窓辺に近づいた。

「でも、タワーが崩れ落ちたとき」

「わかってるわ」

「あのことが起きたとき」

「わかってるわよ」

「私は彼が死んだと思った」

「私もそう思ったわ」とニナは言った。「たくさんの人が見ていて」

「みんな、あの男が死んだとか、あの女が死んだとか思って」

「わかってる」

「ビルが崩れていくのを見て」

「最初に一棟が崩れ、次にもうひとつが。わかってるわ」と母は言った。

母は杖を数本もっていて、その中から選んで使っていた。そして、空いた時間や雨の日などに、歩いてメトロポリタン美術館まで行った。絵画を見るためだ。彼女は一時間半かけて三つか四つの絵を見た。変わることのないものを見るのだ。彼女のお気に入りは大きな部屋、過去の巨匠たち、そして変化しないもの。目と心、記憶とアイデンティティをぎゅっと摑み、崩れることのないもの。それから彼女は家に戻り、読書した。本を読んで眠った。

「もちろん、子供は恵みだけど、それ以外はね。あなたの方がよくわかっているはずよ。あの男と結婚したっていうのは大きな過ち。それをあなたは望み、求めて行ったわけだから。結果はともあれ、何かしらの生き方をしたいと思ったのよ。何かしらのものを望み、キースがいいと思ったわけ」

「何を望んでいたのかしら?」

「キースとならそこにたどり着けると思ったのよ」

「何を望んでいたのかしら?」

「危険なくらいに生きていると感じること。これは、あなたが父親の性質として思い浮かべるものよね。でも、本当はそうじゃないの。あなたの父親は心の底では慎重な人だった。それにジャスティンはかわいくて繊細な子よね」と母は言った。「でも、それ以外は」

実のところ、彼女はこの部屋を愛していた。リアンがだ。ゲームや本が散らばっていたりしない、最も落ち着いた状態のときの部屋。母はここに数年しか住んでいないので、リアンはこの部屋を訪問客が見るように見てしまう。静寂のうちに自己完結している空間。だから、少しくらい恐怖心をそそるものがあったとしても、それが何だろう？　彼女がとりわけ好きだったのは、北側の壁に掛かっている二つの静物画だった。ジョルジョ・モランディ。母が研究し、論じてきた画家の作品。ボトルと水差しとビスケットの缶を配置しただけのものだが、その筆づかいには何かがあった。名状しがたい神秘。あるいは、花瓶や壺の不規則な輪郭に、何か内へ内へと探索していくものがあった。人間的で、漠然としていて、絵のもつ光と色からかけ離れたものが。「死せる自然《ナテユラ・モルタ》」。この「静物」にあたるイタリア語の表現は、必要以上に強烈なように思われる。どこか不吉でさえある。しかし、こうしたことを母と話したことはない。隠れた意味は風に吹かれ、旋回するがよい。権威的なコメントから解放されるがよい。

「あなたって、子供の頃、いろいろと質問するのが好きだったわね。しつこく突っ込むの。そのくせ、おかしなことに興味をもつのよ」

「それは私に関わることで、お母さんに関わることじゃなかったわ」

「キースは、自分に関わった女があとで後悔することを求めたわけ。それが彼のスタイルよ。女があとで残念に思うようなことを、わざわざさせること。で、あなたがしたことは一晩とか、一度の週末だけのことではないの。彼の人格は毎週末のために形成されているのに、あなたがしたこととときたら」

「今はその時じゃないわ」

「あなたは実際に彼と結婚したわけだから」

「で、彼を追い出したわけ。すごく強い反感がね、時が経つにつれて高まってきたの。お母さんが反感を抱いているのは、まったく別のことよ。彼は学者じゃないし、芸術家でもない。絵は描かないし、詩も書かない。もしそういうことをする人だったら、お母さんはほかのすべてを見逃してあげるんだわ。彼を並外れた芸術家扱いして、言語道断の振る舞いも許してやるのよ。教えてくれない？」

「今回は、失うことの方が多いわよ。自尊心とか。考えてみてよ」

「教えてほしいの。どういう芸術家だったら言語道断の振る舞いが許されるの？　具象派？　抽象派？」

そのときブザーの音が聞こえた。彼女はインターホンのところへ行き、ドアマンが来客を告げるのを聞いた。聞く前から誰かはわかっていた。マーティンがこの部屋に上がってくるのだ。母の恋人である。

# 3

彼は書類にサインした、それから次のに。車輪つきの寝台に載っている人々がいて、それから数人だが、車椅子に座っている人々もいた。彼は名前を書くのに苦労したし、それ以上に、病院のガウンの紐を後ろで縛るのに苦労した。リアンは彼の助けに来ていたが、そのうちいなくなった。用務員が彼を車椅子に座らせ、廊下を押して、検査室から検査室へと連れて行った。もっと急を要する患者たちが横を通り過ぎて行った。

手術着と紙のマスクをつけた医師たちが彼の気管を検査し、血圧を測った。傷や出血や脱水症状などに対する反応で、致命的になりうるものがないかどうか調べた。細胞組織への血流が減少している箇所を探した。彼の体の挫傷を検査し、目と耳を覗き込んだ。心電図を取った。開いているドアの向こうで点滴スタンドが行き来するのが見えた。医師たちは彼の握力をテストし、レントゲンを撮った。彼には理解できないことを言った。靭帯とか軟骨とか裂傷とか捻挫などについて。

男が彼の顔からガラスの破片を取り除いた。それをしているあいだ、その男はしゃべり続けた。

ピックアップと呼ぶ道具を使い、それほど深くめり込んでいないガラスの小さな破片を引き抜いた。彼は言った。重傷患者のほとんどはダウンタウンの病院か、桟橋の外傷センターにいる、と。生存者は期待したほどの数ではないとも言った。彼はこの事件に駆り立てられ、しゃべるのを止められなかった。医師たちとボランティアの人々は暇そうにしている、と彼は言った。だって、彼らが待っている人々はほとんど皆向こうに、瓦礫の下にいるんだから。もっと深いところにめり込んだ破片には鉗子を使うんだ。

「自爆テロがあるところではね、まあ、この話は聞きたくないかもしれないけど」

「わかりません」

「それが起こる場所ではね、生存者たち、近くにいて怪我をした人たちが、何カ月も経ってからだけど、こぶをこしらえることがあるんだって。もっといい言葉がないから、こぶって言うんだけど。とにかくその原因がどうも、小さな破片らしいんだ。自爆テロリストの体の一部ってこと。テロリストは爆発して、文字通り粉々になって、肉や骨の破片がすごい勢いで飛び散る。だから、破片がへばりついちゃうんだって。届く範囲内にいた人たちの体に埋め込まれちゃうんだよ。信じられる？　女子学生がカフェで自爆テロに遭い、生還する。それから数カ月して、彼女の体から肉の小さな粒が見つかる。人間の肉体の破片が肌に埋め込まれてたんだ。そういうのは有機榴散弾って呼ばれている」

彼はキースの顔からまたひとつガラスの破片を抜き取った。

「あなたの場合は、それはへばりついていないようだけど」と彼は言った。

ジャスティンの二人の親友は、十ブロック先の高層ビルに住む姉弟だった。リアンはその二人の名前を最初のうち覚えられず、〝きょうだい《シブリングズ》〟と呼んでいたら、じきにその呼び名が定着してしまった。ジャスティンはそれが彼らの本当の名前だと言い、リアンは息子のことをおかしな子だと思った。おかしなことをやろうとするときは、本当におかしいのだ。

彼女は道端でイザベルに出くわした。〝きょうだい《シブリングズ》〟の母親である。彼女らは街角でしばらく立ち話をした。

「それが子供たちのやっていることなんですよ、絶対に。でも、私も考えるようになってしまって」

「共謀しているような感じ」

「そうね、それに暗号でしゃべっているみたい。ケイティの部屋の窓際にずっと陣取って、ドアを閉め切って」

「窓際にいるんですよね」

「だって、部屋の前を通ると、話し声が聞こえてくるんです。それで私にもわかったんですよ。子供たちがあそこに立ってるんだって。窓際にいて、暗号みたいなことをしゃべってるんです。ジャスティンはあなたに話さないかしら」

「いえ、話しませんけど」

「だって、おかしな感じになってるんですよ、正直に言って。子供たちは一緒になると、最初は一箇所にうずくまって、そのうち、よくわからないんですけど、ちんぷんかんぷんなことをずっと囁き続けてるんです。子供たちって、もちろん、そういうことするもんですけど、それにしても」

リアンは何の話かまったくわからなかった。三人の子供たちが一緒に子供らしいことをしているだけではないか。

「ジャスティンは天気に興味をもち始めたんです。学校で雲の勉強をしているらしいから」とリアンは言ったが、自分でもそれが意味のない返事であるとわかっていた。

「雲のことを囁き合っているわけではないんですよ」

「そうですか」

「ある男に関係があるんです」

「どんな男？」

「こういう名前。聞いたことがあるはずですよ」

「こういう名前」とリアンは言った。

「子供たちが囁き合っているのはその名前じゃないかしら？　うちの子たちはそのことを話したがらないんですよ。ケイティは仕切りたがるし。弟に恐怖心を植えつけるんです。あなたなら何か知ってるんじゃないかと思って」

「いえ、わかりません」

「ジャスティンは何か言いません？　そのことについて」

「いえ。どんな男ですか?」

「どんな男?　まさにそれね」とイザベルは言った。

彼は背が高く、髪を刈り込んでいた。軍隊の人のようだな、と彼女は思った。職業軍人のよう。まだまだ体格は立派で、ベテランという雰囲気を漂わせ始めている。戦闘経験が豊富というより、このつまらない人生の厳しさに慣れている。おそらく離脱に慣れているのだろう。ひとりで生きることに。距離をおいて父親を演じることに。

彼はいまベッドから彼女を見ていた。数フィート離れたところで、シャツのボタンを留めている彼女。二人は同じベッドで眠るようになっていた。彼にソファを使えとは彼女には言えなかったし、彼が隣にいてくれるのが好きだったから。彼は眠っているようには思えなかった。仰向けになり、話をしたが、彼はたいてい聞いているだけで、それはそれでよかった。男がどう感じるものなのか、彼女はいちいち知りたいと思わなかった。もはやそういう気持はなかった——この男に対しては。彼女は彼が作り出す空間が好きだった。彼の前で服を着るのが好きだった。服を着終える前に、彼が自分の体を壁に押しつける——そうなる時間が迫っているのを感じた。彼がベッドから出て、彼女を見つめる。彼女はやっていたことをやめ、彼が来るのを待つ。彼女を壁に押しつけるのを待つ。

彼は機械に囲まれた空間に置かれた細長いテーブルに横たわっていた。膝の下に枕があり、上にはレール式のトラック照明がある。その中で彼は音楽を聴こうとした。CTスキャナの大きな騒音に包まれながら、楽器に神経を集中させようとした。ひとつの楽器群を別のものと分けようとする——弦楽器、木管楽器、金管楽器。激しくスタッカートを打つ音、メタリックな騒音の中にいると、自分がSF小説の都市にいるような気がしてきた。今にも崩壊しそうな都市の中心に深く入り込んだような気分。

彼は細部を映し出す装置を手首に巻いていた。そして、無力に監禁されているという感覚から、ロシア人女性のX線技師が言ったことを思い出した。彼は彼女の訛りに元気づけられるように感じた。単語ごとに重きを置くのは生真面目な人間のすることだし、だからこそ彼女に選んでくれと言われたとき、彼はクラシック音楽を選んだのだ。彼女が彼のヘッドフォンに向かって話しかけてきた。次の一連の騒音は三分間続くと言う。そして音楽が再開されたとき、彼はナンシー・ディナースティンのことを思い出した。彼女はボストンで睡眠クリニックを開業しており、人々は眠りに就かせてもらうために彼女に金を払った。あるいは、もうひとりのナンシー（名字は何だったことやら）。短い期間だが、ちょっとした性行為が単発的にあった。このときはポートランド——オレゴン州のポートランド。都市には名字があるのに、女にはない。

騒音は耐えがたかった。バンバンと叩きつけるような音と、様々な高さの電子パルス音とが交互に鳴り響く。彼は音楽に耳を傾け、X線技師が言ったことを考えた。ロシア語訛りでこう言ったのだ。終わればすぐ、起きたことすべてを忘れてしまいます、だからたいしたことないですよ。そう言われて彼は思った。死ぬときのことを言い表わしているみたいだ。しかし、それは別の問題ではないか。別の音が鳴っているのではないか。そこに囚われた人間は二度と管から出てくることはないのだから。彼は音楽を聴いた。フルートを聞き取ろうとし、それをクラリネットと区別しようとした——あれがクラリネットならば。しかし彼にはそれができず、それに対抗できる力はナンシー・ディナースティンだけだった。ボストンで酔っ払っている彼女。それを思い出し、彼は愚かしくも勃起してしまうのを抑えられなかった。隙間風の入るホテル、川の一部分が見える部屋で、彼女と過ごしたこと。

ヘッドフォンに声が聞こえてきた。次の騒音は七分間続くと言っていた。

彼女はその顔を新聞で見た。アメリカン航空十一便に乗っていた男。現時点で、十九人のうちで彼だけが顔を有しているように思われた。写真からこっちを見据え、張り詰めた顔をしている。その厳しい目つきはあまりにも事情に通じているようで、運転免許証の写真にはそぐわないように思われた。

彼女は大手出版社の編集主任であるキャロル・シュープから電話をもらった。キャロルはときどきリアンに仕事を与えていた。リアンはフリーランスの編集者で、普段は自宅か図書館で仕事をしている。

ローマから絵葉書を送ったのはキャロルだった。キーツ゠シェリー記念館の絵葉書。そして彼女は帰ったときに「私の絵葉書受け取った？」と大声で訊ねるような人だった。

いつも、どうしようもない不安と燻り始めた怒りとの中間に漂うような声で。

その代わり、今日の彼女は穏やかな声で訊ねた。「今、まずいかしら?」

彼がドアから入って来て、人々がその話を耳にするようになってからの数日、彼らはリアンに電話してきて言った。「今、まずいかしら?」

もちろん、彼らが言いたいのは「今忙しい?」、「忙しいわよね、いろんなことがあったんだから」、「あとで電話しようか?」、「何かできることある?」、「彼の様子はどう?」、「彼はしばらくいるの?」などだった。そして最後には、「いつか食事でもしない? 四人で、どこか静かなところで」

奇妙なことだった。リアンがこんなにも素っ気なく、口数が少なくなってしまうなんて。あのフレーズを嫌うようになった。自己増殖するDNAをもつという以上には何も特徴のないフレーズ。そして彼女はそうした声を信用しなくなった。滑らかながら陰気な声。

「だって、もしまずいようなら」とキャロルは言った。「いつでもかけ直すし」

彼女は、生存者を保護しているために自分が利己的になっているとは思いたくなかった。自分が特権をもったかのような態度は取りたくない。彼はこの場所にいたいのだ。様々な声や顔、神や国家といったものの熱狂の外に出て、静かな部屋にひとりきりでいたいのだ。そばにいるのは大切な人だけというところに。

「ところで」とキャロルは言った。「私の絵葉書届いた?」

彼女は建物のどこかから音楽が聞こえてくるのに気づいた。下の階だろう。彼女はドアの方に二歩進み、受話器を耳から離した。それからドアを開け、じっと耳を澄ませた。

彼女はベッドの足元に立ち、そこに横たわっている彼を眺めた。ある晩遅く、仕事を終えてから、ついに彼に対して静かに訊ねた。

「どうしてここに来たの？」

「それが問題だ、ということ？」

「ジャスティンのためよね？」

これは彼女が求めていた答えだった。最も筋の通った答えだったからだ。

「あなたが生きている姿をジャスティンが見られるように」

しかし、これは答えの半分でしかなかった。彼女は悟った。これ以上のことを聞く必要があるのだ、と。彼の行動、あるいは直感、あるいは何であれ、それに対するもっと幅広い動機が。

彼はしばらくじっと考えていた。

「再現するのが難しいんだ。自分の頭が何を考えていたのかわからないんだよ。バンに乗った男がやって来た。配管工だと思う。彼がここに連れて来てくれた。彼は車のラジオが盗まれていたんで、サイレンの音から何かが起きたということを知った。でも、何が起きたかはわからなかった。ある時点で、彼はダウンタウンを見渡せるところに出たんだけど、タワーがひとつしかなかった。ひとつのタワーがもうひとつを隠しているんだろうと彼は考えた。あるいは、煙に包まれてしまったんだろう、と。煙が見えたからね。彼はしばらく東に向かって車を走らせ、もう一度見たんだけど、やっぱりタワーがひとつしかない。タワーがひとつだけなんておかしい。それからアップタウンに向かって走り始めたんだけど、それは目的地がそこだったからで、そのとき僕を見つけて、拾ってくれたんだ。そのときには、第二のタワーも倒壊していた。三年間にラジオ八台だ、と彼は言った。みんな盗られたんだ。電気工だったかな。水のボトルを持っていて、それを僕にずっと勧めていた」

「あなたのアパートは？　そこには行けないってわかっていたのね」

「あのアパートがタワーに近すぎるのはわかっていた。それに、たぶん行けないってわかっていたし、そのことを考えもしなかったように思う。どちらにしろ、それだからここに来たわけじゃない。それ以上の理由があったんだよ」

彼女は気分が少し楽になった。

「彼は僕を病院に連れて行こうとした。バンの運転手だよ。でも、僕がここに行きたいって言ったんだ」

彼は彼女を見つめた。

「僕がここの住所を告げたんだよ」と彼は強調し、彼女はさらに気分が楽になった。

それは簡単だった。入院なしの手術。靱帯か軟骨だ。リアンが待合室で待ち、彼をアパートに連れ帰ることになっていた。手術台の上で彼は友人のラムジーのことを考えた。少しだけ、意識を失う寸前か直後に。医師は——麻酔医のことだが——彼に鎮静剤か何かをたっぷり注射した。

あるいは、記憶を抑制する薬が含まれていたかもしれないし、二本打たれたのかもしれない。しかし、窓際に座っているラムジーの姿が浮かんできて、ということは、記憶が抑制されていないか、薬がまだ効いていないということだった。夢、目覚めているときの幻影。何であれ、それは煙に包まれたラムジーと、物が崩れていく様だった。

彼女はありきたりのことを考えながら車道に出た。夕食のこと、クリーニング、預金の引き出し、それでお終い、家に帰る。

いま編集中の本に関しては、真剣にやらなければならない仕事があった。大学出版局から出版される、古代文字についての本。締め切りが近づいている。まず何よりそのことがあった。

彼女は、買ったマンゴーのチャツネについて子供が何て言うだろうと考えた。もしかしたら、もう食べたことがあるかもしれない。〝きょうだい《シブリングズ》〟の家で食べてみて、気に入らなかったかもしれない。というのも、ケイティがそのことを話していたから。あるいは、誰かが話していたから。

著者はブルガリア人で、英語で書いていた。

そのときこんなことが起きた。タクシーが何重にも並んで、彼女に向かって走って来る。三列か四列、大通りの一ブロック先の信号から。彼女は横断の途中で足を止め、どうしようかと考える。

サンタフェで、彼女は店のウィンドーにエスニック・シャンプーという看板を見つけたことがある。キースと別居中、付き合っていた男とニューメキシコを旅していたのだ。テレビ局の重役で、嫌味なほど本を読み、歯はレーザーで真っ白にしていた。彼女の細長い顔が好きだと彼は言った。それから、物憂げでしなやかな体が、そのごつごつした先端に至るまで好きだ、と。彼が彼女の体を吟味していくやり方ときたら――指が凹みや隆起をたどっていき、それぞれを地質年代に合わせて名づけていく。そうして彼女を笑わせた、断続的に一日半。あるいは、それは彼らがセックスした標高のせいにすぎないのかもしれない。高地の砂漠の空の下でセックスしたということ。

向こう側の歩道に向かって走りながら、彼女は自分が肉体を失い、スカートとブラウスだけになったように感じた。何ていい気持だろう、ビニールのちらちらとした輝きの陰に隠れるって。クリーニングの細長いビニール袋を持った腕を伸ばし、タクシーに対して身を守るように掲げる。彼女は運転手たちの目を想像してみた。興奮のあまり目を細め、頭をハンドルにぴたりとくっつけている。そしてそこには、彼女自身の問題があった。母の恋人であるマーティンが言ったように、この状況に負けてはいけないということ。

そのことがあった。それに今朝、シャワーを浴びていたキースのこと。水流の下で麻痺したように動かない姿、プレキシグラスのずっと奥のぼんやりとした影。

しかし、どうしてそんなことを思いついたのだろう。エスニック・シャンプーなんて、それも三番街のど真ん中で。これは、古代文字の本でもおそらく答えられない問いだろう。細部に至る解読、土器や木の皮や石や骨やスゲなどに刻まれた文字についての本でさえ。彼女自身を笑う冗談なのだが、問題の本は古い手動タイプライターで書かれていて、原稿には著者が手書きの修正を加えていた。この文字が情感たっぷりなのだが、判読不能だったのだ。

最初の警察官は、ここから東に一ブロックのところのチェックポイントに行けと言った。彼がそうすると、そこには憲兵隊や高機動多用途車両《ハムヴィー》に乗った兵士たち、ダンプカーや清掃車の一団がいて、通行止めのバリケードを開け、南に向かって進んでいた。彼は写真入の身分証明書で住所を示し、二番目の警察官は東側の次のチェックポイントに進めと言った。彼が行ってみると、ブロードウェイの真ん中が鎖のバリケードで閉ざされ、ガスマスクをした兵士たちがパトロールしていた。彼はチェックポイントの警察官に言った。猫に餌をやらなければいけないんです、猫が死んだら子供が悲しむんです、と。警察官は同情してくれたが、次のチェックポイントで聞いてみろと言った。消防車や救急車が来ていた。州警察のパトカー、平床型トラック、起重機を載せた車などが、バリケードを通って、砂と灰の幕の中へと入って行った。

彼は次の警察官に住所と写真入の身分証明書を示し、猫に餌をやらなければいけないと言った。三匹もいるんです、猫が死んだら子供たちが悲しむんです、と。それから左腕の副木を見せた。巨大なブルドーザーや掘削機の一団がバリケードを通るので、彼は脇に寄らなければならなかった。地獄の機械のエンジンが回転速度を上げていくような音を立てている。彼は警察官にもう一度同じことを話し、手首の副木を見せて、十五分間だけでいいんですと言った。アパートに行って猫に餌さえやれれば、アップタウンのホテルに戻りますから。そこには動物を連れ込むわけにいかないんで。子供たちには安心するように言います。警察官はオーケーと言い、でもそこで誰何されたら、ここではなく、ブロードウェイのチェックポイントを通ったと言ってくれ、と言った。

彼は凍りついたような地域を進んで行った。南へ、西へ、小さなチェックポイントを通り、それ以外のチェックポイントは迂回した。戦闘服を着て拳銃を携行した兵士たちがいた。ときどき彼はマスクをした人影にも気づいた。男か女かはわからない、ぼんやりと浮かぶ、こそこそとした姿。彼以外の民間人はそれしかいない。道路も車も灰で覆われ、縁石にはゴミ袋が高く積み上げられて、ビルの側面に凭せかけてあった。彼はゆっくりと歩いた。正体のわからないものが出てくるかどうかと目を見張りながら。すべてが灰色だった。弱々しく、打ちひしがれていた。波形鉄板のシャッターで閉ざされた店。それはどこか別世界の都市だった。永遠に包囲された都市。空気中の悪臭は肌にも染み通った。

彼はナショナル・レンタ・フェンス社のバリケードから煙霧の中を覗き込んだ。湾曲した金網のようなものがもつれ合っていた。崩れ落ちていない最後のもの、タワーの鉄骨の残骸。彼はこのタワーで十年間働いたのだ。死者はいたるところにいた。空中に、瓦礫の中に、近くの屋根の上に、川から吹いてくる微風の中に。死者は灰になり、道路沿いの窓に降り注いだ。彼の髪にも、服にも。

ふと気づいた。フェンスのところで誰かと一緒になったのだ。マスクをして、沈黙を守りつつ、それを破るタイミングを計っているような男。

「あれを見なよ」と彼はついに言った。「自分に言い聞かせたんだ、現場に立っているんだって。信じられないよ、ここに来て、自分の目で見ているなんて」

彼の声はマスクのせいでくぐもっていた。

「事件が起きたとき、僕はブルックリンまで歩いたんだ」と彼は言った。「そこに住んでいるわけじゃない。家はアップタウンのウェストサイドなんだけどね、職場がこのあたりなんだよ。あれが起きたとき、みんな橋を渡って、ブルックリンに向かっただろ。だから一緒に行ったんだ。橋を渡ってね。だって、みんな橋を歩いて渡っていたから」

言語障害者の声のように聞こえた。言葉が遮られ、ぼやけている。男は携帯電話を取り出し、番号を押した。

「現場に立ってるんだ」と彼は言ったが、同じことを繰り返さなければならなかった。話している相手が彼の声をはっきりと聞き取れなかったためだ。

「現場に来ているんだよ」と彼は言った。

キースは自分のアパートの方向へと向かった。ヘルメットをかぶり、ニューヨーク市警のウィンドブレーカーを着た三人の男たちがいた。短い紐につないだ捜索犬を連れている。三人が彼の方に歩み寄り、そのうちのひとりの男が問いかけるように首を傾げた。キースはどこに行くつもりかを彼に語り、猫と子供たちのことも付け加えた。男は立ち止まり、ワン・リバティ・プラザが今にも倒壊しそうだと告げた。キースの目的地に近い、五十階を超えるビルのことだ。ほかの男たちはいらいらした様子で待っていた。最初の男が彼に言った。ビルが本当に眼に見えるくらい動いているんだ、と。キースは頷き、彼らが立ち去るのを待った。それからもう一度南に向かい、また西に向かった。通りはほとんどひと気がなかった。二人のユダヤ教ハシディズム派の男たちが、窓ガラスの割れた店の前に立っていた。この男たちは千年も生きているように見えた。彼が自分のアパートに近づくと、防毒マスクと防護用ボディスーツをつけて働く者たちが見えた。巨大なバキューム・ポンプを使って、歩道を清掃していた。

正面玄関は吹き飛ばされたのか蹴破られたのか、破壊されていた。これは強奪のためではあるまい、と彼は思った。人々は必死に身を守れる場所を探したのだろう。タワーが倒壊したとき、どこでもいいから隠れようとしたのだ。玄関ホールは地下にたまったゴミの匂いがした。電気が回復したのはわかっていたので、エレベーターを使わない理由はなかったのだが、彼はそれでも九階の自分の部屋まで階段で上った。三階と七階で立ち止まり、細長い廊下の端でひと息ついた。じっと耳を澄ませた。ビルはもぬけの殻のようだった。人の気配も声もしない。彼は自分の部屋に入り、しばらく何もせずに周囲を見回した。窓には砂と灰の染みがつき、紙切れが何枚もへばりついており、一ページ丸ごと煤に埋まっているのもあった。ほかのすべては、火曜日の朝、彼が仕事に出かけたときのままだった。そのときの状態を覚えていたわけではない。彼はそこに一年半しか暮らしていなかった。別居後、自分の生活を中心に考えて、オフィスに近い場所に住処を見つけたのだ。狭い行動半径に満足し、細かなことに気づかないようにしよう、と。

しかし、このときの彼は見回した。窓を汚している煤の隙間から光がいくらか入ってくる。彼はこの場所をいつもとは違う目で見た。ここに自分はいて、はっきりと見える。自分にとって重要なものは、この二部屋半の場所に何もない。薄暗く静かな部屋。空き部屋のような、わずかな香り。カードテーブルがあった。それだけだ。毛羽立った緑色の表面はベーズ地かフェルト地。毎週、ポーカーをした場所。ポーカー仲間のひとりがベーズだと言った。それはフェルトの模造品だ、と。キースはそんなものだろうと思った。彼の一週間、一カ月の中で、心を煩わせずに過ごせるポーカーの時間。人と人のつながりが断ち切られたときの、血なまぐさい痕跡が何もない。コールするか降りるか。フェルトかベーズか。

彼がここに来るのはこれが最後になる。猫などいない、服があるだけだ。彼はスーツケースにいくつかの品を入れた。シャツとズボンを数着、スイスで買ったトレッキング・ブーツ、あとはどうでもいい。これとあれとスイスのブーツ。なぜならブーツは重要だし、カードテーブルも重要だが、もはやテーブルは必要ない。ポーカー仲間の二人は死んだし、ひとりは重傷を負った。スーツケースひとつ、それだけだ。パスポートと小切手帳、出生証明書、ほかにいくつかの書類、身分を証明する政府文書。彼は立ち上がって、見回した。そして凄まじい孤独を感じ、それが手で触れるような気がした。窓に張りついた一ページの紙が微風に揺れていて、彼はそれが読めるかどうか近づいてみた。しかし読まずに、隙間から細長く見えるワン・リバティ・プラザを見つめた。そして何階あるか数え始めたが、半分くらいで興味を失い、別のことを考え始めた。

彼は冷蔵庫を覗き込んだ。おそらく彼はここにかつて住んでいた男のことを考えていたのだろう。手がかりを求めて、飲み物の壜や紙パックを調べてみた。窓のところで紙がかさかさと音を立てた。彼はスーツケースを手に取ると、ドアから外に出て、鍵をかけた。廊下を十五歩ほど、階段から逆方向に行ったところで、彼はかろうじて囁き声を上回る程度の声で言った。「現場に来ているんだ」、それからもっと大きな声で、「現場に来ているんだ」。映画でなら、建物の中に誰かがいるだろう。精神的な打撃を受けた女性、またはホームレスの老人。そして会話があり、クローズアップがあるだろう。

実際のところ、彼はエレベーターに怯えていた。そのことを意識したくはなかったのだが、せずにいることもできなかった。彼はロビーまで階段を下りた。一歩下りるごとに、ゴミの匂いが近づいてくる。バキューム・ポンプの男たちはいなくなっていた。現場から巨大な機械のうなる音、ガリガリと土を削る音が聞こえた。土砂を掘削する機械、コンクリートを粉々に砕くパワーシャベル。それから危険を知らせるクラクションの音、近くの建物が倒壊する恐れを伝えている。彼は待った。彼らはみな待った。それからまた削る音が始まった。

彼はこの地域の郵便局に行き、まだ配達されていない自分の手紙を入手した。それから北のバリケードに向かって歩いた。こんなときにタクシーを見つけるのは難しいだろうなと考えながら。何しろニューヨークのタクシー運転手はみんなムハマッドという名前なのだ。

# 4

彼らの別居にはある対称性が認められた。二人とも、ある集団に対して不変の忠誠心を抱いていたからだ。彼にはポーカーの仲間たちがいた。六人で、一週間に一度、ダウンタウンに集まる。彼女にはストーリーラインのセッションがあった。イースト・ハーレムで、これも毎週、午後に集まる。メンバーは五人か六人か七人、認知症の初期段階にある人々だ。

ポーカーはタワーの倒壊とともに終わったが、セッションはある種の熱を帯びるようになった。メンバーたちは折りたたみ椅子に座った。ベニヤ板でできた間に合わせのドアがある、大きなコミュニティ・センター。玄関の壁には常にバンバンガタガタと叩くような音が反響している。走り回る子供たち、特別クラスにいる大人たちがいた。ドミノや卓球をする人々、地域の老人たちに届ける食物を用意しているボランティアの人々。

グループは臨床心理士によって始められたのだが、会合の運営はリアンひとりに委ねられた。会合は厳密に言えば、士気を高めるために行われていた。彼女とメンバーたちは、世界や彼らの人生における出来事について、しばらく話をする。それから彼女が罫線入りのメモ帳とボールペンを配り、彼らに書けそうなトピックを提案するか、ひとつ選んでくれと言う。「父親の思い出」といったようなものだ。あるいは、私がずっとやりたかったけれどもできなかったこと。私の子供たちは私がどういう人間かを知っているか。

彼らは書くことにおよそ二十分間を与えられ、それから各自が書いたものを順番に読み上げた。ときに、それは彼女を怯えさせた。言葉がつかえる最初の兆候が見えること、記憶の欠落や衰え。時として見られる不吉な予兆——個人というものを成り立たせている、記憶の粘着と摩擦から精神が滑り落ちていくこと。それは言語から、逆さになった文字から、苦労して書いた文章の最後の語が欠落していることから感じられた。ぐしゃぐしゃになっていく手書きの文字に現われていた。しかし、メンバーたちは高揚した時間を千回も経験してきた——書くという行為が可能にする洞察と記憶の交差点に出会えれば。彼らは大声でしばしば笑った。自分自身に入り込んでいった。のたうち転がっている物語を見つけ出した。こうすることがどんなに自然に思われたか、自分自身についての物語を語ることが。

ローゼレン・Sは、四年間姿を消していた父親が帰って来たのを覚えていた。そのときには顎鬚を生やし、頭を剃って、片方の腕をなくしていた。十歳のときに起きたこの出来事を、彼女は取り留めなくも、ひとつに収斂していくような形でしゃべり続けた。物理的な状態を鮮明に詳述するとともに、夢を見ているように回想する——表面上は何の関連もないものがひとつになっている。ラジオ番組、ルーサーという名の従兄弟が二人いたこと、母が誰かの結婚式に着て行ったドレス。そして彼らは、彼女が半分囁き声で「片方の腕をなくして」と読み上げるのを聞いた。

隣の椅子に座っているベニーは目を閉じ、話のあいだずっと体を揺らしている。ここは祈りの部屋だ、とオマー・Hは言った。彼らは最終的な権威の力を呼び起こしたのだ。誰も彼らが知っていることを知らない——すべてが終わる前の、最後の明晰な時間において、彼らが何を知っているかを。

自分の書いたものに署名するとき、彼らはファーストネームを書き、ラストネームのイニシャルを添えることにした。これはリアンのアイデアだ。ちょっと気障かもしれない、と彼女は思った。ヨーロッパの小説の登場人物みたいだ。彼らは登場人物であり、著者でもある。何でも好きなことを言い、それ以外のことはそっと心の奥にしまっておく。カーメン・Gは、自分の文章を読むとき、スペイン語で飾り立てたがる。事件や感情の聴覚的な核心を摑むためだ。ベニー・Tは書くのが嫌いで、話したがる。会合にパンを持ってくるのだが、ジャムをつけた大きな睾丸といった形で、誰も触りたがらない。玄関には騒音が響いている。子供たちがピアノやドラムを叩き、ローラースケートをする者たちもいる。大人たちの声や訛り、ごたまぜの英語が建物を漂っていく。

メンバーたちは辛い日々について書き、幸せな思い出について、娘たちが母親になったことなどについて書いた。アンナは書くことから受けた啓示について書いた。自分が十語も書けないと思っていたのに、今では言葉が湧き出すようになった、と。これはアンナ・C、この地域の住人である太った女性だ。ほとんどすべてのメンバーがこの地域の住人だった。最長老はカーティス・B、八十一歳の長身で無口な男。刑務所にいたことがあり、朗読する声はブリタニカ百科事典の項目を読んでいるような響きがある。州刑務所にいたとき、この百科事典を最初から最後まで読んだからだ。

メンバーたちが書きたがっているテーマがひとつあった。オマー・Hを除く全員がそれについて書きたいとしつこく言った。そのことでオマーはいらついたが、最後には同意した。彼らは同時多発テロについて書きたがったのだ。

彼がアップタウンに戻ったとき、アパートは空っぽだった。彼は郵便物を仕分けした。いくつかの郵便物で名前のスペルが間違っている。これは珍しいことではない。彼は電話の近くにあるマグカップからボールペンを取り、封筒の宛名の修正を始めた。いつこれをし始めたのか覚えていないし、どうしてするのかもわからなかった。やらなければいけない理由はない。ただ、名前のスペルが間違っていたら、それは自分ではないということで、それが理由だった。彼は修正を始め、常にするようになり、そして蛇の脳が知覚するようなレベルで理解していた。これをしなければならないし、これからの年月も、何十年もし続けなければならないだろう。彼はその未来をはっきりとした言葉で表現することができなかったが、それでもそこにあった――頭蓋骨の下で音を立てていた。彼は第三種郵便で来た広告の手紙など、どうでもいいものまではスペルミスを修正しなかった。最初はやりそうになったが、それはやめた。ジャンクメールはまさにそうした理由で作られたのだ。世界中のアイデンティティをあらかじめひとつに分類するため――名前のスペルミスもそのままに。ほかのほとんどの場合、彼はスペルミスを修正した。姓のニューデッカー（Neudecker）の第一音節の文字が間違っている場合に。そうしてから、彼は封筒を開けた。ほかの人の前ではスペルミスの修正はしなかった。これは彼が用心深く隠そうとしていた行為だった。

彼女はワシントン・スクエア公園を歩いていた。すぐ前を歩いていく学生は携帯電話に向かって「できればね」を連発している。よく晴れた日で、チェス盤に向かう人々がいるかと思えば、ワシントン・アーチの下ではファッション雑誌の撮影が行われていた。彼らは「できればね」と言った。「なんてこと」とも言った、喜んだり少し恐れ入ったりして。若い女性がベンチにヨガの蓮華坐で座り、読書している。リアンは床にあぐらをかき、俳句を読んだ時期があった。父の死から数週間、数カ月間。彼女は芭蕉の句を思い出した、上の句と中の句だけだったが。下の句が思い出せないのだ。京にても京なつかしや。最後が思い出せず、しかし思い出す必要もないように思われた。

三十分後、彼女はグランドセントラル駅にいた。母が乗っている電車を出迎えるためだ。彼女は最近ここに来ていなかったので、市や州の警察官たちが何人も固まっていたり、州兵が犬を連れていたりする姿に違和感を覚えた。ほかの場所、ほかの世界なら、と彼女は思った。薄汚れた停車場、主要な交差点などでなら、これは日常茶飯事だし、これからもそうだろう。それは考え抜いた意見というよりも心の閃き、記憶の吹き降ろしのようなものだった——彼女が見てきた都市、群衆と熱気。しかし、ここでは通常の秩序の存在も目につくようになっていた。写真を撮る観光客、あわただしく行き過ぎる通勤客。彼女はインフォメーションデスクに向かい、到着ホームの番号を調べようとした。そのとき、四十二丁目の出口付近の何かが彼女の目を捕らえた。

出口の両側に人々が集まっていた。ドアから入ってくる人たちもいたが、みな外で起きていることに気を取られている様子だ。彼女は込み合った歩道に出た。交通が渋滞し、クラクションが鳴り響いている。彼女は店の前をそろそろと歩いて行き、パーシング・スクエアをまたぐ緑色の鉄鋼建造物を見上げた。駅を両方向に迂回する高架道の一部である。

ひとりの男がそこに宙吊りになっていた。道路の上に、逆さまに。その男はビジネススーツを着て、片方の脚を曲げ、両腕を脇腹にぴったりつけている。安全ベルトがかすかに見えた。真っ直ぐに伸ばした脚の先から現われ、高架橋の装飾つきの手すりに固定してある。

彼女はこの男のことを聞いたことがあった。「落ちる男」として知られているパフォーマンス・アーティスト。先週、彼は何度か現われていた。予告なしに、ニューヨークの様々な場所に。どこかの建造物にぶら下がり、いつでも逆さまで、スーツとネクタイと革靴を身につけていた。もちろん、この男はあの瞬間を蘇らせようとしているのだ。燃え上がるタワーから人々が飛び降りた、あるいは飛び降りざるをえなかった瞬間。彼はホテルのアトリウムのバルコニーからぶら下がっているところを目撃された。コンサートホールや二、三のアパートから警察官によって退去させられたこともあった。みなテラスがついていたり、屋根に昇れるようになっていたりする建物である。

車はもはやほとんど動けない状態だった。男に向かって怒鳴っている人々もいた。この光景に憤っていたのだ。人間の絶望を操り人形のように再現していることに。肉体が最後の一瞬に吐く息、それが担っているもの。それは世界の凝視を担っている、と彼女は考えた。そこには恐ろしい率直さがあった。我々が見たこともないもの。落下する人間ひとりの姿が集団的な恐怖を引き起こす。我々すべての中に落ちてくる肉体。それが今、ささやかな演し物《だもの》となった、と彼女は考えた。渋滞を引き起こすほど不穏な演し物。彼女は逃げるように駅に戻った。

母は改札口で待っていた。下の階で、杖に寄りかかって。

母は言った。「あそこにはいられなくなったんだよ」

「少なくとも、もう一週間はいると思ったわ。ここよりはあそこの方がいいでしょう」

「アパートに戻りたいんだ」

「マーティンはどうなの？」

「マーティンはまだあそこにいるよ。口喧嘩したままさ。私は肘掛け椅子に座って、ヨーロッパの本を読みたいんだよ」

リアンがバッグを受け取り、二人でエスカレーターをメインコンコースまで上った。天井に近い明かり取りから陽光が斜めに射し込み、メインコンコースは埃っぽい光に浸されていた。東のバルコニーに向かう階段の近くでは、十人くらいの人々がガイドのまわりに集まり、天井に描かれた金箔の星座を見上げている。その近くには州兵が犬を連れて立っており、母はその男の制服についてケチをつけずにいられなかった。マンハッタンの中心部でジャングルを模した服を着てどうするのだろう。

「みんな、マンハッタンから出て行ってるわ。なのにお母さんは戻って来た」

「誰も出て行ってないよ」と母は言った。「出て行く連中はもとから住んでたわけじゃないのさ」

「実を言うとね、私も考えたの。子供を連れて出て行こうかって」

「気分が悪くなること言わないで」と母は言った。

ニューヨークにても、と彼女は考えた。もちろん、俳句の下の句については間違っていた。それはわかっている。どんな言葉であれ、それが俳句の決定的な部分なのだ。ニューヨークにてもニューヨークなつかしや――。

彼女は母を先導してコンコースを横切った。続いて通路を進み、メインエントランスから三ブロック北の出口を目指した。そこでなら交通の渋滞はなく、タクシーが拾えるだろう。逆さまになり、落下している状態で停止している男の影も形もないはずだ。同時多発テロから十日経っていた。


これって、面白くない？　夫と寝ること。三十八歳の女と三十九歳の男が、セックスの吐息の音などまったく立てずに。彼は元夫だが、法律上はまだ元夫ではない。別の人生で結婚した、見知らぬ男。彼女は服を着て、服を脱いだ。彼はそれを見て、見なかった。それは奇妙だったが、面白かった。テンションは上がらなかった。これは極端に奇妙だ。彼女は彼にここにいてほしかった、近くに。だが、自己矛盾とか自己否定とかの呵責はまったく感じなかった。ただ待っているだけ、それだけだ。大きな停止状態——簡単には片づけられない、千にも及ぶ不快な昼と夜を自覚しているからこその待機。これには時間がかかる。通常の物事が起きるようには起きないのだ。そしてこれは面白い。寝室を歩き回ること、いつものように半裸で。そして過去に対して尊敬の念を示すこと。過去の間違った種類の熱意、相手をずたずたにするほどの情熱に対する敬意。

　彼女は接触を望み、それは彼も同じだった。


ブリーフケースは普通のものよりも小さく、赤茶色で、真鍮の金具が付いていた。それがクロゼットの床に置いてあった。彼は以前も同じブリーフケースをそこで見たことがあったが、そのとき初めて自分のものではないと気づいた。妻のではないし、自分のでもない。見たことはあった。そこに置いたのも半分は自分である。長らく失われていた距離を隔て、自分の手の中にある物体として、右手で、灰で白くなった物体を。しかし、今まで彼はどうしてそこにそれがあるのかわかっていなかった。

　彼はブリーフケースを取り上げ、書斎の机まで運んだ。彼がここまで運んだからここにあるのだ。彼のブリーフケースではないが、彼がタワーから運び出し、この家の戸口に現われたときも手にしていた。そのあと、どうやら彼女が汚れを落としてくれたらしい。彼は立ちすくんでそれを見つめていた。肌理の粗いフルグレーンレザーは、年月を経て、いい感じの艶が出ている。バックルのひとつには焼け焦げの痕がある。彼は親指を取っ手の部分に走らせてみた、自分がどうしてこれを運び出したのか思い出そうとしながら。せっかちに開けてみようとはしなかった。これを開けたくはないのだと思い始めたが、どうしてなのかはわからなかった。指の関節を前面のフラップに走らせ、ストラップのひとつのバックルを外した。壁の星図に太陽の光が当たっていた。彼はもうひとつのストラップを外した。

ヘッドフォンとCDプレーヤーが入っていた。スプリングウォーターの小さなボトルもあった。携帯電話用にデザインされたポケットには携帯電話があり、名刺用のスロットには半分になったチョコレート・バーが入っていた。彼は三カ所のペン差しと一本のボールペンに気づいた。ケントのタバコの箱とライターがあった。サドルポケットのひとつには、旅行用ケースに入った電動超音波歯ブラシとICレコーダーがあった。彼自身のものよりもこぎれいなレコーダーだ。

こうした品々を彼は超然とした態度で吟味した。そういうことをするのは病的に陰湿なところがあるが、彼はブリーフケースの品々から――その必要性から――あまりに遠く離れており、だからこれはおそらく問題にはならないのだ。

ポケットのひとつには模造皮革の紙ばさみがあり、中にまっさらのノートが入っていた。彼はAT&Tの住所が印刷された、切手の貼られた封筒を見つけた。返送用の宛名は書かれていなかった。ジッパー付きの収納スペースには、ペーパーバックの本が入っていた。中古車を買うためのガイドブック。CDプレーヤーに入っていたCDは、ブラジル音楽のオムニバスだった。

もうひとつのサドルポケットには財布があった。金とクレジットカードと運転免許証が入っていた。

今回、女はパン屋に現われた。〝きょうだい《シブリングズ》〟の母親。彼女はリアンが店に入るとすぐに入って来て、カウンターのディスペンサーから番号札を受け取り、リアンの後ろに並んだ。

「双眼鏡のことが気になっているの。お宅のお子さんはそんなに、なんて言うか、すごく外向的ってわけじゃないですよね」

彼女はリアンに微笑みかけた。暖かいが欺瞞を含んだ微笑。つやつやしたケーキの香りの中、母親同士という目つきで。二人とも子供の秘密を知っている――子供たちって親の知らない世界をもっているのよね、大きくて、輝かしい世界を――そう言いたげな顔。

「だって、このところあの子はいつも双眼鏡をもっているの。だから、なんて言うか、あなたには何かしら話したんじゃないかと思って」

リアンは彼女が何の話をしているのかわからなかった。彼女はカウンターの向こうにいる男の大きな赤ら顔を見つめた。答えはそこにはなかった。

「あの子は双眼鏡をうちの子たちにも貸してくれるんです。だから、そのことじゃないんですよ。うちの子たちの父親が双眼鏡を買うって約束したんですけどね、でもまだなんです、なんて言うか、双眼鏡はそれほど差し迫って必要というわけではないので。それにケイティはすごく秘密主義だし、弟は弟だから、お姉ちゃんに絶対忠実なんですよ」

「子供たちが何を見てるかってことですか？　ドアを閉め切って？」

「ジャスティンならもしかしてと思って」

「たいしたことないんじゃないですか？　タカを見てるとか。アカオノスリのこと、ご存知でしょう？」

「いえ、これは絶対にビル・ロートンという男に関係するんです。これは確かに、絶対に。だって、双眼鏡は子供たちが呑み込まれている絶対秘密主義シンドロームの一部なんですよ」

「ビル・ロートン」

「男です。私が前に話した名前」

「そうかしら」とリアンは言った。

「それが子供たちの秘密なの。名前はわかってるけど、それだけなんですよ。ジャスティンならもしかしてと思って。だって、うちの子たちは私がそのことを話題にすると、完全に黙りこくっちゃうから」

彼女はジャスティンが〝きょうだい《シブリングズ》〟を訪ねるとき、双眼鏡を携えているとは知らなかった。正確に言えば彼の双眼鏡ではない。とはいえ、許しを得ずにそれを使っても、別に問題だとは思わなかった。でも、そうではないのかもしれない、と彼女は考えた。店員が彼女の番号を呼ぶのを待ちながら。

「学校で鳥のことを習ってるんじゃないの？」

「この前は雲だったわ」

「雲のことは私の勘違いだったの。でも、子供たちは絶対に鳥や鳴き声や生息地のことを学んでるわ」とリアンは女に言った。「セントラルパークのトレッキングに行ってるんでしょう」

彼女は自分がどんなにこれを嫌っているのかに気がついた。番号札を手に持って、列に並ぶこと。この閉ざされた空間で、番号を与えられ、それを厳密に守らされるという管理システムが大嫌いなのだ。このプロセスの最後で得られるのは、たかだかリボンをつけた小さな白いパンの箱だけ。

彼は自分がどうして目を覚ましたのかわからなかった。目を開けたままそこに横たわり、闇に思いを凝らしていた。それから音が聞こえ始めた。外の階段から廊下のあたりで、どこか下の階からの音楽が響いている。彼は神経を集中させた。ハンドドラムと弦楽器、そして大勢の人間の声が壁から聞こえてくる。しかし、柔らかく、どこか遠くから聞こえてくるような音。谷の向こうから聞こえてくるようだ。祈りを唱える男たちの声、神を讃えるコーラスの声。

アラウ　アラウ　アラウ

ジャスティンの部屋のテーブルの端には、古いタイプの鉛筆削りが固定してあった。彼女は部屋の入り口に立ち、彼が鉛筆を削るのを見ていた。穴に一本一本入れていき、ハンドルを回す。彼は赤青兼用の鉛筆をもっていた。セダーポイント、ディクソン・トリムライン、ビンテージ物のエバーハード・ファーバー。彼はチューリヒや香港のホテルの鉛筆ももっていた。木の皮から作られた鉛筆もあった。手触りがざらざらごつごつしている。ニューヨーク近代美術館のミュージアムショップで買った鉛筆もあった。ミラド・ブラックウォリアーももっていた。ソーホーの店で買った鉛筆には、チベットの神秘的な言葉が書かれていた。

これって、ある意味ではひどいことだ。こうしたステータスを表わす品々が、子供部屋に漂着したということ。

しかし、彼女が愛していたのは、彼が鉛筆を削り終わってからの仕草だった。鉛筆の先についた微小な削りくずに息をかけて吹き飛ばす。彼が一日中それをするのなら、彼女も一日中見ているだろう。鉛筆の一本一本を。彼はハンドルを回し、息を吹きかける。ハンドルを回し、息を吹きかける。それは、勲章をつけた十一人の男が国家の文書に正式に署名することよりも完璧で潔癖な儀式である。

彼女が見つめているのに気づき、彼は言った。「どうしたの?」

「今日、ケイティのお母さんと話したの。ケイティと弟の、何ていう名前だっけ。双眼鏡のことを話してくれたのよ」

彼は立ち上がり、彼女を見つめた。鉛筆を握ったままだった。

「ケイティと、何ていう名前だっけ」

「ロバート」と彼は言った。

「弟のロバートね。お姉さんがケイティ。で、あなた方三人がいつも話しているっていう男のこと。何かお母さんが知っておくべきことはない?」

「どんな男?」

「どんな男。どんな双眼鏡」と彼女は言った。「あなたって、許しを得ずに双眼鏡を持ち出していいことになってたっけ？」

彼は立ったまま見つめていた。色の薄い髪は父親似だ。そして体から糞真面目で控えめな雰囲気を漂わせているのは、彼に生まれついた性格。そのためにゲームをするとき、体を使った遊びをするとき、彼には修行僧のような神秘性がつきまとった。

「お父さんから許しをもらった？」

彼は立ったまま見つめていた。

「部屋からの景色に何か面白いものがあるの？　それくらい言えるでしょ？」

彼女はドアに寄りかかり、親としてのボディ・ランゲージで伝えようとした。彼が話そうとしないのなら、そこに三日でも四日でも五日でもいるつもりだ、と。

彼は片手を体から離した。少しだけ、鉛筆をもっていない方の手を、手のひらを上にして。そして顔の表情をかすかに変化させた。顎と下唇のあいだに半円形の窪みができた。少年ならいきなり「何？」というところで、老人が無言で浮かべるような表情だった。

彼はテーブルと平行に座っていた。左の前腕をテーブルの縁沿いにぴたりとつけ、手は角からだらりと垂らし、軽く握って「ゆるやかな拳」を作っている。それから前腕を上げることなく手のひらだけ上げ、五秒間上げたままにする。これを十回繰り返した。

これは彼らの言葉だ。「ゆるやかな拳」。リハビリセンターの言葉。説明書の中で使われている。

彼はこれらのセッションが健康回復に役立っていると思っていた。一日に四回、手首を伸ばし、尺骨をひねる。これは、彼がタワーで――それが崩れていく混沌の中で――負った傷を癒している。彼を回復へと導くのはＭＲＩでもなければ、手術でもない。自宅でのささやかなリハビリ――秒数を数え、回数を数えること。こうした運動のために確保しておいた時間であり、運動をするごとに腕に当てる氷である。

死者がいて、不具になった人々がいた。彼の傷は軽かったが、リハビリの対象は断裂した軟骨ではなかった。それは混沌であり、天井や床の空中浮遊、煙の中で息を詰まらせている声だった。彼は深く集中し、手の動きに取り組んでいた。手首を床に向けて曲げる、手首を天井に向けて曲げる、前腕をテーブルにぴったりとつける、親指を立てるポーズを取る、負傷していない方の手で運動している手に圧力を与える。彼は温かい石鹸水で副木を洗った。療法士に相談せずに副木を当てることはしなかった。彼は説明書を読んだ。手を丸めて「ゆるやかな拳」を作った。

彼女の父、ジャック・グレンは、認知症という長期コースに屈することを望まなかった。ニューハンプシャー州北部の別荘から何人かに電話をかけ、それから古いスポーツ用ライフル銃を使って自殺した。彼女は詳細を知らなかった。そのとき二十二歳だったが、警察に詳細を訊ねようとはしなかった。耐え難い詳細以外にどんなものがあり得るだろう？　彼女はただ、自分が知っているライフルなのかどうか考えずにいられなかった。彼が彼女に握らせ、的を狙わせたが、撃たせはしなかったライフル。それは十四歳のとき、彼と一緒に森に行ったときのことだ。彼の害獣狩りに、気が進まないながら付き合った。彼女はシティガールで、害獣とは何なのかもあまりわかっていなかった。しかし、その日彼が言ったことははっきりと覚えている。彼は機械の構造について話すのが好きだった。レーシングカー、オートバイ、狩猟用ライフル、そうした物の仕組みについて。そして、彼女は父の話を聞くのが好きだった。彼女がこんなに熱心に聞くというのは、彼らのあいだに距離があることの証拠だった――無限に思えるほどの距離と年月。

　彼は銃を持ち上げ、彼女にこう言った。「銃身が短ければ短いほど、発射時の爆風《マズルブラスト》は強くなるんだよ」

「マズルブラスト」という言葉の力が年月を超えて伝わってきた。彼の死の知らせはその言葉の弾道に乗ってきたかのように思えた。これは恐ろしい言葉だが、父は勇敢なことをした、と彼女は自分に言い聞かせた。あまりにも早まった行為だった。病に完全に冒されるまでにはまだ時間があったのだから。しかし、ジャックは自然のわずかなしくじりにも常に敬意を払っており、もう勝ち目はないと判断したのだ。彼女は信じたかった。彼を殺したライフルは、彼が彼女の肩に抱えさせたものだ、と。立ち並ぶアメリカカラマツやトウヒの隙間から、北国の陽光が鋭く射し込んでいた、あのとき。

　マーティンは玄関で彼女を抱きしめた、厳粛に。テロ事件が起きたとき、彼はヨーロッパのどこかにいた。そして不規則ながら運航が再開してすぐ、大西洋を横断する最初のフライトのひとつに乗ったのだ。

「もはや何も大げさだとは感じないな。驚くことなど何もないよ」

彼女の母は寝室にいた。昼になって、ようやく寝巻きから着替えていたのだ。マーティンは部屋の中の物を見て回っていた。ジャスティンのおもちゃの中に足を踏み入れ、物の配置が変わっているとそれを指摘した。

「ヨーロッパのどこかにいる。いつもあなたのことはそう考えてるわ」

「ここにいるとき以外はね」

直立した手の小さなブロンズ像は、いつもは竹製の側卓に置かれているのだが、今は錬鉄製のテーブルに移されていた。本が積み重ねられた、窓に近いテーブルに。ネヴェルソン（一九〇〇～八八、ウクライナ生まれのアメリカの彫刻家）の壁のレリーフはランボーの写真に置き換えられていた。

「でも、ここにいるときでも、あなたはどこか遠くの都市から来て、どこか遠くの都市に行く途中のように思えるの。どちらの都市も形がないんだけど」

「それが私さ。形がないんだ」

彼らはいろいろな出来事について話した。誰もが話しているような事柄を話した。彼女がキッチンに行くと、彼もついてきた。彼女は彼にビールを注いでやった。ビールを注ぎながら話した。

「人々は詩を読むの。私の知っている人たちは、ショックと苦痛を和らげるために詩を読む。ある種の空間を、言語の秘める美を得るため」と彼女は言った。「慰めと落ち着きをもたらすため。私は詩は読まない。新聞を読むの。新聞紙に顔をくっつけて、怒りに荒れ狂う」

「別のアプローチもあるさ。その事件について研究するんだ。少し距離を置いて、いろいろな要素について考える」と彼は言った。「冷静に、明晰に、それができればだが。心が引き裂かれないようにする。それを観察し、計測する」

「計測する」と彼女は言った。

「事件があり、個人がいる。それを測るんだ。それから何かを学ぶ。観察する。そして、それに対抗できるようにする」

マーティン・リドナウは美術品のディーラーで、収集家で、おそらく投資家でもあった。彼女は彼が正確には何をしているのか、いかにそれをやっているのか、よくは知らなかった。しかし、おそらく美術品を買って、素早く転がし、利益を得ているのだろうと思っていた。彼女は彼が好きだった。彼の英語には訛りがあった。ここにアパートがあり、バーゼルにはオフィスがあり、ベルリンでも時を過ごしていた。パリに妻がいるかもしれないし、いないかもしれなかった。

彼らはリビングルームに戻っていた。彼は片手にグラスを持ち、もう片方にボトルを持っていた。

「たぶん、私は自分が話していることがわかっとらんのだよ」と彼は言った。「きみが話しなさい。私は飲む」

マーティンは肥満気味だったが、贅沢な暮らしに慣れているようにも見えなかった。いつも時差ぼけで、着古した背広を着ており、どことなくみすぼらしかった。放浪の老詩人を気取っているのよ、と母は言った。完全に禿げているわけではなく、頭には灰色の影のような剛毛が残っていた。顎鬚は二週間は剃っていないように見えた。鬚のほとんどが白く、それを整える気はまったくないようだった。

「今朝、着いたとき、ニナに電話したんだ。二人で一週間か二週間、遠出するよ」

「それはいいわね」

「コネティカットに素敵な古い家を見つけた、海岸に」

「いろいろと計画を立てるのね」

「それが私の得意とするところさ」

「質問があるの、関係ないことだけど。無視してもいいわ」と彼女は言った。「どこからともなく聞こえてきた質問という感じ」

彼女は彼を見つめた。彼は部屋の向こう側、肘掛け椅子の背後に立って、グラスを飲み干している。

「あなた方って、セックスするの？　私には関係のないことだけど。でも、セックスできるのかしら？　膝関節移植手術のことを考えると。母は運動をまったくしてないのよ」

彼はボトルとグラスをキッチンに運びながら、肩越しに答えた。面白がっている様子がうかがえる。

「膝でセックスするわけじゃないさ。膝は迂回するんだ。膝は弱すぎるからね。負担がかからないようにするんだよ」

彼女は彼が戻って来るのを待った。

「私には関係ないことだけどね。でも、母は引きこもりつつあるように見えるのよ。だからどうなんだろうと思って」

「きみもだよ」と彼は言った。「それにキースも。彼とまた暮らしてるんだって？　本当かい？」

「明日にも出て行くかもしれないわ。誰にもわからない」

「でも、きみのアパートにいるんだろ」

「まだ始まったばかりよ。何が起こるかわからないわ。一緒に寝てますよ、そのことを訊きたいんだったら。でも、形の上でだけだわ」

　彼は訝しげな好奇心を示した。

「ベッドを共有している、と。清らかに」と彼は言った。

「そうよ」

「そいつはいいね。何日になる？」

「最初の夜は、検査のために病院に泊まったの。そのあとからだから、何日かしら。今日が月曜日でしょ。六日間ね、五泊」

「また経過報告をお願いするよ」

　彼がキースと話したのは二回くらいしかなかった。こいつはアメリカ人だ、ニューヨーカーとは違う。マンハッタンのエリートという、管理された繁殖計画によって維持されているグループの一員ではないのだ。彼は、政治や宗教に関するキースの感じ方を摑もうとした。アメリカ中西部《ハートランド》の声と流儀を。そして彼が知ったことは、キースがかつて闘犬用のピットブルテリアを飼っていたということだけだった。そのことは、少なくとも、何かを意味しているように思える。頭骨と顎ばかりの犬。闘い、殺すことを目的として、アメリカで開発された品種。

「そのうち、あなたとキースも話をする機会があるでしょうね」

「女について、とかな」

「母と娘について。細部の汚らしいことまでね」と彼女は言った。

「キースのことは好きだよ。一度、逸話を話してやったんだが、楽しんでくれたようだった。昔の知り合いの、プロのカード師たちの話さ。彼もカード師だからね、もちろん。毎週のゲームで、彼らはいつも同じ場所に座った。それをほとんど半世紀続けたんだ。いや、もっと長かった。この話を楽しんでくれたよ」

母が入って来た。ニナだ。黒いスカートと白いブラウスを着て、杖に寄りかかっている。マーティンは彼女を少しだけ抱きしめ、それから椅子に座るのを手伝ってやった。ゆっくりと、断続的な動きで腰を沈めていく。

「何とも恐ろしい戦争を戦っているわ。ここ数日間で、千年も経ったように思える」と彼女は言った。

マーティンは一カ月ほど留守にしていた。したがって今、彼女の変身の最終段階を見ていることになる。彼女が老齢を受け入れ、その事実自体をうまく通り抜けようとして、考え抜いた態度を取っていること。リアンは彼を気の毒に感じた。母の白髪は増えただろうか？　鎮痛剤を摂りすぎているだろうか？　シカゴの学会で軽い卒中で倒れたのではないか？　そして、最後に、彼は性的行為について嘘をついているのだろうか？　母の精神はまだ大丈夫。通常の衰えについては、自分をそれほど甘やかさない。名前をときどき忘れてしまうこととか、数秒前に物を置いた場所を忘れてしまうとか。そして、彼女は重要なことに関しては用心深い。大まかな状況について、その他の物事のあり方について。

「ヨーロッパの人たちはどんな感じ？」

「アメリカ人に対して親切になったよ」と彼は言った。

「今回は何を買って、何を売ったの？」

「私に言えるのは、美術市場は停滞するだろうってことさ。現代の巨匠に関しては、そこそこの動きがある。でも、それ以外の見通しは暗いな」

「現代の巨匠。それはよかったわ」とニナが言った。

「箔づけの芸術品さ」

「みんな箔づけが欲しいのよ」

彼は彼女の皮肉に元気づけられたようだった。

「ここに足を踏み入れたばかりだっていうのに。この国にだって、戻って来たばかりだ。それなのにきみのお母さんときたら。私をこんなに悲しませる」

「それが母の仕事なの」とリアンは言った。

二人は二十年来の知り合いだった、マーティンとニナは。そして、そのかなりの期間で恋人同士だった。ニューヨーク、バークレー、そしてヨーロッパのどこかで。リアンは知っていた。彼がときおり見せる守りの姿勢は、二人だけのときの話し方の癖であり、何か根深いものの痕跡ではない。彼は自分で言うほど形のない男ではないし、それを肉体的に装っているわけでもない。事実に対してひるまない男であり、仕事においては賢く、リアンには紳士的で、母には寛大だった。モランディの美しい静物画二点はマーティンからのプレゼントだ。反対側の壁に掛けてあるパスポート用の写真群もマーティンからのもの、彼のコレクションからだった。古びた書類、捺印され、色褪せている。インチ数の決められた歴史の断片、それもまた美しかった。

リアンは言った。「何か食べたい人は?」

ニナはタバコを吸いたがった。肘掛け椅子の隣に移された竹製の側卓に、灰皿とライター、そしてタバコがあった。

母はタバコに火をつけた。それを見ていたリアンは、何か馴染み深いものを感じつつ、少し痛みも感じた。ある段階に達すると、ニナは娘のことを透明であるかのように見始めるのだ。記憶はそういう場面に留まっていた。彼女がライターをパチンと閉め、下におろす動作に。手の動きと、漂う煙に。

「恐ろしい戦争、聖なる戦争。神は明日にも空に現われるわね」

「それはどっちの神だね?」とマーティンは言った。

「神は、昔は都会のユダヤ人だったのよ。今では砂漠に戻ったわ」

リアンの勉強は、深い研究生活へとつながるはずのものだった。言語か美術史に関する真面目な研究に。彼女はヨーロッパ中を旅し、中東のかなりの部分も訪ねた。しかし、結局のところ観光で終わってしまった。軽薄な友人たちができて、信仰や制度、言語、芸術などに関する真摯な追究にはならなかった。少なくとも、ニナ・バートスはそう言っていた。

「あれは単なるパニックよ。彼らはパニックから攻撃したんだわ」

「そこまでは、まあ、本当だろうな。だって、彼らは世界が病だと思っているわけだから。この世界、この、我々の社会がね。伝染しつつある病なんだ」と彼は言った。

「彼らが成し遂げようとしている目標なんて存在しないわ。ひとつの民族を解放しようとしているわけではないし、独裁者を追放しようとしているわけでもない。無実の人々を殺しているだけよ」

「彼らはこの国の支配体制に打撃を与えてるんだ。それは成し遂げたよ。どんなに大きな力でも標的となり得るって示したんだ。介入する力、占拠する力でもね」

彼はカーペットを見つめながら、穏やかに話した。

「我々の側には資本がある。労働力、テクノロジー、軍隊、機関、都市、法律、警察、そして監獄がある。向こう側には、命を投げ出す男たちがいる」

「神は偉大だわ」

「神のことは忘れなよ。これは歴史の問題なんだ。政治と経済。人々の生活を形作るすべてのもの。何百万人の人々、虐げられた人々、彼らの生活、彼らの意識」

「彼らの社会を倒したのは、西洋の介入の歴史ではないわ。彼ら自身の歴史よ。彼らの精神性。彼らは閉鎖的な世界に生きている。自らの選択で、必然的に。彼らが発展しなかったのは、それを望まなかったからだし、努力しなかったからよ」

「彼らは宗教の言葉を使っているからね。でも、それが彼らを駆り立てているわけではない」

「パニックよ。それに駆り立てられているんだわ」

母の怒りはリアン自身の怒りを呑み込んでしまった。リアンはその怒りに場を譲ったのだ。ニナの顔の切羽詰った怒りを見て、自分自身は悲しみしか感じなかった。この二人の話を聞いて——二人が精神的に一体化しながら、強く相手に抵抗しようとしていることに。

それからマーティンは態度を和らげ、再び穏やかな声になった。

「そうだな、うん、その通りなんだろう」

「私たちのせいにしているのよ。彼らの失敗なのに、私たちのせいにしているの」

「そうだな、うん。でも、これはひとつの国に対する攻撃じゃないんだ。ひとつか二つの都市に対してでもない。我々みんなが標的なんだよ」

十分後、リアンが部屋を去ったときも、彼らはまだしゃべり続けていた。彼女はバスルームに入り、鏡をじっと見つめた。この瞬間が嘘っぽく思われた。映画の一シーンのように。登場人物がじっと鏡を見つめて、自分の人生に何が起きているのか理解しようとしているシーンのように。

彼女は考えていた。キースは生きている、と。

キースはこれで六日間生きていた。戸口に現われてから六日間。それは彼女にとってどういう意味があるのだろう？　彼女と息子に何をもたらすのだろう？

彼女は手と顔を洗った。それから飾り棚にある新しいタオルを取り出し、手と顔を拭いた。タオルを籠に投げ入れてから、トイレを流した。差し迫った理由でリビングルームを出たと思わせるために、トイレを流したわけではない。トイレを流す音はリビングルームでは聞こえない。だから彼女自身の無意味な自己満足だった、トイレを流すことは。おそらくは中断時間が終わったことを告げ、トイレから出る弾みにするためだった。

自分はここで何をしているのだろう？　子供を演じていたのだ、と彼女は思った。

彼女が戻ったときには、議論は低調になっていた。彼は、マーティンはもっと言いたいことがあったが、しゃべるときではないと思ったようだ。今はまだ早すぎる。彼は壁に掛かっているモランディの絵のところに歩いて行った。

そのほんの数秒後、ニナがうたた寝を始めた。彼女は薬を決められた時間に決められた分量呑まなければならなかった。神秘的なサイクル――錠剤やカプセル、色と形と数を時間や日数で振り分ける儀式。リアンは母を見つめていた。母のこんな姿を見ているのは辛かった。こんなにしっかりと家具と調和してしまうなんて――忍従し、微動だにせず――娘の人生を取り仕切ってきた、洞察力の女性が。母は「美しい」という言葉を生み出した人だった。賞賛を掻き立てるものに与える言葉として――芸術に、観念に、事物に、男性や女性の顔に、子供の精神に。そうしたことすべてが衰え、収縮して、呼吸のみの人間になってしまった。

母はもうすぐ死ぬわけではない。そうではないか？　落ち着いて、と彼女は思った。

母はついに目を開けた。そして二人の女性は互いを見つめ合った。長く持続した一瞬だった。リアンにはわからなかった――二人が共有しているものが何なのか、言葉にすることはできなかった。あるいは、彼女にはわかっていたけれども、互いに重なり合う感情に名を与えることができなかった。それが二人のあいだに存在するものなのだ——一緒に過ごし、あるいは別々に過ごした年月も含め——その毎分毎分で二人が知っていて、感じたもの、そして次に来るもの——何分も、何日も、何年もあとで。

マーティンは絵画の前に立っていた。

「私はこうしたオブジェを見ているんだ、キッチン用品なのにキッチンから引き離されたオブジェ。キッチンから、家から、あらゆる実用的で機能的なものから自由になったオブジェ。私は別の時間帯に戻ってしまったに違いない。長いフライトのために、普段以上に混乱しているのだろう」と彼は言って、しばらく黙り込んだ。「というのも、この静物画にどうしてもタワーを見てしまうんだ」

リアンは彼のいる壁際まで歩いて行った。問題の絵には七つか八つのオブジェが描かれていた。背の高いオブジェは筆遣いの荒い背景の前に描かれている。ほかのオブジェは箱やビスケットの缶で、暗めの背景の前に積み重ねられていた。その列全体が、不安定な遠近法と抑え気味の色によって、奇妙にも慎ましい力を帯びていた。

彼らは一緒に絵を見つめた。

背の高いオブジェのうちの二つは暗く陰気だった。煙のような痕跡と汚れがあった。そして首の長いボトルがオブジェのひとつを部分的に隠していた。そのボトルは白いボトルだった。暗めのオブジェ二つはぼやけていて、それが何か言葉で表現できかねるものだった。それこそ、マーティンが話していたものだった。

「ここに何を見る?」と彼は言った。
彼女は彼が見ているのと同じものを見た。タワーを見たのだ。

5

彼はエンジニア門から公園に入った。門の付近にはジョギングする人々が集まっていて、体を伸ばしたり曲げたりしてから走り始めていた。暖かく静かな日だった。彼は乗馬道と平行して走っている車道を歩いて行った。行く当てはあったのだが、急ぐ必要はなかった。彼はベンチに座っている初老の女性に気づいた。彼女は何かぼんやりと考えながら、青いリンゴを頬に押しつけていた。公園は現在、車を締め出している。彼は、公園には人間を見に来るんだ、などと考えていた。街路では影のような人間たちを。左側、貯水池をぐるりと回るトラックには、ジョギングする人々がいた。彼のすぐ上にある乗馬道を走っている人々もいたし、車道を走っている人々もいた。ダンベルを持って走っている男たち、ベビーカーを押しながら走る女たち、紐につないだ犬と一緒に走る人たち。公園には犬を見に来るんだ、と彼は考えた。

車道が西に曲がったあたりで、ヘッドフォンをつけた三人の少女たちがローラーブレードに乗って通り過ぎた。この平凡さ、当たり前すぎて気づきもしないことが、奇妙なことに、ほとんど夢のような印象で彼に迫ってきた。彼はブリーフケースを手に提げていたが、家に引き返したくなった。スロープを登り、テニスコートを通り過ぎた。フェンスに三頭の馬がつながれていた。鞍袋には警察官のヘルメットが留めてある。ひとりの女性が追い越して行った。携帯電話で誰かと悲しげに話しながら走って行く。彼は貯水池にブリーフケースを落とし、家に帰りたくなった。

彼女はアムステルダム街から少し入ったところのビルに住んでいた。彼は彼女の六階の部屋まで階段を上った。彼女はおずおずした様子で、彼を部屋に入れたものの、少し警戒しているようだった。彼は説明を始めた。前日、電話で説明したのと同じように、もっと早くブリーフケースを返すつもりだったと言った。彼女は財布の中のクレジットカードについて話していた。カードをキャンセルしなかったのは、すべてがなくなってしまったからで、ようするにすべて埋まってしまったと思ったからだ。すべて失われ、消えてしまった、と。ここで彼らは話すのを止め、また同時に話し始めた。彼女が小さく「無駄よね」と言いたげな身振りをし、また二人とも黙った。彼はブリーフケースをドアのそばの椅子におき、ソファの方へ行った。そして、あまり長居はできないと言った。

彼女は肌の色の薄い黒人女性だった。年齢は彼と同じくらいか、やや下くらいだろう。落ち着いた感じで、多少太り気味だった。

彼は言った。「ブリーフケースであなたの名前を見つけたとき、名前を見つけてから電話帳で調べて、登録されているのがわかったんですけど、実際に電話をかけ始めて、初めて気づいたんですよ」

「おっしゃりたいことはわかりますわ」

「どうしてもっと調べてから電話しなかったんだろうって思ったんです。だって、この人は生きてるんだろうかって」

また沈黙が降りた。彼は彼女がとても穏やかに話すことに気づいた。彼の方はびくびくと話しているのに。

「ハーブティーがありますわ」と彼女は言った。「スパークリングウォーターの方がよろしければ、そちらでも」

「スパークリングウォーター。スプリングウォーター。ブリーフケースに小さなボトルがありましたね。何でしたっけ。ポーランド・スプリング」

「ポーランド・スプリング」と彼女は言った。

「ともかく、中のものをチェックなさりたいようでしたら」

「そんなことないですわ、結構です」と彼女は静かに言った。

彼女はキッチンの出入り口に立っていた。窓の外から車の行き交う音が小さく聞こえてくる。

彼は言った。「あの、何が起きたかというと、ようするに自分がこれを持ち出したってことがわかっていなかったんです。忘れたというのでもないんですよ。わかってなかったんだと思います」

「お名前をうかがっていないように思いますけど」

彼は言った。「キースですよ?」

「うかがいましたっけ?」

「そう思いますけど」

「電話をいただいたのが、あまりに突然だったので」

「キースです」と彼は言った。

「プレストン・ウェブにお勤めだったの？」

「いえ、その上の階です。ロイヤー・プロパティーという小さな会社です」

彼はすでに立ち上がり、帰ろうとしていた。

「プレストンは大きな組織ですからね。仕事での接触があったんじゃないかと思ったんです」

「いえ、ロイヤーです。ほとんど絶滅しましたよ」と彼は言った。

「我々は今後どうなるか見守っている感じです。どこに移転するか。私はあまり考えないようにしています」

二人はしばらく沈黙した。

彼は言った。「元はロイヤー&スタンズだったんですよ。そうしたらスタンズが起訴されましてね」

ようやく彼はドアの方に歩いて行き、ブリーフケースを手に持った。立ち止まり、ドアノブに手を伸ばしてから、彼女を振り返った。部屋の向こう側で彼女は微笑んでいた。

「どうしてこんなことをしたんだろう？」

「習慣でしょう」と彼女は言った。

「あなたの所持品を抱えて立ち去ろうとしたんですからね。またやってしまった。あなたの家族の貴重な財産を抱えて。あなたの携帯電話も」

「あれはね、持ち歩かなくなったら、必要を感じなくなりました」

「あなたの歯ブラシ」と彼は言った。「タバコの箱」

「あら、それは私の罪深き秘密よ。でも、一日四本に減らしているわ」

彼女は彼にソファに戻るよう、手振りで合図した。交通整理の警官が車に指示するような大きな動作だった。

彼女は紅茶とシュガークッキーの皿を出した。名前はフローレンス・ギヴンズ。彼女はキッチンの椅子をコーヒーテーブルの反対側に置き、彼の対角線上に座った。

彼は言った。「あなたのこと、すべて知っていますよ。電動超音波歯ブラシ。あなたは超音波で歯を磨くんだ」

「新製品オタクなんです。こういうのが大好きなんですよ」

「どうして僕よりもいいICレコーダーをもっているんですか？」

「二度しか使っていないと思うわ」

「僕も使ってみたけど、聞きはしないんだな。それに向かって話すのが好きなんです」

「何を話すんですか？」

「何だろう。アメリカ国民の皆さん、とか」と彼は言った。

「私はすべてを失ってしまったと思ったんです。運転免許証の紛失を届けもしなかった。何もしなかったんです、基本的に。この部屋でじっとしていただけ」

一時間後、彼らはまだしゃべっていた。クッキーは小さくてまずかったが、それでも彼は齧り続けた、何も考えずに。赤ん坊のように小さく一口齧っては、残りの欠片を皿に散らばしていた。

「私はコンピュータに向かっていて、飛行機の音に気づきました。でも、気づいたのは椅子から投げ出された後だったんです。それくらい速かったんですよ」と彼女は言った。

「本当に飛行機の音が聞こえたんですか?」

「衝撃があって、床に倒れました。それから、飛行機の音を聞いたんです。スプリンクラーだと思います。スプリンクラーを思い出そうとしてるんですけど。ある時点で、私は全身ずぶ濡れになっていました」

彼にはわかった。彼女はそのことを話すつもりはなかった、と。とても親密な響きがした、全身ずぶ濡れというのは。そして、彼女は少し間を置かないわけにいかなくなった。

彼は待った。

「私の電話が鳴っていたんです。自分の机に向かっていたんでしょう、よくわからないんですけど、ただ座って、心を落ち着かせようとしていました。それから電話を取って、話し始めました。もしもし、ドナよ、という程度ですけど。友達のドナからだったんです。私は言いました。あれが聞こえた? ドナはフィラデルフィアの家からかけていました。こちらを訪問するって話のためです。私は言いました、あれが聞こえた?」

彼女はそのときのことをゆっくりと話していった。話しながら思い出し、しばしば言葉を止めて、空間をじっと見つめた。そのときの様子を眼前に蘇らせるために——崩壊した天井、瓦礫に埋もれた階段、煙、そして落ちた壁、化粧ボード。彼女は間を置いて言葉を探し、彼は待っていた、見つめながら。

彼女はボーッとし、時間の感覚を失っていたと言った。

水がどこかで流れているか、落ちているかしていた。どこからか流れ落ちていた。

シャツを切り裂き、それを顔に巻きつける男たちがいた。煙よけのマスクとして使うのである。

彼女は髪が焼け焦げている女を見た。髪が燃えて、煙が出ている。しかし今となっては、それを本当に見たのか、誰かが話しているのを聞いたのか、定かではなかった。

ときおり彼らは何も見えない状態で歩かなければならなかった。煙が厚く立ち込めていたからだ。彼らは前の人の肩に手を載せて歩いた。

彼女は靴をなくしたか、脱ぎ捨てたかしていた。水はどこか近くを流れていた。山を下るように流れ落ちていた。

階段は避難する人々の群れで込み合い、遅々として進まなかった。ほかの階からも人々が押し寄せていた。

「誰かが喘息って言ったんです。こうして話していると、だんだんと蘇ってくるんですね。喘息、喘息。女の人が、死に物狂いという感じで。まわりの人々の顔は恐怖に憑かれていました。そのときだと思います、私が落ちたのは。倒れたんです、階段を五段か六段落ちて、踊り場に激突しました。転げ落ちるという感じで、体を激しく打ちました」

彼女は彼にすべてを語りたがった。そのことは彼にも明らかだった。彼もそこに、タワーにいたということを忘れてしまったのだろう。あるいは、おそらく彼こそが話し相手として彼女の必要としていた人だったのだろう。タワーにいたというまさにその理由で。彼にはわかっていた。彼女はこれをまだ話したことがない。こんなに熱心に、ほかの人に話したことはない。

「踏まれるんじゃないかっていう恐怖でした。みんな用心していたし、私のことを助けてくれましたけど、群衆の中で倒れて踏まれるっていう感覚でした。でも、みんな助けてくれました。ひとりの男の人のことはよく覚えています。私に手を貸して、立ち上がらせてくれたんです。初老の男性でした。息を切らせて、私を助けてくれたんです。私がまた歩けるようになるまで話しかけてくれました」

エレベーターのシャフトは炎に包まれていた。

大地震のことを話している男がいた。彼女は飛行機のことをすっかり忘れ、地震があったと信じそうになっていた。飛行機の音を聞いたのだけれども。そうしたらほかの誰かが、自分は地震に遭ったことがあると言った。背広にネクタイの男性だ。その男が、こいつは地震なんかじゃねえと言った。立派な紳士、教養ある重役という感じの男だった。こいつは地震なんかじゃねえ。

電線が上から垂れ下がっていた。彼女は電線が腕に触れるのを感じた。彼女の後ろの男性も電線に触れ、飛び上がり、罵り、そして笑った。

階段を下りて行く群衆、それがもつ力。よたよたと歩き、泣き、焼け焦げ――何人かは――しかしだいたいが落ち着いていた。車椅子の女性を運んでやる人たちがおり、ほかの人々は道を譲った。階段で体を傾け、一列になろうとした。

彼女の顔には何かを熱心に訴えるものがあった。ある種の嘆願。

「わかってはいるんです。こうやって無事に生き残って、階段から落ちたことを話しているなんて、いけないことですよね。あれだけのテロがあって、あれだけの人々が死んで」

彼は言葉を差し挟まなかった。彼女にしゃべらせておき、元気づけるようなことは言わなかった。何に関して元気づけられるというのだろう？　今の彼女は椅子に沈み込み、テーブルの上面に向かって話していた。

「消防隊員が走り過ぎて行きました。それから、喘息、喘息という声。爆弾と言っている人たちもいました。携帯電話で話そうとしていたのです。階段を下りながら、電話番号を打っていました」

そのときだった。水のボトルがどこか下から手渡しで送られてきた。それからソフトドリンクも。少しだけ冗談を言う人々さえいた。株式トレーダーたちだった。

そのとき消防隊員たちが走り過ぎて行った。階段を上り、中へと入って行った。人々は道を空けた。

彼女が知っている人を見かけたのもそのときだった。ビル管理会社の男性が階段を上ってくる。顔を見るたびに冗談を言い合う男だった。彼は長い鉄の道具を持って、彼女のすぐそばを走り抜けて行った。エレベーターのドアをこじ開けるときに使うようなものだ。彼女はその道具の名前を思い出そうとした。

キースは待った。彼女は彼の背後を見つめながら考えていた。彼女にとっては重要なことのようだった。男の名前を思い出そうとしているかのように——男が抱えていた道具の名前ではなく。

ついにキースは言った。「バール」

「バール」と彼女は言い、それについて考え、また眼前に思い浮かべていた。

キースは、自分もその男を見たように思った。彼のそばを走り過ぎて行った男。ヘルメットをかぶり、腰のワークベルトには道具や懐中電灯をぶら下げていた。そして、曲がっている方を前にして、バールを抱えていた。

彼女がそのことに触れなかったら、思い出す理由なんて何もなかっただろう。何も意味しない、と彼は思った。しかし、意味はあるのだ。その男に何が起きたにせよ、それは彼ら二人が男を見た事実とは別の次元にある。階段を下りる途中、それぞれ別の地点で男を見たこと。しかし、それは何かはっきりとしない形で重要なのだ。男がこうした交差する記憶の中に流されていき、タワーから連れ出され、この部屋に漂着したこと。

彼は身を乗り出した。肘をコーヒーテーブルにしっかりと載せ、口を手に押しつけて、彼女を見つめていた。

「私たちはひたすら階段を下りていました。暗くなり、明るくなり、また暗くなりました。まだ階段にいるような気分になります。私は母を求めました。百歳まで生きたとしても、ずっと階段にいるような感じでしょう。すごく長い時間がかかったので、ほとんどそれが普通になってしまったのです。走ることができませんでしたから、先を争うような狂乱はありませんでした。みんな一緒に階段に閉じ込められてしまったんです。私は母を求めました。こいつは地震なんかじゃねえ、年収一千万ドルの人がそう言っていました」

彼らは最悪の煙からは脱出しつつあった。そのとき、彼女は犬を見た。目が不自由な人と盲導犬を、それほど前方ではないところで。聖書の中の物語みたいだ、と彼女は思った。彼らはとても落ち着いているように見えた。落ち着きを周囲にも広めているみたいだ、と彼女は思った。犬は完璧な落ち着きをもたらす物体のようだった。彼らは犬を信仰した。

「ついに私たちは——どれくらい長く待ったかわからないんですけど、どこも暗かったし——でも、とにかく外に出られたんです。少し歩いたら、プラザが見えました。それは爆撃で壊滅した都市でした。物は燃えていたし、死体も見ました。服も、金属部品みたいな欠片も——そうした物がちらばっていたんです。二秒くらいだったような感じがします。二秒間だけ見て、目を逸らしたのです。それから私たちは地下のコンコースを抜けて、道路に出ました」

このときに彼女が話したのはここまでだった。彼はドアのそばの椅子のところに行き、ブリーフケースの中のタバコを探し出した。そして一本抜き取ると、口にくわえ、それからライターを見つけた。

「煙の中で私に見えたのは、消防隊員の制服のストライプだけでした。明るい色のストライプ。それから瓦礫に埋まった人々。鉄とガラスの山。負傷したばかりの人々が夢を見るように座り込んでいる。血を流しながら夢を見ているみたいなんです」

彼女は振り向き、彼を見つめた。彼はタバコに火をつけ、彼女のところに歩いて行き、それを彼女に渡した。彼女はタバコを一息吸い、目を閉じて、煙を吐いた。目を開けると、彼はテープルの向こう側に戻り、ソファに座って、彼女を見つめていた。

「あなたも一本吸ったら？」と彼女は言った。

「いや、僕はいい」

「止めたのね」

「ずっと前にね。自分はスポーツマンだって思っていた頃のことですよ」と彼は言った。「でも、僕の方に少し煙を吹いてくれるかな。そうしてくれたらありがたい」

しばらくして、彼女はまた話し始めた。しかし、彼は彼女がどの部分を話しているのかわかっていなかった。おそらく最初の頃のことに戻ったのだろう、と彼は考えた。

彼は考えた。ずぶ濡れ。彼女はずぶ濡れだった。

そこらじゅうの人々が階段に押しかけていた。彼女は物や顔や瞬間のひとつひとつを思い出そうとした。何かを説明してくれそうな、明らかにしてくれそうなものを。彼女は盲導犬を信仰した。あの犬ならすべての人々を安全な場所まで導いてくれるだろう。

彼女はその話をまた語り始めており、彼も聞くつもりでいた。彼は熱心に耳を傾け、細部にまで注意を払った。群衆の中に自分自身を見出そうとしていた。


彼女の母は数年前、あからさまにこう言った。

「こういうタイプの男っていうのがいるのよ、典型的なタイプ。男の友達から頼られ、友達の鑑《かがみ》みたいな人。仲間であり、秘密を打ち明けられる心の友であり、金は貸してくれるし、アドバイスを与えてくれるし、忠実だし。でも、女にとっては地獄のような男。まさに地獄の化身よ。女が彼と親密になればなるほど、彼にとっては、彼女と男同士の付き合いができないってことが明らかになってしまう。そうなると女にとっては恐ろしいことになる。それがキースよ。あなたが結婚する男」

その男と彼女は結婚したのだ。

彼は今ではこのあたりを徘徊する幽霊だった。家全体に、誰かがいる感覚が漂っていた——敬意をもって扱われるようになった存在の雰囲気が。彼はまだ肉体に戻っていなかったのだ。彼が手術後にしている手首の運動でさえ、どこか隔絶している印象があった。一日に四回、伸ばしたり曲げたりの繰り返し——定期的に氷を当てて——それはどこか遠い北国の、抑圧された民の祈りに似ていた。彼はよくジャスティンの相手をした。学校への送り迎えをし、宿題を見てやった。しばらくのあいだ副木をつけていたが、やがて止めてしまった。彼は子供を公園に連れて行き、キャッチボールをした。キャッチボールなら一日でも続けていられる子だった。純粋で尽きることのない幸せを感じられた——大昔からの誰の罪にも汚されていない喜び。投げて、キャッチする。彼女は、彼らが美術館にほど近いフィールドで、日没近くまでキャッチボールするのを見ていた。キースがボールを使った曲芸をするとき——右手（怪我していない方の手）を使って、ボールを弾いて手の甲に載せ、それから腕を前に上げてボールを転がしていき、肘のところでポンと撥ね上げて、後ろ手に取る——彼女は今まで知らなかった男の姿を見ていた。

彼女は百十六丁目に向かう途中で、東八十丁目のハロルド・アプターのオフィスに立ち寄った。定期的な訪問だった。グループの書いたもののコピーを手渡し、彼らの状況全般について話し合うのだ。ここはアプター医師が人と会うための場所だった。認知症の患者や、その他の人々と。アプターは痩せて縮れ毛の男だった。おかしなことを言うようプログラミングされているように見えるが、決して言わない男。彼らはローゼレン・Sの衰えについて話した。カーティス・Bのよそよそしい態度についても。彼女は彼に、会合の頻度を週二回に増やしたいと言った。彼は、それはうまくいかないだろうと言った。

「わかってほしいのですが、これからあとは、すべて失っていくことが問題になるんです。どうしたって、彼らから返ってくるものは減っていく。それに対処しなければならない。彼らの状況は日に日にデリケートになっていきます。ああした会合には間隔が必要になるんです。すべて書かなければならないという差し迫った感じは与えたくない。時間のあるうちにすべてを言わなければいけない、とは。会合を楽しみに待つようにさせたいんです。急かされたり、脅されたりするのではなく。ある程度までは、書くことは素敵な音楽のようなものですが、それを過ぎると他の要素が混じってくるのです」

彼は彼女を探るように見つめた。

「私が言っていることは簡単です。これは彼らのためのものなんです」と彼は言った。

「何がおっしゃりたいんですか？」

「彼らのものなんです」と彼は言った。「あなたのものにしないでください」

彼らはテロ事件について書いた。それが起きたときどこにいたかについて書いた。知人でタワーにいた人のこと、近くにいた人のことを書き、神のことを書いた。

どうして神はこんなことが起こるのを許したのだろう？　あれが起きたとき神はどこにいたのだろう？

ベニー・Tは、自分が信仰をもっていなくてありがたかったと言った。もし信仰をもっていたら、この事件でそれを失ってしまったろうから。

私は今まで以上に神を近くに感じる、とローゼレンは書いた。

これは悪魔だ。これは地獄だ。この炎と苦痛。神なんて忘れろ。これは地獄だ。

オマー・Hは、そのあとの数日間、外に出るのが怖かったと言った。みんなが自分のことを見ているように思った。

手をつないでいる人たちは見ませんでした。見たかったです、とローゼレンは書いた。

カーメン・Gは、我々に起きたことすべてが神の計画の一部なのかどうか知りたいと書いた。

私は今まで以上に神を近くに感じる、とても近くに、そしてさらに近づくだろう。

ユージーン・Aは、珍しく出席したとき、神は我々の知らないことをご存知だと書いた。

灰と骨。それが神の計画が残したものなのだ。

しかし、タワーが倒壊したとき、とオマーは書いた。

飛び降りるときに手をつないでいた人たちがいるって噂を聞きます。

神がこれを許したのなら――飛行機の激突を――私が今朝パンを切っているとき、私の指が切れるように仕向けたのも神だろうか？

彼らは書き、自分たちが書いたものを読んだ。それぞれ順番に。コメントがあり、意見交換があり、独白があった。

「指を見せなさい」とベニーは言った。「それにキスしたいから」

リアンは彼らにもっとしゃべらせようとした。もっと議論するように。彼女はすべてを聞きたかった。すべての人が言うこと、ありふれたことを。そして信仰についてのあからさまな意見を、深い感情を、部屋に満ちている情熱を。彼女にはこうした男女が必要だったのだ。アプター医師のコメントに動揺したのは、そこに真実が含まれていたからだった。彼女にはこうした人々が必要だ。もしかしたら、このグループはメンバーにとってより、彼女にとって大きな意味があるのかもしれない。ここには何か貴重なものがあった。染み出し、血を滲ませるもの。こうした人々は、彼女の父を殺したものの生きた体現なのだ。

「神が何か起きると言えば、何か起きるんだ」

「私はもう神を尊敬しない、これ以降」

「私たちは座って耳を澄ます。神は語りかけてくれたり、くれなかったり」

「私は髪を切りに行こうと、道を歩いていた。そのとき誰かが走ってきた」

「わしは便器に座っていた。そのことで自分が嫌になったよ。みんな、あの事件のときにどこにいたのかと言う。わしは自分がどこにいたか答えられなかった」

「でも、私たちには話してくれました。それは素晴らしいわ、ベニー」

彼らは言葉を差し挟み、身振りし、話題を変え、互いに相手を説得しようとした。そして目を閉じて物思いにふけったり、狼狽したり、陰鬱な気分でその事件を追体験したりしていた。

「神が救った人々についてはどうなの？　彼らは死んだ人たちより善人なのかしら？」

「私たちが問うべきことではないんだよ。問うてはいけないんだ」

「アフリカでは百万人もの赤ちゃんが死んでいて、そのことについて問うことはできない」

「これは戦争だと思った。戦争だと思ったわ」とアンナは言った。「私は屋内に留まって、蠟燭に火をつけた。中国人だって妹が言ったわ。あいつらに爆弾をもたせちゃいけないってね」

リアンは神という概念と格闘した。彼女は、宗教とは人々を従順にさせるためのものだと教わった。それが宗教の目的なのだ、人々を子供のような状態に戻すことが。畏怖と服従、そう母は言った。だからこそ、宗教は法律において、儀式において、罰において、あんなに力強い言葉を発するのだ。そして宗教は美しい言葉も発する。音楽や芸術を生み出し、ある人々の意識を高め、ある人々の意識を萎縮させる。人々は恍惚状態に陥り、文字通り地にひれ伏す。長い距離を這って歩き、あるいは群れを成して行進し、自分たちを刃物で刺したり、鞭で打ったりする。そして他の人々、我々のような人々は、もっと穏やかに揺さぶられたり、魂の深い部分で交わったりする。力強く美しい、と母は言った。我々は超越したい、安全な理解の領域を超えたい。そして虚構を作り上げる以上に、そのための良い方法があるだろうか。

ユージーン・Aは七十七歳で、髪をジェルで逆立たせ、耳にはピアスをしていた。

「私はあのとき流しの掃除をしていた、一生に一度って感じだったがな、そうしたら電話が鳴ったんだよ。前の妻からだった」と彼は言った。「もう十七年くらい音沙汰がなかった女さ。生きているのか死んだのかもわかっていなかった。それが、私が発音もできないフロリダの町から電話してきたんだ。私は〝なんだ〟と言った。そしたらやつは〝なんだなんて言ってるときじゃない〟だとよ。昔と変わらず、尊敬の欠片もない声だった。で、やつは〝テレビをつけなさい〟と言ったんだ」

「私は隣の家でテレビを見せてもらったよ」とオマーは言った。

「十七年も音沙汰がなかったんだ。まったく、こんなことが起こらなけりゃ、電話をかけようと思いつきもしないなんて。〝テレビをつけなさい〟だとよ」

混線したような会話が続いた。

「神があんなことをなさるなんて許せない」

「子供にどう説明したらいいんだろう、母親か父親をなくした子供に？」

「子供たちには嘘をつくんだよ」

「見たかったわ、手をつないで飛び降りた人たちを」

「何かが起きているのを目撃すれば、それは現実ということになる」

「でも神様。神がこれをしたの、しなかったの？」

「それをまっすぐに見すえている。でも、それは本当に起きているわけではない」

「神はでっかいことをするんだよ。世界を揺るがすんだ」とカーティス・Bは言った。

「こうは言ってやれるね。少なくとも、あんたは腹に管を通されたり、大便用の袋をつけさせられたりして死んだわけではないって」

「灰と骨」

「私は神を近くに感じる。わかるわ、みんなわかるでしょ。彼らもわかっているの」

「ここは我々の祈りの部屋だよ」とオマーは言った。

誰もテロリストに関してはひと言も書かなかった。朗読に続く意見交換でも、テロリストに関しては何も言わなかった。彼女は彼らをけしかけてみた。何か言いたいことがあるはずですよ、口にせずにいられない感情が。十九人の男が、私たちを殺すために、ここにやって来たのですから。

彼女は待った。いったい何を聞きたかったのだろう。それからアンナ・Cが知人の話をした。消防隊員で、タワーのひとつで行方不明になった男のことだ。

それまで、アンナはあまり話に加わろうとしなかった。一度か二度、事務的な口調で口を挟んだだけだった。ところがこのとき、彼女は手振りを交え、物語をドラマチックに語ろうとした——貧弱な折りたたみ椅子に堅苦しく座りながら。そして誰も口を差し挟もうとしなかった。

「この人が心臓発作で死んだのなら、私たちは彼のせいにします。食べ物が悪い、食べ過ぎだ、運動不足だ、常識がなかった。そう私は奥さんに言いました。あるいは、彼が癌で死んだのなら。タバコを吸っていて、止められなかったから。それがマイクでした。それが癌なら、そして肺癌なら、彼のせいにします。でもこの場合は、ここで起きたことは、あまりに大きすぎます。特定の場所を越えて、世界の反対側の話なんです。そうした人たちのところまで行けないし、新聞で写真を見ることもできない。顔写真は見られますけど、それが何を意味します？　彼らに汚名を着せようにも、そのための材料にもならない。私は生まれる前から、人の悪口を言う女でしたけどね、あの連中のことは何て呼んだらいいんでしょう？」

リアンはこの裏に何があるのだろうと考えた。これは復讐の言葉で語られた反応であり、彼女はそれを歓迎した。ささやかながら本質的な願望――大嵐の中でどんなに無益であっても。

「彼が車の衝突事故で死んだとか、道路横断中に車に撥ねられて死んだとかなら、あなたはその人を千回だって殺すことができます――運転していた人を。正直言って、本当にその通りのことはできないですけど――だって、その手段がないから――でも、それを考えることはできます。心の中で思い浮かべて、代償となるものを得ることはできるんです。でもこの場合、これだけの人が死んだのに、それを考えることもできない。どうしたらいいのかわからないんです。だって、彼らはあなたの人生から百万マイルもかけ離れているから。その上、彼らはもう死んでいるんです」

宗教があり、神がいた。リアンは無信仰を望んだ。無信仰は、思考と目的の明瞭さへとつながる旅程である。あるいは、これも迷信の別の形にすぎないのだろうか？　彼女は自然界の力と成り行きを信用したかった、これだけを――知覚可能な現実と科学的な努力を――地球上の男と女の営みだけを。彼女は知っていた、科学と神のあいだには軋轢がないということを。両方一緒に選ぶことはできる。しかし、彼女はそうしたくはなかった。学校時代には、学者や哲学者たちについて学び、スリリングなニュースのように読んだ本があった――彼女をときに身震いさせた、個人的なニュースのように。そして、彼女が愛し続けてきた神聖な芸術があった。懐疑主義者たちがこうした芸術を作り出した――それから熱心な信者たち、かつては疑っていたが信じるようになった人々が。だから彼女も自由に考え、疑い、信じ、この三つを同時にやってもよいのだ。しかし彼女はそうしたくはなかった。神は彼女を急きたて、弱い存在にするだろう。神は想像不能な存在のままであり続けるだろう。彼女はこれだけを望んだ、彼女が人生の大半にわたってもち続けてきた危なっかしい信仰の鼓動を断ち切ることを。

彼は日中まで考え込むようになった、一分も無駄にせずに。そんなことになったのは、ここにいて、たったひとりで時間を過ごしているためだった。日常の刺激から、オフィスでの間断なく続く会話から、離れているため。周囲は静まり返っているように思われた。奇妙なことに、物事がはっきりと目に映るようだった――彼には理解できない形で。彼は自分がやっていることを注視し始めた。いろいろなことに気づくようになった――ほんの一日だけの、あるいは一分だけの、ささやかな忘れられていた動きにまで。自分が親指を舐め、その指に皿のパンくずをくっつけて、のんびりと口の中に入れることとか。とはいえ、もはやのんびりというわけでもない。馴染み深いものが何もなかったのだ、ここにいて、再び家族の中に戻っているのに。彼は自分自身が見知らぬ人間のように思われた。あるいは、これまでもずっとそうだった。ただ、これまでと違うのは、自分がそれを注視しているということだった。

ジャスティンを学校まで歩いて送った。それから家まで歩いて帰った、ひとりで、あるいは別の場所へ、ただ歩くだけ。それから彼は学校に子供を迎えに行き、また家まで歩いて帰った。そうした時間には抑えられた高揚感があった。ほとんど隠されてきた感情。知ってはいたが、しかしかすかにしか知らなかった何か。自己暴露の囁き。

子供は単音節語だけで話そうとしていた、それも長期間にわたって。それは彼のクラスがやっている真面目なゲームだった。子供たちに単語の構造を教え、明晰な思考を形作るために必要な規律を身につけさせるためのもの。リアンは半ば真剣に、これって全体主義的よね、と言った。「かんがえるとき、ゆっくりとやるたすけになるんだよ」とジャスティンは父親に言った。一語一語を測るように、音節数を確認しながら。

精神をリラックスさせ、ゆっくりとやるようになったのは、キースも同じだった。かつては昼でも夜でも自意識から飛び出し、肉体の露骨な動きのみになることを欲していた。今はふと気づくと、しばらく黙想を続けている。はっきりとした単位で、しっかりした連鎖で考えるのではなく、現われ出るものを吸収するだけ。時間や記憶から物事を引き出し、集積した経験が形作るぼんやりした空間に投影させる。あるいは、立ち止まって見つめる。窓のところに立ち、街路で何が起きているか見る。常に何か起きている、最も静かな日でも、夜遅くでも。しばし立ち止まって見つめれば。

どこからともなく言葉が浮かび上がってきた。たとえば「有機榴散弾」というフレーズ。なんとなく聞き覚えがあるのだが、彼にとって何も意味していなかった。それから、通りの向こう側で二重駐車している車に気づき、別のことを考え、それからまた別のことを考えた。歩いて学校に送り迎えをした。食事を作った。過去一年半のあいだにほとんどやらなかったことだ。それをやると、生き残った最後の人間のように感じられてしまうから――夕食のために卵を割るというのは。公園があり、いろいろな天候があり、公園の向こう側に住んでいる女がいた。しかし、それは別のことだ、公園を歩いて横断することは。

「いえにかえろうよ」とジャスティンが言った。

彼女は目覚めていた。真夜中に、目を閉じながらも、心は走っていた。彼女は時間が押し迫ってくるように感じた。脅威と、頭の中で刻まれる鼓動を感じた。

彼女は彼らがテロ事件について書いたものすべてを読んだ。

彼女は父親のことを考えた。彼がエスカレーターを降りてくるのを見た。おそらくは空港だろう。

キースはしばらく鬚を剃るのを止めた、それがどういう意味であれ。すべてが何かを意味しているように思われた。彼らの人生は移り変わりつつあり、彼女はその兆しを探した。ある出来事についてほとんど気づいていないときでも、それがあとになって思い出され、意味が付け加えられていた――彼女にははっきりわからなかったが、数分か数時間、眠れないままに続くエピソードの中で現われた。

彼らは赤レンガの四階建てアパートの最上階に住んでいた。この数日、彼女は階段を下りていく途中、しばしばある種の音楽を耳にした。泣き叫ぶような音楽、リュートとタンバリン、ときには祈りを唱える声。それが二階の部屋から聞こえてくる。同じCDだ、と彼女は思った。それを何度も何度も。次第に腹が立つようになってきた。

彼女は新聞の記事を読んだ。読み始めると、無理やり止めるまで読み続けてしまった。

しかし、物事は普通の状態に戻ってもいた。いつもの状態と同じように、あらゆる意味において普通だった。

エレナという名の女がその部屋に住んでいた。おそらくエレナはギリシャ人なのだろう、と彼女は思った。しかしあの音楽はギリシャのものではない。彼女が耳にしている音楽は別の系統のものだった、中東か北アフリカかベドウィンの歌、あるいはスーフィズムの踊り。イスラム教の伝統に属する音楽だ。彼女はドアを叩き、何か言ってやろうかと考えた。

彼女はニューヨークを出たいと周囲の人々に言った。彼らは彼女が真剣ではないとわかっていて、はっきりそう指摘した。彼女は彼らが憎らしくなり、自分自身の見え透いたところも嫌になった。目を覚ましているときの小さな恐怖感は、真夜中のその瞬間と似ていた。心が錯乱してさ迷うとき、心が走っているとき。

彼女は父親のことを考えた。彼女の姓は父のものだ。リアン・グレン。父は伝統的な堕落したカトリック教徒だった。ラテン語のミサに傾倒していたが、それもミサの途中で立ち去ってよければの話だった。彼はカトリック教徒と堕落したカトリック教徒との区別をしなかった。ただひとつ重要なのは伝統だったが、それも彼の仕事においてではなかった。彼の建築物は、だいたいが辺鄙な地域に建てられたが、そこに伝統はまったく感じられなかった。

彼女は丁重な態度を装ってみようかと考えた。戦略として、嫌がらせに対して嫌がらせで応える手段として。たいてい階段で聞こえてくるよ、とキースは言った。階段を上がるとき、下りるとき。そして、たかが音楽じゃないかと言った。そんなの気にしなければいいんだ。

彼らはアパートを所有していたのではなく、借りていた。中世の人々のように。

彼女はドアをノックし、エレナに何か言ってやりたかった。どういうつもりなのか訊ねる。丁重な態度を装って。それ自体が報復なのだ。みんなが神経過敏になっているときに、どうしてわざわざこの音楽をかけるのかと訊ねる。心配しているアパートの仲間といった言葉遣いをする。

彼女は新聞で死者たちのプロフィールを読んだ。

少女だった頃、彼女は母のようになりたかったし、父のようにもなりたかった。学校の友人の何人かのようにもなりたかった。ひとりか二人、身のこなしが特にゆったりとしている者たちのように。彼女らが話すのはどうでもいいことばかりだったが、その話し方にこそ意味があった。そよ風のような、飛ぶ鳥のような気楽さ。彼女はそのうちのひとりと寝たことがあった。少しだけ触り合い、一度キスをした。彼女はそのときのことを夢のように考えていた。身も心ももうひとりの女の子の中に入り込んで、そこで見た夢のようだった。

ドアをノックする。騒音のことを指摘する。音楽とは言わず、騒音と呼ぶ。

彼らこそ、似たような考え方をし、似たような話し方をする者たちだ。同じ食べ物を同じときに食べる。彼女はそれが真実ではないとわかっていた。同じ祈りの言葉を捧げる、一語一句同じことを、同じ祈りの姿勢で。昼と夜、太陽と月の動きを追って。

彼女は眠る必要があった。頭で鳴っている例の騒音を止め、右を下にして夫の方を向く。そして彼の吐く息を吸い込み、彼と同じ眠りに就く。

エレナはオフィスかレストランのマネージャーだった。離婚していて、大きな犬と一緒に住んでいた。それ以外のことは誰も知らなかった。

彼女は彼の顔に生えている毛が好きだった。なかなか素敵だと思ったが、それについては何も言わなかった。一度だけつまらないことを言い、彼が無精ひげに親指を走らせるのを見ていた。彼自身も毛の存在を確認していたのだ。

彼らは言った。ニューヨークを出るだって？ 何のために？ どこへ行くの？ これはこの地域で研ぎ澄まされたニューヨーク中心主義の言葉遣いだった。声高に、無遠慮に。しかし、彼ら以上に彼女も同じことを心で感じていた。

こうしよう。ドアをノックする。丁重な態度を装う。音のことを騒音と言う。ドアをノックする。騒音のことを指摘する。表向きは丁重で落ち着いている振りをする。どこのアパートでも通用するようなアパート仲間の礼儀のパロディ。それから穏やかに騒音のことを指摘する。しかし、音のことは常に騒音とはっきり言う。ドアをノックする、騒音のことを指摘する、落ち着いた丁重な態度を取る——あからさまに偽りの——背後に潜むテーマは仄めかさない。ある種の音楽は政治的かつ宗教的な声明になってしまうということ、特にこういうときは。住民としての権利が侵害されたという言葉遣いに徐々に移っていく。相手が賃貸なのか所有しているのかを訊ねる。

彼女は右を下にして、夫の方を向いた。それから目を開けた。

どこから来たのかわからない思考。どこか別のところ、誰か別の人から。

彼女は目を開け、そして驚いた。今でも彼がベッドに、自分の隣にいるのを見ると驚いてしまう。テロ事件から十五日も経つと、それは気の抜けた驚きになっている。彼らはその夜、セックスをした。少し前、何時頃だったかははっきりしないが、二、三時間前。どこかそのあたりの一刻、互いの体を解き放ち、時間もまた解き放った――昼夜問わず、この数日間のうちで強いられたり歪められたりしていない唯一の時間、世の中の出来事に迫られているように感じない一刻。それは、彼とのセックスでは最も穏やかなものだった。彼女は口の端によだれを感じた、枕に押しつけているあたりに。そして彼を見た。仰向けに横たわっている。街灯からの弱い光を背景に、彼の横顔がはっきりと見える。

彼女はその言葉にどうしても馴染めなかった。私の夫《ハズバンド》。彼は夫ではなかった。配偶者という言葉は、彼に当てはめると、滑稽に思われた。夫というのは単純にしっくりこなかった。彼はどこか別の場所にいる別のものだった。しかし今、彼女はその言葉を使った。彼は成長し、夫《ハズバンドマン》という男に成りつつある。もっとも、ハズバンドマンとはまったく別の意味の単語であることを、彼女は知っていたけれども（husbandman は「農夫」の意味）。

すでに空中に漂っているもの――若者たちの体内に――そしてその次に来るもの。

その音楽には、無理して息を吸って吐くような音が含まれるときがあった。彼女はある日、それを階段で聞いた。男たちが切迫したリズムのパターンで息を切らす間奏曲。吸い込む息、吐く息の祈禱、別のときの別の声、忘我状態の声、朗誦の声、女たちの敬虔な哀悼の声、ハンドドラムと手拍子の背後に混じる村人たちの声。

彼女は夫を見つめた。その顔は表情が空っぽで、何の感情も見せていなかった。彼が起きているときの表情と大差ない。

確かに音楽は美しいが、だからって、なぜ今なのだろう？　これにはどんな意図があるのだろうか？　鷲の羽根で爪弾くリュートみたいな楽器の名前は何ていうのだろう？

彼女は夫の波打つ胸に手を伸ばした。

ついに眠る時間になった、太陽と月の動きを追って。


彼女は早朝のジョギングから戻り、汗をかいたまま、キッチンの窓辺に立っていた。一リットルのボトルから水を飲み、キースが朝食を食べている姿を見つめていた。

「きみは街路を走る狂女のひとりだな。公園の貯水池のまわりを走りなよ」

「女だと、男よりも頭がおかしいように見えるってわけ？」

「街路でだけだよ」

「街路が好きなのよ。朝のこの時間、ニューヨークには何かがあるの。川沿いを走っていると、街路はほとんど空っぽで、リヴァーサイドドライヴを車が突っ走る」

「深呼吸しなよ」

「リヴァーサイドドライヴで車と一緒に走るのが好きなのよ」

「深呼吸してごらん」と彼は言った。「排気ガスが肺の中に吸い込まれていくから」

「排気ガスが好きなの。川から吹いてくる風も好きだし」

「裸で走りなよ」

「あなたがやるんなら、私もやるわ」

「子供がやるんなら僕もやるな」と彼は言った。

ジャスティンは部屋にいた。今日は土曜日。このところ描いていた祖母の似顔絵に、クレヨンで最後のタッチを、最後の色を加えようとしているのだろう。あるいは、学校に提出する鳥の絵──それが彼女にあることを思い出させた。

「あの子は〝きょうだい《シブリングズ》〟の家に双眼鏡を持って行ってるんだって。何か心当たりはある？」

「空を監視してるんだ」

「何のために？」

「飛行機だよ。子供のひとりがさ、女の子の方だと思うけど」

「ケイティ」

「ケイティがね、タワー・ワンに激突した飛行機を見たって言うんだ。学校から家に戻っていたって、病気で。それで飛行機が通り過ぎたとき、窓辺にいたって言うんだよ」

〝きょうだい《シブリングズ》〟の住んでいるビルは、地域の人たちに〝ゴジラ・アパート〟として知られていた。あるいは単純に〝ゴジラ〟と。それは、一軒家や中くらいの高さのビルが立ち並ぶ地域に、四十階くらいの高さで聳え立ち、周辺に独自の天候をもたらしていた。強風がビルの側面を吹き降ろし、風に煽られて老人がつまずくこともあった。

「病気で家にいた。信じられる？」

「あの子の家は二十七階だと思うな」

「西側に公園が見えるのよ。そこまでは本当だわ」

「あの飛行機は公園の上を飛んだのかな？」

「公園の上かもしれないし、川かもしれない」と彼女は言った。「それで、あの子は病気で家にいたのかもしれないし、でっち上げかもしれない」

「そのどちらかだね」

「そのどちらか。で、あなたが言うには、子供たちは次の飛行機を見張っているのね」

「同じことが起きるのを待ってるんだ」

「恐ろしいわ」と彼女は言った。

「今回は双眼鏡を携えて、しっかり見てやろうというわけさ」

「すごく恐ろしいわ。なんか、すごくグロテスクなものがあるわよ。子供たちったら、そんなに歪んだ想像力をもっているなんて」

彼女はテーブルのところへ行き、彼のシリアルのボウルからイチゴを半分取った。それから彼の向かいに座り、考えながら、もぐもぐ口を動かしていた。

しばらくしてから彼女は言った。「ジャスティンから聞き出した唯一のこと。タワーは倒壊しなかったんだって」

「僕は倒壊したって教えたよ」

「私もよ」と彼女は言った。

「飛行機がぶつかったけど、倒壊はしなかった。ジャスティンはそう言うわけだ」

「テレビでその場面は見なかったからね。見てほしくなかったのよ。でも、タワーが崩れたことは教えたわ。それを理解したように思えたのに。でも、よくわからない」

「崩れ落ちたことはわかっているよ、それについて何を言おうとね」

「わかってなきゃいけないわ、そう思わない？　あなたがあそこにいたことだって知ってるんだから」

「それについて話はしたよ」とキースは言った。「一度だけだけどね」

「あの子は何て言った？」

「あまりしゃべらなかったな。僕もあまりしゃべらなかったけど」

「子供たちは空を見張っているわけね」

「その通り」と彼は言った。

ずっと話したいと思っていたことがあると、彼女にはわかっていた。そしてついに、そのことが言葉になって意識に上ってきた。

「ジャスティンだけど、ビル・ロートンという名前の男について何か言ってなかった？」

「一度だけね。本当は、誰にも言ってはいけないことらしい」

「あの子たちのお母さんがその名前のことを教えてくれたの。あなたに話すのをずっと忘れてたわ。最初は名前を忘れたの。簡単な名前ほど忘れちゃうのよね。覚えているときは、話したくてもあなたがいないんだわ」

「あの子は口を滑らせたのさ。その名前をポロッと言っちゃったんだよ。飛行機のことは秘密なんだって教えてくれた。僕も誰にも言ってはいけないんだ、あの三人が二十七階で空を見張ってるってことは。でも、何よりも、ジャスティンが言うには、僕はビル・ロートンのことをしゃべってはいけない。それからジャスティンは、自分がしゃべってしまったことに気づいた。名前を言ってしまったんだ。だから僕に、二重にも三重にも約束させたんだ。誰も知ることは許されないんだよ」

「母親も含めてってわけ？　四時間半も血を流し、痛い思いをしてあの子を産んでやったのに。だから女たちは街路を走りたくなるのよ」

「アーメン。でも、実際に起きたことは」と彼は言った。「もうひとりの子供、弟がね」

「ロバート」

「あの名前を言い始めたのはロバートなんだ。そこまでは僕も知っている。そこから先はだいたい推測なんだよ。ロバートはテレビか学校かどこかで、ある名前をしょっちゅう聞いているように思った。おそらくその名前を一度聞いて、あるいは聞き間違えて、その後はいつもそのバージョンを当てはめたんだ。言い換えると、自分が最初に聞いたと思ったことを修正しなかったんだよ」

「何て聞いたの？」

「ビル・ロートン。本当はビン・ラディンなんだけど」

リアンは考え込んだ。最初は、少年のささやかな言い間違いに重要な意味が込められているように思えた。彼女はキースを見つめ、彼の同意を探った。自分のふらふらとした恐れがどこかに行き着くための手がかりを求めて。彼は食べ物を嚙みながら肩をすくめた。

「だから、子供たちは一緒になって」と彼は言った。「ビル・ロートンという神話を作り上げたのさ」

「ケイティは本当の名前を知っているはずよ。ずっと賢いんだから。たぶん、彼女がわざとこの名前を使い続けてるんだわ、間違った名前だからこそ」

「そこがポイントなんだな。神話なんだよ」

「ビル・ロートン」

「空を見張って、ビル・ロートンが現われるのを待っている。ジャスティンは少し口を滑らせてから、だんまりを決め込んだんだ」

「ひとつだけ嬉しいことがあるわ。イザベルよりも先に謎の答えを見つけたってこと」

「誰、それ？」

「〝きょうだい《シブリングズ》〟の母親よ」

「彼女の流した血と痛みはどうなるんだい？」

これにはリアンも笑ってしまった。しかし、子供たちがドアを閉め切って窓辺に集まり、空を見つめていることを考えると、心中穏やかではなかった。

「ビル・ロートンは長い顎鬚を生やし、ローブを着ているんだ」と彼は言った。「ジェット機を飛ばし、十三カ国語をしゃべるけど、英語は妻たちに対して以外は使わない。ほかに何だっけ？　我々の食べ物に毒を盛る力があるけど、特定の食べ物に限られている。子供たちはこういうリストを作ってるんだ」

「こういうことになるわけね、子供たちを守ろうとして、ニュースから遠ざけると」

「ただし、我々が遠ざけたわけじゃない、正確にはね」と彼は言った。

「子供たちを大量殺人のニュースから遠ざけると」

「ほかに彼がすることはさ、ビル・ロートンだけど、裸足でどこへでも行くんだ」

「彼らはあなたの親友を殺したのよ。憎むべき殺人鬼だわ。親友二人よ、二人」

「ちょっと前にディミートリアスと話したんだ。きみは会ったことなかったよね。もうひとつのタワーで働いていた。ボルティモアの火傷専門病棟に送られたんだ。家族がそこにいるから」

彼女は彼を見つめた。

「あなたはどうしてまだここにいるの？」

彼女はできるだけ穏やかな好奇心を込めた声でこれを訊ねた。

「ずっといるつもり？　だって、そのことについては話し合っておかないといけないでしょう」と彼女は言った。「あなたにどう話しかけたらいいのか忘れちゃった。こんなに長く話すの初めてよね」

「誰よりもうまく僕と話しているよ。僕にどう話しかけるか。おそらくそれが問題なんだ」

「話しかけ方を忘れてしまったのよ。だって、今この場で、こんなにたくさん話すことがあるんだ、なんて考えてるんだから」

「たいして話すことはないよ。前は何から何まで話したけどね、いつでも。すべてを吟味した。あらゆる疑問を、あらゆる問題を」

「そうね」

「それでうんざりしちゃったんだ」

「そうね。でも、それって可能？　これが私の質問よ」と彼女は言った。「それって可能なの？　あなたと私の諍いが終わるってこと。何を言っているかわかるでしょう。毎日のいざこざ。別れる前は、互いのひと言ひと言、ひと呼吸ひと呼吸にピリピリしていたわ。それが終わったなんてあり得るの？　あんなのもう必要ない。それなしで生きていける。私は正しい？」

「二人のささやかな生活に甘んじるときが来たのさ」

## マリエン通りにて

彼らは冷たい雨が降るのを見ながら、入口にたたずんでいた。若い男と年上の男、午後の祈りの後。風が吹き、ゴミが歩道沿いにずるずると引きずられていく。ハマドは両手をお椀のようにして口に当て、六度か七度息を吐いた。ゆっくりと、慎重に、暖かい呼気の囁きを手のひらに感じながら。自転車に乗った女が通り過ぎた――頑張ってペダルを踏んでいる。彼は両腕を胸のところで交差させ、それぞれの手を腋の下で挟んだ。そして年上の男の話に耳を傾けた。

彼はシャッタルアラブの戦いのライフル銃兵だった。十五年前のこと、彼らが泥地を渡って来るのを見ていた。叫びながら突進して来る、何千もの少年たち。ライフルを抱えている者もいたが、多くは持っていなかった。武器は年少の子供たちの手に余るのだ。カラシニコフは重すぎて、長い距離を運べない。彼はサダムの軍の兵士であり、彼らはホメイニ師の殉教者たちだった――死ぬためにここに来た者たち。彼らは湿地帯から湧き出て来るように思われた、次々に打ち寄せる波のように。そして彼は狙いを定め、撃ち、彼らが倒れるのを見た。左右には機関銃部隊がいて、その射撃は激しさを増し、彼はどろどろに溶けた鉄鋼を吸い込んでいるような気がしてきた。

ハマドはほとんどこの男を知らなかった。パン屋を営んでいて、ハンブルクには十年くらい住んでいるらしい。彼らは同じモスクで礼拝していた――彼が知っているのはそれくらいだった――外壁には落書きが塗りたくられている、うらぶれたビルの二階、この地域をうろつく娼婦たちの溜まり場。彼は今そのことも知った。これは長い戦争を戦っている顔なのだ。

少年たちは続々と押し寄せて来て、機関銃が彼らを打ち倒した。しばらくして、男はそれ以上撃つ意味がないことを悟った。自分にとっては意味がない。彼らが敵であるにしても――イラン人であり、シーア派であり、異端者であるにしても――自分が撃つ意味はない。彼は迫って来る少年たちを見て、そう思った。命がけで魂を守りながら、煙を上げている仲間たちを飛び越えて来る少年たち。もうひとつ彼が悟ったことは、これは軍事戦略であるということだった。一万人の少年たちが華々しく自己を犠牲にし、イラク軍の気を逸らそうとしている。前線の背後に集中している本当の軍隊が見つからないように。

ほとんどの国は狂人によって動かされている、と彼は言った。

続いて彼は、自分は二つのことを悔やんでいると言った。ひとつは少年たちが死ぬのを目撃したこと。彼らは地雷を爆発させたり、戦車の下をくぐったり、砲火の壁に向かって突進したりするために送り出されたのだ。もうひとつは彼らの――少年たちの――勝ちだと思ったこと。彼らは死に様において我々を上回っていた。

ハマドは口をはさまずに聞いていたが、この男に感謝の気持ちを抱いた。彼は年齢から言えば老人という歳ではなかったが、厳しい歳月以上に重いものを抱えている男だった。

しかし、少年たちの叫び声、甲高い泣き声とは。それが戦闘の騒音の中でも聞き取れたと男は言った。少年たちは歴史の叫び声を響かせていたのだ。古代のシーア派の敗北と、負けて死んでいった者たちに対する生きている者たちの忠誠の誓い。その叫びがまだ近くで聞こえる、と彼は言った。昨日起こったことではなく、今でも起こり続けていることのように思われる。千年のあいだずっと起こり続け、常に空中に漂っていること。

ハマドは頷きながら聞いていた。冷気が骨身に染みてきたように感じた。湿った風と北国の夜が体に応える。彼らはしばらく黙りこくって、雨がやむのを待っていた。そして彼は、別の女が自転車に乗って通り過ぎるのではないかと考え続けていた。見物するに値する女、髪を濡らし、足でペダルを踏んで。

彼らは顎鬚を生やし始めていた。彼らのひとりは父親にまで顎鬚を生やすように言った。男たちはマリエン通りのアパートに集まるようになった。訪ねて来るだけの者もいれば、そこで暮らし始める者たちもいた。男たちが始終出入りするようになった——みな顎鬚を生やしていた。

ハマドはうずくまり、食べながら聞いていた。話は火であり、光だった——感情が飛び火していくのだ。彼らは理工系の勉強のためにこの国に来ていたが、こうした部屋で話すのは闘争についてだった。ここではすべてが歪んでおり、偽善的だ——西洋の堕落した精神と肉体は——イスラムを震撼させ、鳥にやるパンくず程度の存在にしようとしている。

彼らは建築と工学を勉強していた。都市計画を勉強し、建築物の欠陥はユダヤ人のせいだと主張する者もいた。ユダヤ人が壁を薄くしすぎ、廊下を狭くしすぎたのだ。このアパートのトイレを作ったのもユダヤ人だが、便器が床に近すぎるので、小水が便器に届くまでに距離がありすぎる。そのため大きな音を立てるし、あたりに飛沫をはねかけ、隣の部屋の者にその音が聞こえてしまう。これもユダヤ人の薄い壁のせいだ。

ハマドはそれが冗談なのかどうかよくわからなかった。真実なのか、でたらめなのか。彼は仲間たちの話をすべて熱心に聞いていた。図体が大きく、不器用な男。物心がついてからずっと、こう考えてきた。正体のわからないエネルギーが自分の体には封印されているのだ、と。あまりにしっかりと閉じ込められていて、解き放たれることがないのだ。

父親に顎鬚を生やせと言ったのがどちらの男なのか、彼にはわからなかった。父親に顎鬚を生やせと言うこと。それは普通、あまり薦められることではない。

議論の中心となっているのはアミルという、激しやすい男だった。針金のように痩せた小柄な男。彼はハマドの目の前に顔を近づけてしゃべった。「あの人はとっても天才」とほかの男たちは言った。彼は皆に、男はずっと部屋に閉じこもっていられる、と言った。青写真を作り、食べ、眠り、お祈りしたり陰謀をめぐらしたりできる。しかしある時点で、外に出なければならない。部屋が祈りの場であったとしても、ずっと部屋にとどまるわけにはいかない。イスラムはコーランの章《スーラ》だけでなく、祈りの部屋の外の世界にあるのだから。イスラムは敵との戦いだ。近くの敵、遠くの敵。まずはユダヤ人、あらゆる不正と憎むべき物事を正すために戦う。そして次の敵はアメリカ人だ。

彼らは自分たち専用の空間を必要とした。モスクで、大学にある可動式の祈りの部屋で、ここマリエン通りのアパートで。

アパートのドアの外には七足の靴が置かれていた。ハマドが中に入ると、彼らは口角沫を飛ばして議論していた。彼らのひとりはボスニアで戦ったと言い、別のひとりは犬や女と接触しないようにしていると言った。

彼らは他国における聖戦《ジハード》のビデオを見た。ハマドは少年兵たちが泥の中を走って行く話をした。天国への鍵を首に結びつけて、地雷を踏みに行く者たち。彼らは彼を睨みつけ、言い負かそうとした。そんなのはずっと昔の話だし、あいつらはただの子供だ、と彼らは言った。可哀相に思うだけ時間の無駄なのだ。そのうちのひとりとして同情に値しない。

ある夜遅く、トイレに行くのに、彼はうずくまって祈っている兄弟をまたいで行かなければならなかった。トイレで彼はマスターベーションをした。

世界の変化は、世界を変えようと思っている人間の心の中から始まる。その時は迫っている、我々の真実は、我々の恥辱は。そして各々の人間が他の人間となり、他の人間がまた他の人間となって、そこには区別がなくなる。

アミルは彼の目の前でしゃべった。彼のフルネームはモハメド・モハメド・エル＝アミル・エル＝サイェド・アタだった。

歴史が失われたという感覚があった。彼らはあまりに長いこと隔絶された状態で生きてきたのだ。それが彼らの会話のテーマだった。他の文化によって締め出されたということ——他の未来によって。資本主義市場と外交政策という、すべてを包括する意志によって。

これがアミルだ。彼の精神は上空を飛翔している。物事から意味を引き出し、物事と物事とを結びつける。

ハマドはドイツ人とシリア人——それから何だったか——少しトルコ人の血も混じった女を知っていた。彼女の目は黒く、体の締まりはなかったが、肉体の接触を好んだ。彼らは互いの体にしがみつき、足を引きずるようにして彼女の寝台に向かった。彼女のルームメートは隣の部屋で英語の勉強をしていた。ぎっしりと詰まった場所と時間の中ですべてが起きた。彼の夢は圧縮されていた——ほとんど何もない小さな部屋で、一瞬のうちに見た夢。ときに彼と二人の女は幼稚な言葉のゲームをした。四つの外国訛りの言語でナンセンスな韻文を作るのだ。

彼はドイツの情報機関の名前をどの言語でも言えなかった。アパートに出入りする男たちの中には国家に対して危険な者たちがいた。聖典を読んで、銃を撃つ。彼らはおそらく監視されているのだろう。電話は盗聴され、信号は傍受されているのだろう。どちらにせよ、彼らは直接話すことを好んだ。空中に送られる信号は傍受されやすいことを知っていたから。国家はマイクロ波を探知するステーションをもっていた。地上局と人工衛星、インターネットの中継地点をもっていた。百キロ上空からフンコロガシの航空写真を撮ることもできた。

しかし、我々は顔と顔を突き合せる。カンダハルからやって来た男がいて、リヤドからやって来た男もいる。我々は直接顔を合わせる——アパートかモスクで。国家は光ファイバーをもっているが、権力は我々に対して無力だ。権力があればあるほど、無力になる。我々は目と目を合わせる——言葉と視線を通して語り合う。

ハマドと二人の仲間はレーパーバーン（ハンブルクの歓楽街）に男を探しに行った。夜もふけ、寒さが厳しかったが、ついに男を見つけた。半ブロックほど離れた家から出て来たのだ。彼らのひとりが名前を呼び、それからもうひとりの男も名前を呼んだ。男は彼らを見つめ、しばらく待った。ハマドは男に近づき、三回か四回殴った。男が倒れると、ほかの男たちも集まり、彼を蹴った。ハマドは、仲間たちが叫ぶまで彼の名を知らなかったし、なぜ殴るのかもわかっていなかった。アルバニア人の娼婦に金を払ってセックスしようとしたのか、顎鬚を生やそうとしなかったのか。男に顎鬚がないことは、殴る寸前に気づいていた。

彼らはトルコ料理店で串焼き肉を食べた。彼は、機械製図の授業でやった設計図を彼女に見せた。勉強には身が入っていなかった。彼は彼女と一緒のときの方がインテリになったように感じた。彼女はまさにそれを促したのだ——彼に質問をすること、あるいはありのままの彼女でいることで。彼女はいろいろなことに好奇心をもった——モスクに出入りする彼の友人たちのことも含めて。彼が神秘的な雰囲気をもっていたのは友人たちが原因だったし、その状況を彼女は興味深く思っていた。彼女のルームメートは、クールな声で吹き込まれた英語の教材テープをヘッドフォンで聞いていた。ハマドはルームメートに英語を教えてくれとしつこく迫った。単語やフレーズを教えてくれ、文法は素っ飛ばしていい、と。ものすごく気が急いていて、一分先も見えないくらいだった。彼は一分一分を飛ぶように通り過ぎていた。何か大きな未来の光景が開けてきて、自分を引っ張っているように感じていた——山と空ばかりの光景。

彼は鏡で顎鬚をじっと見つめていた。これを刈り込んではいけないとわかっていた。

彼女のルームメートが自転車に乗っている姿を見て以来、彼は欲望を感じるようになったが、その欲求を家には持ち込まないようにした。ガールフレンドは彼にしがみついてきて、二人で寝台を壊してしまった。彼女は自分の存在のすべてを彼に知ってもらいたがった——内側も外側も。二人はピタパンに詰めたファラフェル（ヒヨコマメを団子にして油で揚げた中東料理）を食べた。彼女と結婚し、子供をもちたいと思うこともあったが、それも彼女のアパートを出たあとのほんの数分間に過ぎなかった。サッカー選手がゴールを決めたあと、フィールドを走っていくような気分——世界選抜選手になった気分で、腕を大きく広げて。

その時は迫っている。

男たちはインターネットカフェに行き、アメリカの航空学校について調べた。真夜中にドアが蹴破られるようなことはなかったし、街路で尋問され、ポケットをひっくり返されたり、武器がないかどうか体をまさぐられることもなかった。それでも、皆はわかっていた。イスラムは攻撃されている。

アミルは彼を見つめた。彼の卑しい部分まで見通していた。ハマドは何を言われるかわかっていた。おまえは食べてばかりいる、いつでも食べ物を口に運んでいて、お祈りに向かうのが遅い。

もっとあった。恥知らずな女と付き合っている、あの女の体にのしかかっている。ほかの連中と、おまえはいったいどこが違うのだ？　我々の世界の外の連中と？

アミルはこういう言葉をしゃべるとき――彼の目の前でまくしたてるとき――嫌味たらしく言葉に抑揚をつけた。

俺の言ってることわかるか？　中国語に聞こえるのか？　吃ってるか？　口を動かしているだけで、声は聞こえないって言うのか？

ハマドはなんとなくこれが不公平だと感じていた。しかし、自分の心を探ろうとすればするほど、その言葉が真実だとわかった。彼はまず普通でありたいと思う気持ちと戦わなければならなかった。最初に自分自身と戦い、それから彼らの人生に取り憑いている不正と戦う。

彼らはコーランの剣の節を読んだ。強い意志に貫かれ、心をひとつにしようとしていた。一緒にいる者たち以外はすべて捨てよ。互いの流れる血になれ。

ときにはアパートの部屋の外に靴が十足、十一足並んでいることもあった。ここは信奉者たちの家――彼らはアパートをそう呼んでいた。ダール・アル・アンサール。それが彼らだった――預言者を信奉する者たち。

顎鬚は刈り込んだ方が見た目がよい。しかし、今では掟があり、彼はそれに従う決意だった。彼の人生には体系と言えるものがあり、物事がはっきりと区分けされていた。自分は彼らの一員になりつつある。彼らのような外見と、彼らのような思考回路を身につけつつある。これは聖戦《ジハード》と切り離せない。彼は、彼らとともにいるために、彼らとともに祈った。本当の兄弟になりつつあった。

女の名前はレイラだった。可愛らしい目と、よく心得た触り方。彼は、しばらく旅に出ると彼女に言った。もちろん帰って来る、と。じきに彼女はおぼろげな記憶としての存在になるだろう。そして、ついにはまったく存在しなくなるだろう。

# 第二部　アーンスト・ヘキンジャー

# 6

彼が玄関に現われたとき、それはあり得ないことだった。灰の嵐の中から男が現われるなんて。全身に血と土砂をかぶり、何か焦げついたような匂いを発し、顔は細かいガラスの破片でチカチカ光っている。玄関では巨人に見えた。視線はまったく焦点が定まらず、手にブリーフケースを提げて、ゆっくりと頷きながら佇んでいた。彼女は彼がショック状態にあるのではないかと思ったが、正確な医学用語としてはどういう意味なのかわかっていなかった。彼は彼女を素通りしてキッチンへ歩いて行った。彼女はかかりつけの医者に電話しようとし、それから緊急時用の911番に、さらに一番近い病院に電話したが、聞こえてくるのは回線が込み合っているときのブーンという音だけだった。彼女はテレビを消した。なぜかはよくわからなかったが、おそらくニュースから彼を守ろうとしたのだろう。彼がまさに逃げて来た現場のニュースから。それからキッチンに行くと、彼はテーブルに向かって座っていた。彼女はグラスに水を注いで彼に差し出した。そして、ジャスティンは学校が早く退けたので祖母のところにいると言った。やはりニュースから守られている、少なくとも父親に関するニュースからは。

彼は言った。「今日はみんなが僕に水を差し出してくれるんだ」

彼女は思った。彼がこの距離を歩いて来るなんてあり得ない、あるいは階段を上れるなんて。もし彼が重傷を負っているのなら、大量に出血したのなら。

それから彼は何か言った。ブリーフケースはテーブルの脇に置かれていた。まるでゴミ埋立地から持ち出された物のように。彼はシャツが空から落ちて来たんだと言った。

彼女は布巾を水で濡らし、彼の手と顔と頭から埃と灰を拭き取った。ガラスの破片に触らないように注意しながら。最初に思ったよりもたくさんの血がついていた。それから彼女は別のことに気づき始めた。彼の切り傷と擦り傷は、これだけの量の血がつくほどには深くないし、数も多くないということ。これは彼の血ではない。ほとんどは誰か別人の血なのだ。

窓を開けてフローレンスはタバコを吸った。彼らは前回座ったのと同じ場所に座っていた。コーヒーテーブルの対角線上に。

「僕は自分に一年間の猶予を与えたんだ」

「俳優になるためね。演じているあなたが目に浮かぶわ」

「演技を勉強しただけさ。演劇の学生以上のものにはならなかった」

「だって、あなたには何かがあるもの。体が空間を満たしている雰囲気。どういう意味かはよくわからないけど」

「いいこと言ってくれるね」

「どこかよそで聞いたことがあるのよ。どういう意味かしら？」と彼女は言った。

「一年間の猶予を与えた。これは面白いだろうと思ったんだ。それから六カ月に短縮した。ほかに何ができるだろうって考えた。僕は大学でスポーツを二つやった。それはもう終わりだ。六カ月くらい何だって言うんだ。それを四カ月に短縮し、結局二カ月で終わった」

彼女は彼を探るように見た。座ったまま、じっくりと見つめた。彼女の表情には何かがあった。開けっぴろげに率直で無邪気なところが。そのため、しばらくすると、彼は気後れを感じなくなった。彼女は見つめ、二人は話した、この部屋で――一歩でも外に出たら、どんな部屋だったかを思い出せないような部屋で。

「うまく行かなかったのね。こういうことってうまく行かないものよ」と彼女は言った。「それで何をしたの？」

「ロースクールに行った」

彼女は囁き声で訊ねた。「なぜ？」

「ほかに何がある？　ほかにどこが？」

彼女は背もたれに寄りかかり、唇にタバコをくわえた。何か考えていた。彼女の顔には小さな茶色い雀斑《そばかす》があり、額の下側から鼻梁のあたりに散らばっていた。

「結婚はしているのよね。だからどうってことはないんだけど」

「ああ、してる」

「気にしないけど」と彼女は言った。彼女の声に憤りが感じられたのは初めてだった。

「別居してたんだけど、元に戻った。というか、元に戻り始めた」

「そりゃそうよ」と彼女は言った。

彼がセントラルパークを歩いて横断したのはこれが二度目だった。自分がどうしてここにいるのかはわかっていたが、他人に説明はできなかったであろうし、彼女に説明する必要もなかった。彼らが話すか話さないかは問題ではなかった。話さなくてよかったのだ。同じ空気を吸うだけでよかったし、彼女が話して彼が聞くのでもよかったし、昼が夜であってもよかった。

彼女は言った。「昨日、聖ポール教会（ワールドトレードセンターの向かいにある教会）に行ったの。人と一緒にいたかったから、特にあの場所で。人が集まっているのはわかっていたわ。捧げられた花を見たし、人々がそれぞれに置いていった品々も見た。手作りの記念品ね。行方不明者の写真は見なかった。それはどうしてもできなかったの。一時間ほどチャペルに座ったわ。人々がやって来てはお祈りしたり、ただ歩き回ったりしていた。見回したり、大理石の記念額を読んだり。〝……を偲んで、……を偲んで〟。レスキュー隊の人たちが入って来た。三人いたわ。私は見つめないようにしていたんだけど、それからもう二人入って来た」

彼女は短い期間だが結婚していた。十年前のこと、あまりに束の間の過ちだったので、傷はほとんど残さなかった。とは、彼女が言ったことだ。夫は、結婚生活が終わった数カ月後に交通事故で死に、彼の母親はそのことでフローレンスを責めた。これが残った傷跡である。

「自分に言い聞かせるの、死ぬなんてありふれたことだって」

「でも、それが自分の場合は違うよ。自分の知っている人だった場合も」

「悲しんじゃいけないって言ってるわけじゃないのよ。ただ、そういうことは神の手に委ねるべきじゃないかって」と彼女は言った。「どうして私たちはそれを学ばないんだろう？　これだけたくさんの人が死ぬのを目撃して。神を信じているはずなのに、どうして神の宇宙の法に従わないの？　私たちがちっぽけな存在であることや、私たちの行き着く先を教えてくれているのに？」

「そんなに単純じゃないんだよ」

「これをやった男たち。彼らは私たちが体現していることすべてに反対している。でも、彼らも神を信じているのよ」と彼女は言った。

「誰の神だい？　どの神？　それが何を意味するのかもわからないよ、神を信じるっていうことが。考えたこともない」

「考えたこともない」

「びっくりしたかい？」

「恐ろしいわ」と彼女は言った。「私はいつでも神の存在を感じてきたの。ときには神と話をしたわ。神と話すのに、教会に行く必要はないの。教会には行くんだけど、でも、毎週毎週というわけじゃない――何ていう言葉が当てはまるかな？」

「信心深く」

この言葉で彼女を笑わせることができた。笑ったとき、彼女は彼の心を見透かしているように思えた。目が生き生きとし、彼には見当もつかないものを見ている。フローレンスには、精神的な苦悩に近い要素がいつもあった。傷や持続する喪失に耐えてきた記憶——おそらくは生涯続くもの。そして、笑いとはある種の脱皮だったのだ。古い悲痛という死んだ皮膚から肉体的に解放されること、ほんの束の間のことではあっても。

奥の部屋からは音楽が聞こえてきた。クラシックの耳慣れた曲だったが、彼にはそのタイトルや作曲家名はわからなかった。そういうことは覚えられないのだ。彼らは紅茶を飲み、話をした。彼女はタワーについて話した。あの日のことをもう一度繰り返した——閉所恐怖症的な記憶を——煙、折り重なる死体。そして彼は理解した。彼らはこういうことを互いにしか話せないのだ、退屈なほどに細かいディテールまで。しかし、これは退屈ではないし、細かすぎることもない。というのも、それは彼らの内面の一部となっており、彼には記憶をたどっていく上で失ったものを聞く必要があるからだ。それほどまでに興奮が高まっていた——階段で彼らが茫然と共有した現実、深い縦坑に男女が螺旋状に並んでいた記憶。

会話は続いた。結婚、友情、未来などに触れながら。彼はそういうことに慣れていなかったが、それでも熱心に話した。しかし、もっぱら聞き役に回った。

「私たちが抱えているもの。これって、結局は物語なのよね」と彼女は他人事のように言った。夫の車は壁にぶつかった。彼の母はフローレンスを責めた。彼らが結婚生活を続けていれば、彼はあの車であの道は走らなかったからだ。そして、結婚生活を終わらせたのは彼女だから、責任は彼女にある。彼女の罪なのだ。

「彼は十七歳も年上の男だったわ。すごく悲劇的に聞こえるでしょ。年上の男。機械工学の学位をもっていたけど、郵便局で働いていたわ」

「酒飲みだった」

「そうね」

「交通事故の日も飲んでいた」

「そう。午後だったわ。まだ日が高い頃。ほかの車は巻き込まれなかった」

彼はそろそろ帰る時間だと言った。

「もちろんよ。帰らなきゃね。物事って、そういうふうになっているの。誰だってわかっているわ」

彼女はそのことで彼を責めているようだった。帰らなきゃいけないという事実、結婚しているという事実、妻とよりを戻したという無思慮な行為に対して。そして同時に、彼女はまったく彼に話しかけていないように思えた。部屋に向かって話しかけていたのだ、彼女自身に。彼はそう思った。過去のどこかの時点の彼女自身に。この瞬間が不気味なまでに馴染み深いことを確認してくれる人物に。彼女は自分の感情が意識の中に残ることを願った。そして本当の言葉を言いたかった――彼に向かってでなくても。

しかし彼は椅子に座ったままだった。

彼は言った。「あの音楽は何?」

「ああいう音楽、もう卒業したいんだけど。古い映画の音楽みたいでしょ。藪の中を男と女が走って行くときの音楽」

「本当言うと、きみはそういう映画が大好きだ」

「音楽も好きなの。でも、それは映画と一緒のときだけよ」

彼女は彼を見つめ、立ち上がった。玄関側の扉から出て、廊下を歩いて行った。彼女は笑ったときを除けば、十人並みの器量だった。地下鉄で見かけるような女。ゆったりとしたスカートと地味な靴をはき、太り気味で、多少ぎこちない印象を与える。しかし笑ったときはパッと輝くように見える。半分隠れている、何か目くるめくようなものが広がるのだ。

肌の白い黒人女。この矛盾した言語と揺るぎない人種意識とを奇妙に体現した存在。しかし、彼にとって意味のある言葉は彼女が話したもの、これから話すものだけだった。

彼女は神に話しかけた。おそらくリアンも神と対話しているのだろう。彼にははっきりとわからなかったが。それとも、混乱した独白を長々と続けているのだろうか。あるいは恥ずかしいことを考えている？　彼女がその話題を持ち出し、名前を口にすると、彼の心は空白になった。問題があまりに抽象的なのだ。ここで、ほとんど知りもしない女と一緒にいると、問題は避けがたいものに思われた。別の問題も、別の疑問も。

彼は音楽が変わったのに気づいた。ブンブンという勢いのよい音が含まれ、ポルトガル語のラップの声、歌う声、口笛を吹く音がする。伴奏にギターとドラム、熱狂的なサキソフォンが聞こえる。

最初、彼女が彼を見つめ、それから彼が彼女を目で追った。玄関側の扉から出て、廊下を歩いて行く女。彼にはわかった。彼女のあとを追わなければいけないのだ。

彼女は窓際に立ち、音楽に合わせて手を叩いていた。小さな寝室で、椅子はなく、彼は床に座って彼女を見つめた。

「ブラジルには行ったことがないの」と彼女は言った。「ときどき頭に思い浮かべる場所ね」

「ある人と話していて、まだ話し始めたばかりなんだけど、ブラジルの投資家に関わる仕事のことなんだ。少しポルトガル語を習わなきゃいけないかも」

「みんな少しはポルトガル語を習わなきゃいけないのよ。みんなブラジルに行かなきゃいけないの。このCDは、あなたがあそこから持ち出したプレーヤーに入っていたやつよ」

彼は言った。「続けて」

「何を？」

「ダンス」

「何？」

「ダンスだよ」と彼は言った。「踊りたいんだろ。僕は見たいんだ」

彼女は靴を脱ぎ、踊り始めた。ビートに合わせて軽く手を叩きながら、彼に近づいてきた。彼女は手を差し出し、彼は笑いながら首を振って、壁際にあとずさった。彼女はこういうことに慣れていなかった。これは彼女がひとりでやるようなことではない、と彼は思った。また、ほかの誰かとも、ほかの誰かのためにも、やったことがないはずだ。彼女は部屋の向こう側に戻って行った。音楽に我を忘れているかのように目を閉じていた。ゆっくりとした動きでしばらく踊った。手を叩くのは止め、腕を広げて高く挙げ、ほとんど恍惚としていた。そしてその場で回り始め、動きはさらに遅くなり、やがて彼に面と向かった。口を開けたまま、目も見開いた。
そこに座り、彼女を見つめながら、彼は服を脱ぎ捨て始めた。

それはローゼレン・Sに起きた。はるか遠い子供時代からの根本的な恐怖。彼女は自分がどこに住んでいるのか思い出せなくなった。高架鉄道の下の街角にぽつんと立ち、すべてから切り離されて、気持ばかりが焦っていった。店や道路の標識など、手がかりになるものを探した。世界が遠のいていくという、何とも単純なことに気づいたのだ。彼女は、物事をはっきりと区別する感覚を失っていった。道に迷ったという以上に、落下し、気を失っていくようだった。彼女のまわりには沈黙と距離しかなかった。彼女は来た道を引き返そうとした。あるいは、自分が来たと思っている道を。そしてひとつの建物に入り、玄関に立って、耳を澄ませた。人々の声が聞こえたので、それを追っていくと、部屋に突き当たった。そこでは十人ほどの人たちが座って本を読んでいた。聖書だった。彼らはローゼレンに気づくと、朗読をやめ、彼女が何か言うのを待った。彼女は何に困っているかを説明しようとした。ひとりの人が彼女のハンドバッグを開けて電話番号のリストを見つけ、迎えを呼んでくれた。ブルックリンに住む妹で、ビリーという名でリストに入っていた。この女性がイースト・ハーレムまで来て、ローゼレンを連れ帰った。
リアンはこのことをアプター医師から聞いた。それが起きた翌日だった。彼女は数カ月のあいだ、老人たちがゆっくりと衰えていくのを見てきた。ローゼレンはまだときどきは笑うし、皮肉の感覚も損なわれていない。上品な顔立ちと栗色の肌の小柄な女性。彼らは避けられないことに近づきつつあるのだ、ひとりひとりが――もはや少しの猶予しか残されていない。この時点では、それが起きるのをただ見つめているしかないのだ。

ベニー・Tは言った。朝、ズボンがうまくはけないことがあるんだ、と。それに対してカーメンは言った。「うまく脱げないよりはいいわよ。ズボンがちゃんと脱げる限りは、セクシーなベニーのままだから」。彼は笑い、足を踏み鳴らした。そしておどけて頭を叩きながら、実のところそういう問題ではないのだと言った。彼は自分がズボンをちゃんとはけているかどうか自信がもてないのだ。ズボンをはき、ズボンを脱ぐ。ジッパーが前に来ているのを確認する。鏡で裾の長さを確かめる。折り返しが靴のすぐ上に来るように。ところが、折り返しがない。折り返しがあったのは覚えている。昨日、このズボンには折り返しがあったのに、どうして今日はないのだろう？

彼は、みんながどう思うかはわかっている、と言った。自分にとっても奇妙なことなのだ。彼は「奇妙」という言葉を使った、もっと意味深長な言葉を避けて。しかし、それが起きているときは、そこから逃れられないのだと言った。自分のものではない精神と肉体の中に入って、着替えている自分を見ている。ズボンはうまく合わないように思われる。彼はズボンを脱ぎ、またズボンをはく。ズボンを蹴るように脱ぐ。ズボンの中を見る。これは他人のズボンではないかと思うようになる。自分の部屋で、椅子に掛かっていたズボンなのに。

皆はカーメンが何か言うのを待った。リアンも彼女がある事実を指摘するのを待った。ベニーは結婚していないという事実。あんたは結婚してなくてよかったよ、ベニー。ほかの男のズボンが椅子に掛かってたら、あんたの奥さんはどう言い逃れするだろうね。

しかし、このときのカーメンは何も言わなかった。

オマー・Hはアップタウンに行ったときの話をした。彼はそのグループの中でただひとり、その地域以外に住んでいた。彼が住んでいるのはロワー・イーストサイド。そこから地下鉄に乗り、プラスチックのカードをスロットに通そうとしたのだが、六回もやり直さなければならなかった。改札を変えても、「もう一度スロットに通してください」という表示が出てしまう。それからアップタウンまで長いこと電車に揺られ、気づいたらブロンクスの荒れ果てた街角に立っていた。その途中の駅をどうして飛ばしてしまったのかは見当もつかない。

カーティス・Bは腕時計が見つからなくなった。そしてついに薬棚の中で見つけたとき、それをどうしても手首に付けることができないように思われた。時計はちゃんとある、と彼は深刻な声で言った。自分の右手に握られている。なのに、右手はどうしてもそれを左手首まで持っていけそうにない。空間に空白の部分があった、あるいは視覚的なギャップが。彼の視野に裂け目があったのだ。そして彼は両者をつなげるのに時間がかかった――手から手首、リストバンドの先端からバックル。カーティスにとって、これは道徳的な欠陥だった。自己を裏切るという罪。最初の頃のセッションで、彼は五十年前の出来事について書いたものを読んだ。酒場で喧嘩し、割れた壜で男を殺したのだ。男の目をガラスで突き刺し、頸静脈を切断した。彼は紙から顔を上げてこの言葉を言った、「頸静脈を切断した」と。

彼はそのときと同じ慎重な口調を使った――暗く、宿命的な声――腕時計がなくなった話をするときも。

階段を下りているとき、彼女はあることを言った。そのあとキースがあることをして、その数秒後、彼女はそのことと自分が言ったこととの関連に気づいた。彼は通り過ぎるときにドアを蹴ったのだ。歩みを止め、ゆっくりと後ろに下がって、強く蹴った。靴の底をドアに強く当てて。

自分が言ったことと彼がしたこととの関連づけをしたあと、彼女が最初に理解したのは、彼の怒りが音楽に向けられているのではないということだった。音楽をかけている女に対して向けられているのでもない。それは彼女に向けられている、ああした発言をしたことに対して、彼女の不平に対して。そのしつこさ、うるさいくらい繰り返したことに対して。

次に彼女が理解したのは、そこに怒りはなかったということだ。彼は完璧に落ち着いていた。ただ感情を演じ切ろうとしていたのだ。彼女の感情を、彼女に代わって、彼女の名誉を汚すために。それはほとんど禅のようだ、と彼女は思った。ある人の瞑想に衝撃を与え、刺激し、あるいはその方向を変えること。

誰もドアのところまで出て来なかった。音楽も止まらなかった。リード楽器とドラムの旋回するようなモチーフ。彼らは互いを見つめて笑った。大きな硬い笑い声。夫と妻が。そして二人は階段を下り、正面玄関から出て行った。

ポーカーはキースの家で行われていた。ポーカー用のテーブルがあったからだ。プレーヤーは六人、水曜日の夜に必ず集まった。業界紙のライター、広告業者、モーゲージブローカー、などなど。男たちは肩を回し、股間をギュッと握って、ゲームの準備を整えた——勝負師の顔になって、ゲームを統べている力を試す。

最初のうち、彼らは様々なバリエーションのポーカーを試してみたが、そのうち親《ディーラー》の選択肢を制限するようになった。ある種のゲームを禁止することは、伝統や自己規律という名目でジョークとして始まったが、つまらない変則ゲームに反対する議論が沸き起こり、次第に効力をもつようになった。ついには、五十歳になろうという長老のドッカリーがストレート・ポーカーだけにするという案を主張した。古典的な形式の五札ドローポーカー、五札スタッドポーカー、七札スタッドポーカーのみ。そして、選択肢を減らすことは賭け金の上昇につながり、一晩で大きく負けた者が小切手を書くときの仰々しさが増した。

彼らはひとつひとつの手札を扱うとき、興奮を無表情で隠した。すべてのプレーは目の奥で行われていた。ナイーブな期待と計算された欺き。ひとりひとりが他の者たちを陥れようとし、同時に自分の危ない夢に限度を定めようとする。債権のトレーダーと弁護士、そしてもうひとり弁護士。ポーカーというのは集約されたエッセンスなのだ——彼らが昼間にめぐらせている戦略の本質をはっきりとした形で抽出したもの。カードは丸テーブルの緑のベーズ地の上を飛び交った。彼らは直感と冷戦期のような危機分析を用いた。狡猾さと闇雲な運任せの両方を使った。予見的な瞬間が来るのを待った。自分たちが来ると予感したカードに基づいて賭けをする瞬間を。「クイーンが来ると感じたらその通りに来た」。彼らはチップを投げ入れ、テーブルの向こうの目を見つめた。文字発明以前の習俗の世界に退化し、死者に祈った。そこには健康的なチャレンジ精神とあからさまな嘲りとがあった。相手の薄っぺらな男らしさをズタズタにしてやろうという意図が含まれていた。

ホヴァニスは――死んでしまったが――ある時点で七札スタッドポーカーをやめようと言い出した。カードと賭け率と選択肢の数そのものが過剰に思われるという理由だった。他の者たちは笑ったが、結局それが規則になった。親の選択肢は五札ドローポーカーと五札スタッドポーカーの二つに減った。

それに呼応して賭け金が上がった。

それから誰かが食べ物の問題を持ち出した。これはジョークだった。キッチンのカウンターには、ちょっとした食べ物が大皿に盛られていた。それについてディミートリアスが、そんなことで我々の規律が保てるだろうかと言い出した。テーブルを離れ、時間をかけて口に食物を詰め込む――しかも化学薬品を加えられたパンや肉やチーズなどを――そんなことでいいのか、と。これはジョークだったのだが、みな真剣に受け止めた。そしてテーブルを離れることは膀胱の要請による緊急事態のときか、一プレーヤーに不運が続いた場合のみ許されることとなった。そういうプレーヤーは窓辺に行き、夜の深い潮の流れを眺めずにはいられなくなるのだ。

ということで、食べ物は禁止された。食物はなし。彼らはカードを配り、コールし、ゲームを降りた。それから酒の話を始めた。バカげていることはわかっていたが、二、三人の連中がこんなことを言い始めた。酒の摂取は茶色っぽいものに限るほうが望ましいのではないか、と。スコッチ、バーボン、ブランデーなど、男らしい色合いと深い情熱を孕んだ蒸留酒。ジン、ウォッカ、生気のないリキュールなどはダメ。

彼らはこれを楽しんでいた、彼らのほとんどは。意図的に些細なことにこだわり、そこから型を作り出すのが好きだった。しかし、テリー・チェンは違った。彼は実に華麗なポーカーをする男で、ときには二十四時間連続オンラインでプレーすることもあった。テリー・チェンは、みんな浮ついた生活を送っている軽薄な人間だと言った。

それから誰かが、五札ドローポーカーは七札スタッドポーカー以上に自由だと指摘し、みんなどうしてこれにもっと早く気づかなかったのだろうと思った。プレーヤーは三枚までカードを捨てて引くか、持ち札をまったく換えないか、降りるかの選択ができるのだ。そこで彼らは五札スタッドポーカーだけに限定することに同意した。こうして賭けられた多額の金、積み上げられた明るい色のチップ、はったりとそれに対抗するはったり、わざとらしい罵りと不気味な凝視、低いグラスに注がれた暗褐色の酒、何層にも重なる葉巻の煙、無言ながら重い自責の念――このように乱れ飛ぶエネルギーと身振りが向けられているのはひとつの対抗勢力、制約を自ら課したという事実。それは自己の内部からの命令であるだけにいっそう強力なものとなる。

食物はなし。食べ物は禁止。ジンもウォッカも禁止。黒ビール以外のビールもダメ。彼らは黒ビール以外を禁止する命令を発したが、さらにベックス・ダーク以外の黒ビールを禁止する命令も出した。その理由は、キースがドイツのケルンにある墓地の話を聞き、それを彼らに話したからだった。四、五十年ずっとカードを続けてきた四人の親友が、彼らがカードテーブルに座っていたのと同じ配置で埋葬された。カードをしていたときとまったく同じように、二つの墓石がもう二つの墓石に面して。プレーヤーひとりひとりを由緒ある位置に埋葬したのである。

彼らはこの物語を愛した。これは友情に関する美しい物語。取るに足らない習慣が超越的な影響力を持ちうることを示している。彼らは敬虔な気持になり、物思いに沈んだ。そして考えついたひとつのことは、ベックス・ダークを唯一の黒ビールと指定することだった。このビールはドイツ製であり、物語のカードプレーヤーたちもドイツ人なのだから。

スポーツに関する話を禁止しようと言い出した者がいた。彼らはスポーツ、テレビ、映画に関する話を禁止した。キースは、ここまで来るとバカげていると思った。しかし、規則というのは良いものだと彼らは答えた。バカげているほど良いのだ。おならの巨匠ラムジーは、今では故人だが、ありとあらゆる禁止令を無効にしようとした。タバコは禁じられていなかった。タバコを吸うのはひとりしかいなくて、彼はもうどうしようもないという哀れな姿を見せれば、好きなだけ吸うことを許されていた。ほかのほとんどの男たちは葉巻を吸い、ゆったりと、スケールが大きくなったような気分でいた。スコッチかバーボンをすすりながら、禁止された言葉の同義語を探した。「酔っ払った」や「しらふ」などと同じ意味の言葉を。

きみたちは不真面目だ、とテリー・チェンは言った。真面目になるか、死ぬか、どちらかにしろ。

親は緑のベーズ地のテーブルでカードを切ると、必ずゲームの名前を宣言した。五札スタッドポーカー。それが唯一のゲームになってからも、同じことを続けていた。この宣言のささやかな皮肉は時とともに干からびていき、言葉は誇り高き儀式となった。形式的で必要不可欠なものに。親になると、それぞれが順番に五札スタッドポーカーと宣言する。彼らは内心嬉々としてそれをやった――無表情に。この種の心地よい伝統に出会えることなど、ほかにないではないか？　古めかしい無意味な言葉をいくつか発することで表わされるような伝統に？

彼らは安全なプレーをして、あとで後悔した。危険な賭けをして負け、陰鬱に悩んだ。しかし、いつでも禁止令を発することはできたし、規則を作ることもできた。

そしてある夜、すべてが崩壊した。誰かが腹を空かし、食べ物を要求したのだ。ほかの誰かもテーブルを叩き、「食い物、食い物」と言った。これが祈禱のようになり、部屋中に広がった。彼らは食物禁止令を撤回し、ポーランドのウォッカを要求した――何人かは。フリーザーで冷やした透明な蒸留酒が、凍ったタンブラーに注がれ、差し出されることを。ほかの禁止令も廃止され、禁止された言葉も復権した。彼らは賭け、賭け金をせり上げ、飲み食いした。そしてその時点から、他のゲームも再開された。ハイロー、エーシーデューシー、シカゴ、オマハ、テキサス・ホールデム、アナコンダ、そのほかポーカーの先祖の中でも傍系に属するものなど。しかし、彼らは親になるたびに、例のゲームの名を宣言できないことを残念に思った。五札スタッドポーカー――そう言って、他のゲームすべてを除外すること。彼らは、他の四人が互いについてどう思うのかを考えないようにした。ポーカーという野生人の悦楽に浸る男たち。ケルンの墓地で向き合っている墓石と墓石。

夕食のとき、彼らは学校の休み中にユタ州に行く旅行の計画について話した。高地の谷、気持ちのよい風、おいしい空気、スキーのできる斜面。子供は椅子に座り、ビスケットを握り締め、皿の料理をじっと見つめていた。

「どう思う？　ユタよ。言ってごらん。ユタ。公園で橇遊びをするのと比べると、すごい飛躍でしょ」

子供は父親が仕度した夕食を見つめていた。野生のサーモンとねばねばした玄米。

「この子は何も言わないよ。単音節語の段階を卒業したんだ」とキースは言った。「単音節の言葉しかしゃべらなかった時期があったでしょ。しばらく続いたけど」

「思ったより長かったわ」と彼女は言った。

「その段階を卒業したんだ。成長の次の段階に達したんだよ」

「精神的な進歩ね」と彼女は言った。

「完全な沈黙さ」

「断固とした、破ることのできない沈黙」

「ユタは沈黙する男のための土地だな。山奥で暮らすんだろう」

「虫や蝙蝠の巣くう洞穴で暮らすのね」

子供は皿からゆっくりと顔を上げ、父親を見つめた。というか、父親の鎖骨あたりを見つめ、シャツの下の華奢な骨を透視しているかのようだった。

「単音節語でしゃべるのが学校の活動からだって、どうしてわかるの？　違うかもよ」と子供は言った。「だって、もしかしたらビル・ロートンかもしれない。もしかしたらビル・ロートンが単音節語でしゃべるのかも」

　リアンは背もたれに寄りかかった。ショックを受けたのだ。この名前自体に、それを子供が口にしたことに。

「ビル・ロートンは秘密なのかと思っていたよ」とキースは言った。「〝きょうだい《シブリングズ》〟ときみとの。それからきみとお父さんとの」

「お母さんに話したでしょ。お母さんはもう知ってるよ」

　キースは彼女を見つめ、彼女は〝ノー〟という言葉を表情で知らせようとした。自分はビル・ロートンのことは何も言っていない、と。彼女は険しい顔をして彼を見た。目を細め、唇をきつく閉じ、その表情を彼の前脳に刻み込もうとした。〝ノーよ〟と。

「誰も何もしゃべってないよ」とキースは言った。「魚を食べなよ」

　子供はまた皿を見つめた。

「だって、あの人は単音節語でしゃべるんだ」

「わかった。何て言うんだい？」

　返事はなかった。彼女は彼が何を考えているのか想像しようとした。父親が家に戻り、ここで暮らし、ここで眠っている、以前とほぼ同じように。そして子供は、父親を信用できない人間だと思っている――そうではないか？　父親のことを、家庭内に取り憑く幽霊のような存在だと見なしている。一度家を出たくせに、また戻って来て、女とまた同じベッドで寝ている。そしてその女にビル・ロートンについてすべてしゃべってしまった。この男が明日もここにいるなんてどうして信用できるだろう？

もし、あなたが何かしらの罪を犯したと子供が思い込んだとしたら、それが正しくても間違っていても、もうあなたは有罪なのだ。そしてこの場合、子供は正しかったのだ。

「彼がしゃべることは〝きょうだい《シブリングズ》〟と僕しか知らないんだ」

「そのうちのひとつを教えてくれないかな。単音節語で」とキースは言った。声に苛立ちが含まれていた。

「ノー・サンキュー」

「それって、彼が言ったこと？　それともきみが言ったこと？」

「重要なのはさ」と子供は言った。一語一語をはっきりと、挑むような口調で発音した。「彼が飛行機について話してるってこと。また飛行機が飛んで来るんだよ。だって、彼がそう言うんだから。でも、そこまでしか話しちゃいけないんだ。彼が言うには、今回はタワーが倒れるんだって」

「タワーは倒れたのよ。わかってるでしょ」と彼女は静かな声で言った。

「今度こそタワーは本当に倒れるって言うんだ」

彼らは彼に話しかけた。彼を穏やかに諭そうとした。子供の話を聞いて、彼女は脅威を感じたが、どこにそれを感じているのかよくわからなかった。子供はテロ事件を改変し、そのことが彼女に説明のつかない恐怖を与えている。彼は実際に起きたことよりもましな出来事を作っている、タワーがまだ立っていることにして。しかし時間の逆回し、最後の邪悪な一撃、いかに「ましな出来事」が暗転するか——それらはすべて、まずいお伽話の要素なのだ。不気味だが、一貫性に欠ける物語。子供たちが語るお伽話。大人が作って、子供たちに聞かせるようなものではない。彼女は話題をユタに変えた。スキーのコースと本当の空。

子供は皿を見つめた。魚って、鳥とどう違うのだろう？ 片方は飛ぶ、もう片方は泳ぐ。おそらく彼はそんなことを考えているのだろう。鳥を食べることはない——オウゴンヒワであれ、アオカケスであれ。どうして海で泳いでいる野生の魚を食べなきゃいけないんだろう？ これは、ほかの一万もの魚と一緒に大きな網で捕らえられたのだ。チャンネル27でよくやっている。

片方は飛ぶ、もう片方は泳ぐ。

そう彼女は子供の中に感じた。そうしたことを頑なに考えている、ビスケットを握り締めて。

キースはセントラルパークを歩いて横切り、西九十丁目に出た。何か奇妙なものを感じた。コミュニティガーデンから見ていると、何かがこちらに向かって来る。道のど真ん中で馬に乗っている女。黄色いヘルメットをかぶり、乗馬鞭をもって、車を見下ろすように上下に揺れている。しばらくかかって、彼はようやく理解した。騎手と馬はどこか近くの馬小屋を出て、公園内の乗馬道に向かっているのだ。

それは、この風景にまったくそぐわないものだった。よそから挿入されたもの。ちらりと見えたけれども、見た人の半分しか信じないような手品に一瞬似ていた。物事の意味にいったい何が起こったのかと、目撃者が訝しく思うようなもの。木、道、石、風――降り注ぐ灰の中に失われてしまった、単純な言葉。

彼はかつて、よく遅い時間に帰宅した。明るい顔をして、少し浮かれている感じで。それは別居する少し前の時期だった。彼はちょっとした質問を、敵意に満ちた尋問のように受け取った。ドアを入って来るとき、彼女の質問を待ち構えているようだった――彼女の質問を真っ直ぐに見透かそうとして。しかし、彼女は何も言う気はなかった。もうそのときにはわかっているつもりだった。彼は飲みに行っているわけではない、あるいはそれだけではないということを悟っていた。おそらく、女とのちょっとした遊びでもないのだろう。もっとうまく隠せばいいのに、と彼女は独り言を言った。彼とはそういう人なのだ、生まれつきの彼は。物事を円滑にするような要素、社会的規範の要請とは無縁な人。

そういう夜、彼はときおり何かを今にも言おうとしているように思われた。文章の断片、それだけだが、それで彼らのあいだのすべてを終わらせてしまうようなもの。すべての対話、あらゆる形で表明された取り決め、かろうじて漂い続けていた愛の痕跡、そうしたもののすべてを。彼は、目にはどんよりとした表情を、口元には湿っぽい微笑を浮かべていた。自分に挑むような、子供っぽく恐ろしい表情。しかし彼は、そこに潜むものが何であれ、それを言葉にしようとはしなかった。それはあまりに確実に、あまりに無責任に残酷なことで、口にされようとされまいと、彼女を恐怖で凍りつかせた。彼女は彼の表情に怯えた、彼の体の傾きに。彼は部屋を歩くとき、かすかに一方に傾いた。微笑には歪んだ罪の意識が浮かんでいた。今にもテーブルを壊して燃やし、ペニスを取り出して炎に向かって小便をしそうだった。

彼らはタクシーでダウンタウンへ向かう途中、互いにしっかりと抱き合った。キスし、体を探り合った。彼女は切羽詰ったように「映画みたい、映画みたい」と囁いていた。信号で歩行者が道路を渡っているとき、立ち止まって見物する者もいた。二人か三人、まるで車の窓の上に一瞬ただよっているように見えた。ときにはひとりだけのときもあった。他の者たちはただ横断し、まったく気にしていなかった。

インド料理店で受付にいる男が、我々は準備ができていないテーブルにはご案内しませんと言っていた。

彼女はある晩、亡くなった友人たちのことを彼に訊ねた。彼はラムジーとホヴァニスの話をした。それから重い火傷を負った者のこと——名前は忘れてしまったが。彼女はそのうちのひとりに会ったことがあった。ラムジーだろうと思う。どこかで、ほんの一瞬だが。彼は友人たちの特徴についてだけ話した。彼らの性格、結婚しているか独身か、子供がいるかいないか。それで充分だった。彼女はそれ以上のことを知りたいとは思わなかった。

それはまだ聞こえてきた、しばしば。階段の音楽だ。

仕事のオファーがあり、彼はそれを受けようかと考えていた。ブラジル人の投資家たちのために売買契約書を書く作業。投資家たちはニューヨークでの不動産取引に関わっていた。彼はその話を、ハンググライダーに乗る話をするように話した。完全に風任せなのだ。最初の頃、彼の服を洗うとき、彼女は自分たちのものと別にした。どうしてそうしているのかわからなかった。まるで彼が死んだみたいだ。

彼女は彼が言うことに耳を傾け、自分が全身全霊で聞いていることを知らせようとした。聞くことこそ、今回、彼らを救うものなのだから。ひずみと恨みに落ち込むことから彼らを守るものなのだから。

彼女が忘れてしまうのは簡単な名前だった。しかし、これは簡単ではなく、アラバマ州出身のフットボール選手のように偉そうだった。だから覚えられたのだ。ディミートリアス。もうひとつのタワー、南棟で重い火傷を負った男。

クロゼットのブリーフケースについて彼に訊ねたことがあった。ある日、そこにあったのに、どうして次の日にはなくなっていたの？　彼は実のところ持ち主に返したのだと言った。あれは自分のではなかったし、そもそもどうしてビルから持ち出したのかわからないのだ、と。

当たり前であることが普段よりも当たり前ではなかった。あるいは普段よりも異常だった。

この「実のところ」という言葉のために、彼女は彼がブリーフケースについて言ったことを考えずにいられなくなった。といっても、考えることなどなかったのだが。この言葉は彼が以前しょっちゅう使ったものなのだ——あり余るほど使ったと言ってもいい。結婚生活の最初の頃、彼が彼女に嘘をついているときとか、彼女を釣ろうとしているときとか、あるいはつまらない手練手管を使おうとしているときなど。

この男は彼女の欲求に従うような男ではない。探り合うような親密さ、過剰な親密さを彼女が求めても。問いを発し、調査し、詮索し、物事を引き出し、秘密を語り合い、すべてを打ち明けたいと強く願っても。そうした欲求は肉体を伴うものだった。手、足、生殖器、体臭、垢など。結局のところは話をすること、寝ぼけながら囁き合うことであるにしても。それでも彼女はすべてを吸収したがった、子供のように。さまよう感情の埃を他者の毛穴から、吸い込めるものなら何でも吸い込んでしまいたかった。かつて彼女は自分自身のことを他者のように考えていた。他者はより真実の生を生きているものなのだ。

「映画みたい」と彼女は言い続けていた。彼の手は彼女の下半身をまさぐっている。彼女の声は言葉の形を取ったうめき声だった。信号では通行人が見物した、数人だが。タクシーの運転手も見た。信号があろうがなかろうが、ちらちらとバックミラーに目をやっていた。

しかしまた一方で、何が当たり前かについて彼女は間違っていたのかもしれない。おそらく何も当たり前ではないのだ。おそらく物事の肌理《きめ》には深い折り目があって、それによって物事は精神に入り込み、時間は精神の中で振動する。時間が意味をもって存在するのは精神の中だけなのだから。

彼は南米ポルトガル語というラベルの貼ってある語学学習用テープを聴き、子供相手に練習した。彼は言った。ポルトガル語は少ししかしゃべりません。これを南米っぽいアクセントで、英語で言った。ジャスティンは笑いをこらえた。

彼女は死者のプロフィールを読んだ、新聞に出たすべてのものを。それを読まないこと、ひとつでも飛ばしてしまうことは、冒瀆に思われた。責任と信頼に背くこと。しかし、彼女が読んだのは、読まずにいられないからでもあった。彼女自身があえて解釈しようとしないある欲求のためだ。

彼らが初めてセックスしたあと、彼は浴室に入った。明け方だった。彼女は起き上がり、朝のジョギングのための服を着ようとしたが、ふと裸のまま姿見に自分の体を押しつけた。顔を横に向け、手は頭の高さに上げて。体をガラスに押しつけ、目を閉じ、そのまましばらくじっとしていた。冷たい表面にぴったりと体をつけ、体重を預けた。それから彼女はショーツをはき、シャツを着た。そして靴の紐を結んでいるとき、彼が鬚を剃り終えて浴室から出て来た。彼は鏡に曇っている部分があることに気づいた。彼女の顔、手、胸、そして腿の跡がついていた。

彼はテーブルと平行に座っていた。左の前腕をテーブルの縁にぴたりとつけ、手は縁からだらりと垂らしている。彼は手の動きに取り組んだ。手首を床に向けて曲げる、手首を天井に向けて曲げる。もう一方の手で運動している手に圧力を与える。

手首は具合よかった、手首は正常である。彼は副木を捨て、氷を使うこともやめていた。しかし、彼は今でも一日に二、三回、テーブルに座った。左手を軽く握って「ゆるやかな拳」を作り、前腕をテーブルの縁にぴたりとつけ、ときには親指を上げるポーズを取る。彼はもう説明書を必要としなかった。自動的にできるようになったのだ。手首を伸ばす、尺骨をひねる、手を上げる、前腕は平らにしておく。彼は秒数を数え、回数を数えた。

言葉と目つきにどこか秘密めいたところがあった。しかしそれだけでなく、何度会っても、最初のうちはためらいがちなところがあった。少しぎこちないところ。

「ときどき道で見かけるのよ」

「一瞬、ドキッとしたよ。馬だもん」と彼は言った。

「馬に乗っている男。馬に乗っている女。私はやりたいと思わないわ」とフローレンスは言った。

「あなたのお金を全部くれると言われてもね。そんなのどうでもいいわ。私は馬には乗らない」

しばらくははにかむようなところがあった。それから、気分を楽にするような何かがあった。ちょっとした顔つき、冗談、あるいは彼女が鼻歌をうたったこと——会話のぎこちなさをわざと誇張し、視線を部屋中に走らせたこと。しかし、最初の頃のかすかな不安、ミスマッチな男女という感覚は、完全には払い除けられていなかった。

「ときには六頭か七頭、一列になって、道をねり歩くの。騎手たちは真っ直ぐ前を見て」と彼女は言った。「まるで地元民が怒るみたいに」

「僕が何に驚くかわかるかい」

「私の目？　それとも私の唇？」

「きみの猫だよ」と彼は言った。

「猫は飼ってないわ」

「だから驚くんだ」

「私のこと、猫タイプの人間だと思うのね」

「きみはまさに、猫と暮らしているような人なんだよ。壁際を猫が走ってなきゃおかしいんだ」

彼はこのとき肘掛け椅子に座っていた。彼女はキッチンの椅子をその横に置いて、彼と向き合って座った。手を彼の前腕に置いていた。

「就職はしないって言って」

「しないわけにいかないよ」

「一緒に過ごす時間はどうなるの？」

「なんとかなるさ」

「このことであなたをいじめたいんだけどね、でも、今度は私の番なの。うちの会社全体が川の向こうに移転するみたいなのよ。戻って来る気はないみたい。ロワー・マンハッタンがよく見えるオフィス。といっても、ロワー・マンハッタンの残骸だけど」

「で、きみはオフィスの近くに引っ越そうかと思っている」

彼女は彼を見つめた。

「そんなこと言えるの？　そんなこと言うなんて信じられない。私があなたとのあいだにそんな距離を置けると思う？」

「橋とかトンネルなんてたいしたことないさ。通勤の方が地獄だよ」

「気にしないわ。私が気にすると思う？　もうすぐ列車の運転も再開されるだろうし。そうならなかったら、車で行くわ」

「わかった」

「たかがニュージャージーよ」

「わかったよ」と彼は言った。

彼は彼女が泣くのではないかと思った。こうした会話は他の人たちがするものだと思っていた。人々はこういう会話をしょっちゅうしている、と彼は思った。こういう部屋で、椅子に座り、見つめ合って。

それから彼女は言った。「あなたは私の命を救ってくれたの。わかってる?」

彼は背もたれに寄りかかり、彼女を見つめた。

「僕はきみのブリーフケースを救ったのさ」

そう言って、彼女が笑うのを待った。

「うまく説明できないけど、そうなの、あなたは私の命を救ったのよ。あんなことが起きて、たくさんの人を失って——友達も、一緒に働いていた人たちも——私自身も消えてしまいそうだった。ある意味で死んでいたのよ。人を見ることができなかったし、話しかけることもできなかった。出かけるときは、無理やり椅子から立ち上がろうとしなければならなかった。そんなときあなたが現われたの。私は友達のひとりにずっと電話をかけ続けていた。行方不明の友達。壁や窓のそこらじゅうに貼ってある写真のひとつは彼女のよ。デイヴィア、正式に行方不明者として発表されたわ。彼女の名前を言うのも辛い。真夜中、彼女の番号に電話をかけて、呼び出し音を鳴らしっぱなしにしておくの。昼だと、ほかの人がいるんじゃないかって心配だったから。私が知りたくないことを知っている人が電話を取るんじゃないかって。そうしたら、あなたがそのドアから入って来た。あなたは自分に問いかけているでしょう、どうしてブリーフケースをビルから持ち出したんだろうって。これが理由なの。それをここに持って来られるように。そうして、私たちが知り合いになれるように。だからあなたはブリーフケースを持ち出し、ここに持って来たんだわ。私を生かしておくために」

彼はこれを信じなかったが、彼女のことは信じた。彼女はそれを感じとって、本気でしゃべっていた。

「あなたは自分に問いかけているでしょう、ブリーフケースにまつわる物語は何だろうって。私がその物語なのよ」と彼女は言った。

7

二つの暗いオブジェ、白いボトル、積み重ねられた箱。リアンは絵から目を逸らし、部屋全体を静物画のように見た、一瞬だが。人間の体が現われてきた、母とその恋人。ニナはまだ肘掛け椅子に座っていて、ぼんやりと何か考えている。マーティンはソファの上で体を丸め、彼女と向き合っている。

ついに母が言った。「建築物、確かにそうね、たぶん。でも、まったくほかの時代のものよ、ほかの世紀の。オフィスタワーじゃないわ。この形は現代のタワーには変換できないわよ、ツインタワーには。これは、そうした拡張や投影を許さない作品。見る者を内面に向けさせるのよ、奥深くに。ここに見えるのはそれ、半分埋もれているもの。物体よりも、あるいは物体の形よりも、何か深いもの」

一瞬の光が閃くように、リアンには母が次に言う言葉がわかった。

「死ぬ運命にあるっていうことについて。そうじゃない?」

「人間であること」とリアンは言った。

「人間であること、死ぬ運命にあるということ。こうした絵は、ほかのすべてを見なくなったときに目を向けるものだと思うわ。ボトルや壺を見るの。ここに座って、じっと見つめる」

「もうちょっと椅子を近づけないといけないんじゃない」

「椅子を壁にくっつけるわ。管理人さんを呼んで、椅子を押してもらう。自分ではそれができないくらい弱っているだろうからね。じっと見つめて、考える。じゃなきゃ、ただ見つめる。しばらくしたら、絵も必要としなくなる。絵は余計なものになる。壁を見つめるのよ」

リアンはソファまで歩いて行き、マーティンの腕を軽くつついた。

「あなたの壁はどうなの？　何が掛かってる？」

「うちの壁は剝き出しだよ。家であると同時にオフィスだから。何も掛けないんだ」と彼は言った。

「まったく何も掛かってないわけじゃないわ」とニナが言った。

「そうだな、まったく何もってわけじゃない」

彼女は彼を見つめていた。

「私たちに神のことを忘れろって言うのね」

それはずっと続いていた議論だった。空中にも、肌にも染み込んでいた。しかし口調の変化は唐突だった。

「これが歴史だって言うのね」

ニナは彼を見つめた、激しい視線をマーティンに向けた。彼女の声には非難が込められていた。

「でも、神のことが忘れられないのよ。彼らがいつでも神を引き合いに出すんだから。それが彼らの最古の拠り所だし、最古の言葉なの。そう、ほかにもあるけど、それは歴史や経済ではない。男たちが感じることよ。男たちの中で起こること。ひとつの考えが流布し出すと、血が沸き立つの。その背後に何があろうと――どんな闇雲な力、鈍感な力、暴力的な欲求であれ。すごく便利なわけよ、そうした感情やそうした殺人を正当化するような信仰体系が見つけられればね」

「でも、その信仰体系はあれを正当化していないよ。イスラム教はあれを認めていないんだ」

「あれを神と呼んでしまえば、神ってことになるの。神が許すものは何でも神なのよ」

「それがすごく奇怪だってわかってる？　自分が何を否定しているかわからないかな？　きみはあらゆる人間が他者に対してもち得る不平不満を否定しているんだ。人々を対立させてきた、歴史のありとあらゆる力を」

「私たちはあの人たちの話をしているの、今ここにいるあの人たち。あれは見当違いの不平不満よ。ウイルスの感染みたいなもの。歴史の外でウイルスが増殖しているの」

彼はうずくまり、彼女の方に体を傾けて、目を凝らしていた。

「彼らがきみたちを殺せば、きみたちは彼らを理解しようとする。おそらく最後には、きみたちも彼らの名前を覚えるだろう。でも、そのためには、まずきみたちを殺さないといけないんだ」

議論はしばらく続き、リアンはずっと聞いていたが、彼らの声の熱意には不安を感じた。マーティンは片手でもう一方の手を摑み、議論に包み込まれるように座っていた。そして、失われた国土、失敗に終わった国家、外国の介入、金、帝国、石油、西洋人の自己中心主義などについて語った。それを聞いて、リアンはどうしてマーティンがあのような仕事ができるのだろうかと考えてしまった。芸術品をあちこち動かし、利益を得て、生活しているなんて。そして自分の壁には何も掛かっていないなんて。彼女にはそれが不思議だった。

ニナは言った。「タバコを吸わせていただきますからね」

これが部屋の緊張感を解いた、彼女が深刻な言い方をしたことによって。この声明と行動が、議論していたことの深刻さに合わせるかのように、重大そうな雰囲気をもっていたのだ。マーティンは笑い、うずくまっていた体を伸ばして、キッチンへ次のビールを取りに行った。

「私の孫はどこにいるの？　クレヨンで私の肖像画を描いてくれているの」

「お母さん、二十分前にもタバコを吸ったわよ」

「絵のモデルをやってるんだから、リラックスしなきゃいけないのよ」

「あと二時間で学校が終わるわ。キースが迎えに行くの」

「ジャスティンと私、肌色について、体の色合いについて話さないといけないのよ」

「あの子は白が好きなの」

「すごく白いって考えてるみたい。紙みたいに」

「目には明るい色を使うわ。髪の毛にも、たぶん口にも。でも体の色になると、白く見えるみたい」

「紙を考えてるんだよ、体じゃなくて。作品自体が事実を表わしている。肖像画の主題は紙なんだって」

マーティンが入って来た。グラスの縁からビールの泡をすすっている。

「白いクレヨン、もっているのかしら？」

「白いクレヨンは必要ないの。白い紙があるんだから」と彼女は言った。

彼は立ち止まり、南側の壁に貼られた年代物のパスポート写真を見つめた。古びて染みのついた写真。ニナは彼を見つめた。

「すごく美しいし、威厳があるわ」と彼女は言った。「こういう写真と、写っている人々って。ついこのあいだパスポートを更新したの。十年間があっという間に経っちゃった、紅茶を一口するみたいに。写真写りなんて気にしたことなかったんだけど――ほかの人たちが気にするみたいには――でも、今度の写真にはゾッとするわ」

「どこへ行くの？」とリアンは訊ねた。

「どこかに行かなくったって、パスポートは取得していいんだよ」

マーティンが彼女の椅子のところまで来て、すぐ後ろに立った。そして彼女にもたれかかりながら、やさしい声で話した。

「どこかへ行った方がいいよ。長旅をね、コネティカットから帰ったらだけど。今は誰も旅をしないだろ。考えてみるべきだよ」

「その気になれないわ」

「ずっと遠くへさ」と彼は言った。

「ずっと遠くへ」

「カンボジアとか。ジャングルに完全に覆われてしまう前にね。きみがよければ一緒に行くよ」

母は一九四〇年代のギャング映画の女性のようにタバコを吸った。危機一髪の緊張感を孕む、白黒映画の一シーンのようだ。

「パスポート写真の顔を見るとね、こう思うわけ。誰、この女？」

「洗面台から顔を上げるときだな」とマーティンは言った。

「誰、この男って？　自分の顔を鏡で見ているはずなんだけど、自分じゃないのよね。自分の顔はこんなじゃなかったと思うわけ。文字通りの自分の顔じゃない――そんなものがあればだけど。何か、合成された顔なのよ。変化しつつある顔っていうか」

「そんなこと言わないでくれよ」

「あなたが見ているものは私たちが見ているものとは違うのよ。あなたが見ているものは記憶によって歪んでしまっている。ずっとこの期間、この数十年、どういう人間であったかによって」

「そんなこと聞きたくないな」と彼は言った。

「私たちが見ているのは生きた真実よ。鏡は、本当の顔を覆ってしまうことによって、衝撃を和らげている。顔はあなたの人生そのもの。でも、顔は人生の中に埋もれてしまってもいる。だからあなたにはそれが見えない。ほかの人たちにだけ見えるのよ。それからもちろん、カメラにも」

彼はグラスに向かって微笑みかけた。ニナはタバコを消した、ほとんど吸っていないのに。染みのような煙の流れを手で払いのけた。

「それに顎鬚があるわ」とリアンは言った。

「顎鬚は顔を隠すのに役立つのよ」

「顎鬚ってほどのもんじゃないけど」

「でも、そこが芸の細かいところ」とニナが言った。

「だらしなく見せるっていう芸」

「だらしないけど、すごく繊細って感じ」

「これって、アメリカ的ジョークだな。そうだろ？」と彼は言った。

「顎鬚はうまい仕掛けよね」

「鬚に向かって話しかけるんだよ」とニナは言った。「毎朝、鏡に向かってね」

「何て話しかけるの？」

「ドイツ語でしゃべるんだよ。顎鬚はドイツ国籍だから」

「おだててくれるじゃないか」と彼は言った。「こんなジョークのネタにしてくれるんだからな」

「鼻はオーストリア-ハンガリー国籍」

彼はニナの後ろに立ったまま身を傾け、手の甲で彼女の顔に触れた。それから空のグラスを持ってキッチンに行き、二人の女はしばらくそのまま黙り込んでいた。リアンは家に帰って眠りたかった。母は眠そうだったし、彼女も眠りたかった。家に帰り、キースとしばらく話をしてからベッドに入り、眠り込みたかった。キースと話をし、あるいはキースと話をせずに。いずれにしても、家に戻ったとき、彼にいてほしかった。

マーティンは部屋の向こう側から話しかけ、女たちを驚かせた。

「彼らは世界に自分たちの居場所が欲しいんだよ。自分たちの地球規模の連合体が欲しいんだ、我々の連合体ではなく。恐ろしい戦争だってきみは言うけど、それはいたるところにあるし、理に適ったものなんだよ」

「私、だまされてたわ」

「だまされちゃダメだよ。人間が神だけのために死ぬなんて思っちゃいけない」と彼は言った。

携帯電話が鳴ったので、彼は体の位置を変えた。壁に向かい、胸に話しかけるかのように話していた。リアンは以前にもこういう会話の断片を聞いたことがあった。遠くから聞こえてくる会話には、相手が誰かによって、英語、フランス語、ドイツ語などのフレーズが含まれていた。そしてときには、ブラックとかジャスパー・ジョーンズといった宝玉のような言葉も聞こえてきた。

彼は用件を急いで済まし、携帯電話をしまった。

「旅、そうだよ、それこそ考えてみるべきだ」と彼は言った。「膝が正常に戻ったら、ぜひ行こう、本気でね」

「ずっと遠くへ」

「ずっと遠くへ」

「廃墟へ」と彼女は言った。

「廃墟へ」

「ここにも廃墟はあるわ。でも、わざわざ見に行きたいとは思わない」

彼は壁沿いに歩いて、ドアの方に向かった。

「でも、そのためにタワーを建てたんじゃないのかな？　富と権力の幻想としてのタワー。それは、いつの日か破壊の幻想にもなるように建てられたんだ。そうじゃない？　ああいうものを建てるのは、それが崩れ落ちるのを見られるようになんだよ。挑発的な意味は明々白々だ。ほかに理由なんかあるかい、あんなに高くして、それをダブルにするなんて？　同じことを二回するなんて？　これは幻想なんだから、二度やったっていいだろって言ってるんだ。さあ、できた、壊そうぜって」

それから彼はドアを開け、外に出て行った。


彼はテレビでポーカーを見ていた。砂漠のカジノ・コンプレックスでプレーする者たちの、苦痛に歪む顔。彼は興味もなく見続けていた。これはポーカーではない、テレビだ。ジャスティンが入って来て、一緒に見始めた。そこで彼はゲームのルールを説明してやった――途切れ途切れに――プレーヤーがゲームを中断させたり、賭け金を上げたり、戦略が明らかになったようなときに。それからリアンが入って来て、フロアに座り、息子を見つめていた。息子は体を大胆に傾けて座っている、ほとんど椅子には触れずに。そして魅入られたように光を見つめている。UFOに誘拐される瞬間のようだ。

彼女はテレビ画面を見つめた、クローズアップになった顔を。ゲーム自体には何も感じなくなっていた。カードをめくっただけで十万ドル稼いだり損したりするつまらなさ。そんなの何も意味しない。彼女の関心や共感の埒外だった。しかし、プレーヤーたちには興味をそそられた。彼女はプレーヤーたちを見つめ、引き込まれた。無表情で、眠そうで、前屈みになった男たち。不運に見舞われた男たちを見ていると、彼女の心はなぜかキルケゴールに飛躍した。キルケゴールの本を読みながら過ごした長い夜を思い出した。彼女はテレビ画面を見ながら、北国の荒涼とした夜を、砂漠に間違って置き忘れられた顔を想像した。ここには魂の闘いがあるのではないか？継続するジレンマの感覚が——勝者になったときの小さな瞬きにも？

　彼女はそのことについて何もキースには言わなかった。彼は体を半分彼女の方に向け、考え込むような振りをして虚空を見つめるだろう。口を開け、目蓋をゆっくりと閉じていき、やがて頭を胸のところまで沈めるだろう。

　彼はここで暮らしていることについて考えていた——キースは。あるいは考えているのではなく、ただ感じていた、気づいていた。彼は彼女の顔がテレビ画面の隅に映っているのを見た。カードプレーヤーたちを見て、彼らの策略と、それに対抗する策略に注目していたが、同時に彼女のことを見ていた。そして、それを感じていた、彼らとともにここで暮らしているという感覚を。彼はシングルモルトのスコッチウィスキーを握り締めていた。街路からは車の盗難警報器の音が聞こえてきた。彼は手を伸ばし、ジャスティンの頭を叩いた——ノックノック——もうすぐ起こる展開に注意を促すために。カメラはひとりのプレーヤーの切り札《ホールカード》を捉えている。そのプレーヤーは自分が死んでいることをまだ知らない。

「あいつは死んでるよ」と彼は息子に言った。子供は何も答えず、腰を下ろす途中のような斜めの体勢を保っていた。半分椅子に、半分床に腰を掛け、半分催眠術にかかったかのような表情をしている。

彼女はキルケゴールの古臭さが好きだった、彼女がもっていた翻訳の大げさな語り口が。古いアンソロジーの破れやすいページには、赤いインクで下線が引かれていた。母親の家族の誰かから譲り受けた本。これこそ、彼女が寮の部屋で夜遅くまで繰り返し読んだものだった。吹き溜まりのような紙の山、服、本、テニス用品に囲まれて——よく彼女はそれを溢れ出る精神の客観的相関物というふうに考えていた。客観的相関物って何だろう？　認知的不協和って何？　かつてはそういう問いへの答えを知っていたような気がする。彼女はキルケゴールのKierkegaardというスペリングまで好きだった。スカンジナビア系の堅いkの音と、aが二つ並ぶ可愛らしさ。母はしょっちゅう彼女に本を送ってきた。分厚くて読みにくい小説、まったく隙がなく、情け容赦のない代物。それは彼女の切なる願い——自我の認識を求め、精神と心にもっと近いものを求める気持ち——を打ち砕いていた。彼女は熱っぽい期待を抱いてキルケゴールを読んだ。死に至る病という荒涼としたプロテスタント的な世界に真っ直ぐ進んでいった。彼女のルームメートはパンクロックの歌詞を「口におしっこ《ピス・イン・マイ・マウス》」という架空のバンドのために書いており、リアンはその女性のクリエーティヴな自暴自棄ぶりに憧れていた。キルケゴールは彼女に危機を、精神的に崖っぷちの感覚を与えてくれたのだ。「存在の全体が私を怯えさせる」と彼は書いた。彼女はこの文章の中に自分自身を見た。彼のおかげで感じ方が変わった。自分が世界に飛び込んだことは、以前思っていたような心もとないメロドラマなどではない——彼女はそう感じるようになった。

彼女はカードプレーヤーたちの顔を見つめた。それから夫の目を捉えた。画面上に反射した目、それが彼女を見つめていた。彼女は微笑んだ。彼の手には琥珀色の酒が握られている。車の盗難警報器がどこか街路で鳴っている。馴染み深いものが与える安心感、平和に更けていく夜。彼女は手を伸ばし、座っている子供を抱き上げた。彼が寝室に行く前に、キースはポーカーのチップとカードが欲しいかいと訊ねた。

答えは「たぶんね」だった。これは「イエス」ということだ。

ついに彼女はそれをやらずにいられなくなった。ドアを強くノックし、エレナが開けるのを待った。中からは震える歌声が聞こえてきた。女たちが静かな声でアラビア語の歌をうたっている。エレナはマーコという名の犬を飼っていた。リアンはドアをノックした瞬間、そのことを思い出した。Markoというふうにkを使う名前——それがどういう意味を含んでいるのであれ。

彼女はもう一度ドアをノックした、今度は手のひらで。その瞬間、女が目の前に立っていた。男もの風のジーンズをはき、スパンコールをつけたTシャツを着ていた。

「あの音楽なんだけど。一日中、昼も夜も。それにすごく大きい音で」

エレナは彼女をじっと見つめた。これまでの生い立ちから身につけた、侮辱への警戒心を発散させながら。

「わからないの？　階段にいると聞こえるの、部屋にいても聞こえるの。いつでも。昼だけじゃない、夜もなんだから」

「だから何なの？　たかが音楽じゃない。好きなのよ。きれいだし。心を安らかにしてくれるの。好きだから、かけてるの」

「どうして今なの？　わざわざこんなときに？」

「今だろうと、あとでだろうと、同じでしょ？　たかが音楽よ」

「でも、どうして今、そんなに大きな音で？」

「誰も苦情を言った人はいないわ。音が大きいって言われたのは初めてよ。そんなに大きな音じゃないわ」

「大きいわよ」

「音楽でしょ。それを個人的な問題として取られたら、私には何も言えないわ」

マーコがドアにやって来た。体重が六十キロもありそうな黒犬。毛はふさふさで、足の指と指が癒着している。

「もちろん、個人的な問題よ。誰だって、個人的な問題として捉えるわ。こういう事情なんだから。特殊な事情よ。それはあなただって認めるでしょ？」

「事情なんてないわよ、音楽なんだから」と彼女は言った。「心を安らかにしてくれるの」

「でも、どうして今なの？」

「音楽は〝今〟と何も関係ないわ。時代や時期とまったく関係ない。それに、誰も音が大きいなんて言ったことないわ」

「糞みたくでかいわよ」

「あなた、敏感すぎるんじゃない？　でも、あなたがそんなに敏感な人だってこと、あなたの言葉遣いからは感じられないけど」

「ニューヨーク全体が超敏感になっているの。もしかして知らなかった？」

街で、半ブロック先にこの犬を見かけるときがあった。エレナが糞を入れるための袋をもって、散歩させている。そういうとき、彼女はいつも〝kを使うマーコ〟と考えてしまう。

「音楽よ。好きなの、だからかけるの。音が大きいって思うんだったら、さっさと外に出ればいいじゃない」

リアンは手をエレナの顔に当てた。

「心を安らかに」と彼女は言った。

彼女はエレナの顔に当てた手をひねった、左目のすぐ下で。そして、エレナを玄関に押し戻した。

「心を安らかに」と彼女は言った。

マーコが吠えながら、部屋の奥に退いていった。リアンは手を女の目に強く押しつけた。女は彼女を殴ろうとしたが、闇雲に振り回した右手はドアの縁に当たった。リアンは自分が狂いそうだと思いながら、女に背を向けた。ドアをバタンと閉めて、外に出た。犬のけたたましい吠え声の切れ目に、トルコかエジプトかクルドのリュートの独奏が聞こえてきた。

ラムジーは北正面玄関から遠くない小部屋に陣取っていた。ホッケーのスティックが隅に立てかけてあった。彼とキースは寄せ集めのチームでプレーしていた——チェルシー埠頭で、午前二時に。暖かい時期の昼休みには、彼らは周辺の道やプラザを散策し、小さく波打つタワーの影の下で、道行く女たちを観察した。女たちについて語り、エピソードを語り、くつろいでいた。

キースは別居し、便利さを考えて、オフィスの近くに暮らしていた。便利さを考えて食事をし、レンタルビデオを借りるときは、映画の長さを必ずチェックした。ラムジーは独身で、結婚している女と関係をもっていた。マレーシアから来たばかりの女性で、カナル・ストリートでTシャツと絵葉書を売っていた。

ラムジーには抑えられない衝動があった。彼はそれを友人に認めていた。何でも認め、何ひとつ隠さない男。彼は道に駐車してある車の台数を数え、一ブロック先のビルの窓の数を数えた。ここからそこまで歩くときの歩数を数えた。意識を横切った物事を記憶した——流れてくる情報を、ほとんど無意識に。数十人の友人や知人の個人情報を暗誦できた——住所、電話番号、誕生日。不特定のクライアントのファイルが彼のデスクを通過した数カ月後に、その人の母親の旧姓を言えた。

それは素敵な能力とは言い難かった。この男にはあからさまに哀れっぽいところがあった。ホッケーのリンクで、ポーカーで、彼らは互いにわかり合えた——彼とキースは——チームメートとしても敵としても、互いに相手の意図を直感的に悟った。彼は多くの点で平凡な男だった、ラムジーは。肩幅が広く、ずんぐりしていて、気質は穏やかだったが、ときにその平凡さを最も深いところまで突き詰めた。彼は四十一歳で、背広にネクタイを締めて遊歩道を歩いた。打ちつけるような熱波の中、爪先の見えるサンダルをはいた女を探していた。

そうなのだ。彼は女性の足の先端部分を成す指の数を数えずにいられなかった。それを認めていたし、キースは笑わなかった。人間が誰しも日常的にする営みとして、測り難いものとして見ようとしていた。人間は――我々誰もが――他人に見せている生活以外の時間に、何らかの形でそういうことをしているのだ。彼は笑わなかったが、後から笑った。しかし彼にはわかっていた。そうした異常な執着が性的な目的に向かっているのではないということが。数えることが問題なのだ、結果は最初からわかっていても。片方の足の指、もう片方の足の指。合計は必ず十になる。

キースは長身で、ラムジーよりも五、六インチ背が高かった。彼は友人の頭が薄くなりつつあるのに気づいていた。男性特有の禿げが、見たところ週ごとに進んでいる。昼の散歩や、ラムジーが小部屋でだらりと座っているようなとき、あるいはサンドイッチを両手で摑み、食べようとして頭を下げたようなときに。彼はどこへでも水のボトルを持ち歩いていた。運転しているときでも、ナンバープレートの数字を暗記していた。

キースが付き合っていた女性には糞ガキが二人いた。糞遠いファーロッカウェイに住んでいた。ベンチや階段にいる女たち。読書をしたり、クロスワードパズルをしたり、顔をのけぞらせて陽に当たったり、ヨーグルトを青いスプーンですくったり。そのうちの何人かはサンダルをはいて、爪先を見せている。

ラムジーは目を伏せて、氷上のパックを追い、ボードに体をぶつける。逸脱を求める欲求が、数時間の強烈な幸福によって放たれる。

キースは進まずに走り続けている、スポーツジムのトレッドミルの上で。頭の中で声がする――たいてい自分の声――ヘッドフォンをして、本の朗読テープを聴いているときでも。本は科学書か歴史書だ。

数えれば必ず十になった。だからといって挫けたり、やめたりすることはなかった。十という数字はそれ自体が美しい。おそらく十になるからこそやるんだ。同じ結果を得るために、とラムジーは言った。持続するもの、一箇所にとどまるものを求めて。

彼の恋人は、夫を含む三人の親戚と経営しているビジネスに投資してくれとラムジーに頼んでいた。彼らは在庫を増やしたいのだ。ランニングシューズと家電製品を増やしたいのだ。

爪先は、それがサンダルで区切られていなければ、意味がない。ビーチにいる裸足の女たちは、足に注意を引くようなことはしていないのだ。

彼はクレジットカードのボーナスマイルをため、いろいろな都市に飛行機で飛んでいた。行く都市は、厳密にニューヨークからの距離だけで選んでいた――マイレージを使うというだけの目的で。そうすることで、精神的な信用度《クレジット》を満たしているような気になっていた。

爪先の見えるサンダルをはいた男もそこここで見かけた――街や公園で。しかし、ラムジーは彼らの足指を数えることはしなかった。したがって、どうやら重要なのは数えることだけではないようだった。女性であることにも要因を見なければいけなかったのだ。彼はこれを認めていた。彼は何でも認めた。

この男がこうした欲求をしつこくもち続けているところには、ある種の歪んだ魅力があった。それはキースの目を、もっとぼんやりしたものへと――奇妙な角度で――向けさせることになった。人間の中に潜んでいる、修復不能でありながら、温かい感情を彼の中に掻き立てることのできる何か。稀にしか見られない、親密な色合いをもつもの。

ラムジーの禿げは、それが進んでいくにつれ、物静かなメランコリーを帯びるようになった。挫折した少年のような、憂いに沈む後悔の念。

彼らは一度だけ喧嘩したことがあった。氷上で、チームメートでありながら、乱闘騒ぎのときに間違って殴り合ったのだ。キースはこれを可笑しなことだと思ったが、ラムジーは怒り、金切り声で非難した。キースが最後に放った二、三発のパンチは、殴っている相手がラムジーだとわかったあとでわざとやったものだと言い張った。そんなことはない、とキースは言ったが、実のところはそうかもしれないと思っていた。というのも、一度ああいうことが始まってしまったら、それを止める手段なんてないではないか？

彼らはそのときタワーに向かって歩いていた。人々の群れが大きくうねり、交差し合う中を歩いていた。

いいだろう。でも、もし足の指の合計が十にならなかったらどうする？　たとえば地下鉄に乗っていて、目を伏せて座っている――とキースは言った――きみはぼんやりと通路を見ている。そしてサンダルを見つけ、足の指を数えてみる。もう一度数える。それでもやっぱり九しかない、あるいは十一ある。

ラムジーはその質問について考え込んだまま空中の小部屋に戻り、あまり魅力的でない仕事を再開した。金と資産、契約と所有権。

次の日、彼は言った。その人にプロポーズするよ。

さらにあとで、こう言った。だって、癒されたってことに気づくと思うんだ。ルルドの泉みたいなもんさ。これで数えることをやめられるんだ。


キースはテーブル越しに彼女を見つめた。

「いつのことだい?」

「一時間くらい前よ」

「あの犬」と彼は言った。

「わかってる。バカなことをしたわ」

「これからどうなるんだ? あの女と玄関ホールとかで会うだろ」

「私は謝らない。そういうことになるのよ」

彼は頷きながら彼女を見つめていた。

「言いたくないけどさ、いま階段を昇って来るとき」

「言わなくていいわよ」

「音楽が聞こえたんだ」と彼は言った。

「あの女が勝ったってことね」

「前とまったく同じくらいの音量でね」

「あの女の勝ちよ」

彼は言った。「たぶん、あの女は死んだんだよ。部屋で倒れてるんだ」

「死んでようが生きてようが、あの女の勝ちよ」

「あの犬」

「わかってる。本当にバカなことをしたわ。自分のしゃべる声が聞こえてきそう。なんだか、ほかの人の声のようだわ」

「あの犬、見たことあるよ。うちの子はあの犬に怯えてた。口には出さないけど、怖がっていた」

「あれ、何の犬?」

「ニューファンドランド」

「カナダの島ね」と彼女は言った。

「きみはラッキーだったよ」

「ラッキーでクレージーだったわ。マーコよ」

彼は言った。「音楽のことは忘れなよ」

「名前にkの字を使うの」

「僕もそうだよ。音楽のことは忘れな」と彼は言った。「あれはメッセージでもないし、教えでもないんだ」

「でも、まだ音楽がかかってるわ」

「まだかかってるのは、あの女が死んだからさ。部屋で倒れてるんだよ。あのでかい犬が死体をくんくん嗅いでるさ」

「もっと睡眠を取らないとダメね。睡眠不足だわ」と彼女は言った。

「でかい犬が死んだ女の股を嗅いでいる」

「いつも夜中に目覚めてしまうの。精神が休まらない。ずっと何か考え続けているの」

「音楽のことは忘れなよ」

「何だかはっきりとわからないようなこと。自分のものとは言えないような考えが浮かんでいるの」

彼は彼女のことをじっと見つめ続けた。

「何か薬を呑んだら。こういうことはお母さんが詳しいだろ。みんな、そうやって眠るんだ」

「薬については、ちょっとした経験があるの。呑むともっとおかしくなるのよ。ぼうっとしちゃうし、忘れっぽくなるし」

「お母さんと話してみたら。こういうことに詳しいだろ」

「止められないの。眠りに戻れないのよ。すごく時間がかかってしまって、気がつくと朝なの」と彼女は言った。

真実は、ゆっくりだが確かな衰弱という形を取っていた。グループのメンバーひとりひとりはそのことを知りながら暮らしていた。リアンにとって、カーメン・Gのケースは最も受け入れ難いものだった。カーメンの中では、二人の女性が同時に共存しているようなのだ。ひとりはここに座って、時を経るうちに攻撃性を失い、人格的にぼやけてきて、言葉も拙くなっている女。もうひとりは若くてスリムですごく魅力的な女。それは、リアンが想像するに、無鉄砲な青春期の彼女だった。活力とユーモアに溢れ、歯に衣着せぬ女。ダンスフロアをくるくる回っている彼女。

リアン自身、父親の遺伝子を受け継いでおり、血小板と神経原繊維に症状が出る可能性を抱えているため、この女を注視し、その退行に気づかずにいられなかった。記憶を失い、人格やアイデンティティを失って、ついには恍惚状態に陥ること。彼女が書き、読み上げた文には、自分の一日をたどるものがあり、前日の出来事を書いたことになっていた。皆がこうしたものを書くと同意したわけではない。カーメンは、次のようなことを書いていた。

朝起きると、皆がどこに行ったのだろうと思います。ひとりぼっちですが、それは私がそういう人間だからです。私はほかの人たちがどこにいるのかと考えています。すっかり目覚めたのに、寝床から出たくはありません。まるで、寝床から出るには書類でも必要とされるみたいです。入国証明《プルエバ・デ・イングレソ》、住居証明《プルエバ・デ・ディレクシオン》、社会保険カード《タルヘタ・デ・セグロ・ソシアル》。写真入身分証明書。私の父は汚いジョークも平気で口にしました。子供はこういうことも学ばなければいけないと言っていたのです。私は二人の男と結婚しましたが、その二人は手以外はどこも似通っていませんでした。私は今でも男の人の手を見つめてしまいます。だって、誰かが言ってたけど、誰でもみな脳を二つもっていて、今日はどちらの脳が働いているかが重要なんです。どうして寝床から出ることが世界で一番大変なことなんでしょう。私にはしょっちゅう水をあげなくてはいけない鉢植えがあります。鉢植えが仕事だなんて考えたこともなかったけど。

ベニーは言った。「あんたの一日ってのはどこに行っちゃったんだい？　自分の一日をたどるって言ったじゃないか」

「これが最初なの、目覚めてから十秒間くらい。まだ寝床にいるのよ。次にここに集まるときには、ベッドから出るところまで行くかもね。その次は手を洗うまで。それが三日目でしょ。四日目には顔を洗うところ」

ベニーは言った。「みんな、そんなに長生きできるかね？　あんたがトイレに行くころにはみんな死んでるよ」

それからリアンの順番になった。彼らは質問し、先をせがんだ。みなテロ事件について何かしら書き、何かしら発言してきた。それをまた持ち出したのはオマー・Hだった。すごく熱心に、右手を挙げて言った。

「あれが起きたとき、どこにいたかね？」

もうほとんど二年になる。このストーリーラインのセッションが始まったのは、ちょうど彼女の結婚生活が夜空に消えて行きそうになっていた頃だった。それ以来、彼女はこうした男女が語るのを聞き続けてきた。彼らが自分たちの人生を可笑しく、刺激的に、率直に、あるいは感動的に語るのを――彼らの信頼感を結び合わせて。

私も彼らに物語の借りがあるのではないかしら？

玄関にキースが立っていた。始まりはいつもそう、そうでなければならない。凄まじい姿だが、生きている夫が現われたのだ。彼女は出来事の順序を追おうとした。語りながら、彼の姿が見えた。反射した光の中に漂う姿、バラバラになり、つぎはぎだらけのキース。言葉は次々に出て来た。自分が覚えていたとは知らなかったことを思い出した。彼の目蓋に刺さった光るガラスの欠片は、そこに縫い込まれたかのようだった。そして彼らが病院まで歩いて行ったこと。九ブロックか十ブロック、ひと気のほとんどない街路を、立ち止まりながら、深い沈黙に沈んで。助けてくれた若い男、配達員のこと。その男の子が片手でキースを支え、もう片方の手でピザの箱を持っていた。彼女はもう少しで訊ねそうになった。いったい誰がテークアウトのピザを注文する電話をかけられたのか？　電話はつながらなかったのに？　背の高い、ラテン系の男の子、でもそうじゃないかもしれない。彼はピザの箱の底を手のひらで支え、体から離して、バランスを取っていた。

彼女は物語の焦点がぼけないようにしたかった。ひとつのことがきちんと次のことにつながるように。話しているというより、時間の中に消えていくような感じのときもあった。つい最近の過去、一カ所に集中していく流れの中に戻っていく。彼らは静まり返り、彼女をじっと見つめていた。人々は最近、彼女を見つめるようになった。彼女は見られることを求めているようなのだ。彼らは彼女に依存している、彼女が意味のある物語を語ってくれることに。彼女の側から言葉が出てくるのを待っている。そこに何か堅固なもの、崩れないものがあると信じて。

彼女は息子について話した。子供が近くにいるとき——目に入るところ、あるいは触れるところにいて、自分の意志で動いているようなときは――恐怖が和らぐ。それ以外のときに子供のことを考えると、怖くならずにいられない。それは実体のないジャスティン、彼女が作り出した子供だからだ。

持ち主のわからない荷物、と彼女は言った。紙袋に入った弁当も恐ろしい。あるいはラッシュアワーの地下鉄、地下の密閉された箱の中にいるときなど。

彼女は息子が眠っているところを見られなかった。未来が侵略してきた時点で子供になった息子。子供たちは何を知っているのだろう？　彼らは自分たちが何者であるかを知っている――我々には理解できない形で、そして彼らが我々に説明できない形で。そう彼女は言った。いつもの数時間が流れていくとき、凍りついた数秒間がある。息子が眠っているところを見ると、これから起きることを考えずにいられなかった。それが彼の沈黙の一部。沈黙した彼方に人影が浮かび、窓に貼りついている。

疑わしい行動や持ち主のわからない荷物に気づきましたらお知らせください。こういう文句だったわよね？

彼女はブリーフケースのことも話しそうになった。それが現われて、消えたという事実。それが何かを意味するとすれば、何なのか。話したかったが、話さなかった。すべてを語り、すべて打ち明けたかった。彼らに聞いてほしかった。

キースはかつて、限られた時間と手段で得られる以上の世界を求めた。しかし、もはやそれを求めることはなかった——彼が現実の世界、現実の物事の中に何を求めていたのであれ。実のところ、彼にもそれが何だかわかっていなかった。

いま彼は自分が長生きするように生まれてきたのだろうかと考えていた。老いてひとりぼっちになり、孤独な晩年に満足するようになるまで生きるのかどうか。それ以外のすべて、彼が壁にぶつけてきた眼光や怒鳴り声などは、すべて彼をその地点に至らせるためのものにすぎなかったのだろうか。

これは彼の父の人格が染み出してきたということだ。ペンシルヴェニア西部の家で朝には朝刊を読み、午後には散歩していた男。心地よい毎日の日課に組み込まれ、男やもめになった後も、取り乱すことなく夕食を食べていた。真の姿をさらけ出して生きていた男。

ハイローポーカーには第二のレベルがあった。プレーヤーのひとり、テリー・チェンがチップを勝者に渡すとき、チップを高い柱と低い柱に分けるのだ。彼はこれを一瞬のうちにやってのけた。色が異なり、点数も違うチップを積み重ね、二つの柱に分ける——あるいは、二セットの柱に分ける——どちらにするかはポットの大きさ次第だった。柱を高くしすぎて崩すようなことは絶対にしなかった。見た目がまったく同じような柱は作らないようにした。重要なのは、合計点をまったく同じにしながらも、色の組み合わせがまったく違う柱を二つ作ることだった。彼は青を六枚、金色を四枚、赤を三枚、白を五枚積んでおいて、それを——凄まじいスピードで指を動かし、ときには手を交差させて——白十六枚、青四枚、金色二枚、赤十三枚と組み合わせ、柱を作り上げた。それから腕を組み、他人には見えない空間をじっと見つめた。勝者はそれぞれ、言葉にできない尊敬と半ば畏怖の念を感じつつ、自分のチップをかき集めることになった。

誰ひとり、彼の手と目と精神の技に疑問を差し挟まなかった。テリー・チェンと一緒に数えようとする者もいなかった。誰ひとり、たとえ陰鬱な深夜においてさえ、テリー・チェンが間違っているのではないか——今回だけはハイとローの柱の分け方を間違えたのではないか——と考える者はいなかった。

キースは二度ほど彼と電話で話した、テロ事件の後で。そして二人は連絡を取り合うのをやめた。ゲームの他のメンバーたちについて話すことは、もう何も残っていないようだったからだ——行方不明になったり、重傷を負ったりした者たちについて。そして、彼らが心安らかに話し合える一般的な話題などなかった。ポーカーがひとつの共有する暗号であり、それはもう終わってしまったのだ。

彼女の学校の友人たちは彼女をしばらく「朴念仁《ゴーク》」と呼んだ。それからあだ名は「痩せっぽち《スクローン》」になった。必ずしも不愉快なあだ名ではない。名づけたのはたいてい友人たちだし、しばしば彼女自身も一緒に考えていたからだ。彼女は通路でモデルの真似をしてポーズを取るのが好きだった。といっても、肘と膝と矯正中の歯ばかりが目立ったけれど。そんな骨ばった体型から脱却し始めた頃、父親がよく町に出て来るようになった。日焼けしたジャック。彼女を見つけると、腕を前に差し出して出迎える。この美しく芽吹き始めた生き物を、彼は肉と血をもって愛した——

また立ち去るときまで。彼女はそうしたときのことをよく覚えていた。彼の姿勢、微笑み、少し腰を下げたところ、そして顎の形。彼は腕を差し出し、娘は恥ずかしそうに包むような抱擁の中に入る。これがいつものジャック、娘を抱き、揺さぶる。娘の目の奥までじっと見つめ、彼女を適切な文脈に置こうと努力しているかのようだ。

彼女は彼と違って浅黒く、目も口も大きかった。そして、他人を仰天させかねない熱意の持ち主だった――機会なりアイデアなりにいつでも飛びつきそうなところ。彼女の母がその雛型だった。

父はかつて母について言った。「あの人はセクシーな女だけど、尻は痩せすぎ《スキニー》だな」

リアンはこの親しい間柄ならではの下品さに興奮した。男の特殊な視点を分かち合おうと手招きしているところ。彼のあからさまな言葉と、不完全な韻の踏み方に。

ニナを惹きつけたのは、建築家としてのジャックの観点だった。彼らが出会ったのはエーゲ海北東の小さな島。ジャックはそこで白い化粧漆喰の家の集落を芸術家たちの別荘としてデザインしたのだ。入り江の上に建てられた一群の家は、沖合いから見ると、純粋な幾何学模様が少しだけ歪んでいるように見えた――量子空間にユークリッド的な厳格さが現われている、とニナはそれについて書いた。

彼らが二度目にそこを訪れたとき、硬い寝台でリアンは受胎された。ジャックはそのことを彼女が十二歳のときに告げた。そして、十年後にニューハンプシャーから電話をするときまで、そのことに触れなかった。そのとき彼は同じことをまったく同じ言葉で語った。海風、硬い寝台、海辺から漂ってくるギリシャ・オリエンタル風の音楽。その数分後か数時間後、彼は発射時の爆風《マズルブラスト》を凝視することになる。


彼らは音を消してテレビを見ていた。

「父が自殺したのは、私が誰だかわからなくなった姿を私に見せたくなかったからよ」

「それを信じるのかい」

「ええ」

「じゃあ、僕も信じるよ」と彼は言った。

「いつか私のことがわからなくなるだろうという事実」

「信じるよ」

「まさにその理由で自殺したの」

彼女は一杯余計にワインを飲んで、少し酔っ払っていた。彼らは深夜のニュース番組を見ていた。コマーシャルが終わったとき、彼は音量ボタンを押そうかと思ったが、そうせず、彼らはそのまま音のないテレビを見続けた。特派員がアフガニスタンだかパキスタンだかの荒涼とした風景に立ち、肩越しに遠くの山を指差している。

「彼に鳥の本を買ってあげないと」

「ジャスティンに」

「いま鳥の勉強をしているの。それぞれの子供が一種類の鳥を選び、それについて勉強する。彼または彼女の鳥ってことになるの。彼または彼女の羽のある脊椎動物。男の子の場合は彼で、女の子の場合は彼女」

テレビでは、航空母艦のデッキから戦闘機が飛び立つ資料映像を流していた。彼は彼女が音量ボタンを押してと言うのを待っていた。

「ジャスティンはチョウゲンボウの話をしてるわ。チョウゲンボウって何？」と彼女は言った。

「小さなタカだよ。送電線に止まっているのをよく見たな。西部のどこかにいたとき、何マイルも続いていた。まったく別の人生を生きていたときの話だね」

「別の人生」と彼女は言い、笑った。そして椅子から立ち上がり、浴室に向かった。

「出るときは何か着てきなよ」と彼は言った。「そうすれば、きみが服を脱ぐところを見られるから」


フローレンス・ギヴンズはマットレスを見ながら、ひとり佇んでいた。四十台か五十台のマットレスが九階の端に何列にも並べられている。買い物客はその寝心地を試している。たいていは女たちで、座って軽く弾んでみたり、仰向けになったりして、硬さや肌触りをチェックしている。ふと気づくと、キースが彼女の隣に立っていた。少し前から彼女と一緒にマットレスを見ていたようだ。

「時間通りね」と彼女は言った。

「きみの方が時間通りだったんだ。僕はもう何時間も前に来ている」と彼は言った。「エスカレーターに乗ってたんだ」

彼らは通路を歩き始めた。彼女は何度か立ち止まってラベルを見たり、手のつけねでシーツを押してみたりした。

彼は言った。「構わないから、寝てみなよ」

「それはちょっとしたくないわ」

「じゃなきゃ、どうやって自分の欲しいマットレスを見つけるんだい？ 見回してみなよ。みんなやってる」

「あなたが寝転がるんなら、私もするわ」

「僕がマットレスを買うんじゃない」と彼は言った。「きみが買うんだろ」

彼女は通路を歩き回り、彼は立ち止まって見ていた。十人か十一人の女がいて、ベッドに寝転んだり、ベッドの上で弾んだりしている。一組の中年の男女がベッドで弾んだり転がったりしている。わざとそういうことをやり、片方の寝返りがもう片方の安眠を妨害するかどうか判断しようとしているのだ。

ためらいがちに試している女たちもいた。足をベッドの端から突き出して、一度か二度弾んでみる。ほかの女たちはコートや靴を脱いで、マットレスに後ろ向きに倒れ込んでいた。ポスチャーペディックかビューティーレストのマットレスの上で、勝手気ままに飛び跳ねる。最初はベッドの片側で、次はもう片側で。そして彼は、この光景に出くわすのはすごいことだと思っていた。メーシーズ・デパートのマットレス売り場。通路の向こう側を見ると、そこにも弾んでいる客たちがいた。女が八人か九人、男がひとり、子供がひとり。心地よさ、インテリアとしての適切さ、背中の支えやラバーフォームの肌触りなどについて試していた。

フローレンスは向こう側にいた。ベッドの端に座り、彼に微笑みかけ、後ろに倒れた。弾んで起き上がり、また倒れる。人前で親密にしている照れくささを楽しむように。キースからあまり離れていないところに男が二人いて、ひとりがもうひとりに何か言った。それはフローレンスに関するコメントだった。彼はその男が何と言ったか聞き取れなかったが、そんなことは問題ではなかった。彼らの態度、見下ろした様子から、フローレンスを話題にしていることは明らかだった。

キースは彼らから十歩ほど離れたところまで近づいた。

彼は言った。「なんだこのやろう」

今日の計画は、ここで会い、近くで簡単なランチを食べようということだった。それから、それぞれ別々の方向へ行く。彼は子供を学校に迎えに行かなければならないし、彼女は医者の予約があった。囁くことも触れることもない逢い引き。見知らぬ人々がベッドに倒れ込んでいる中で。

彼はもう一度同じことを言った。今度はもっと大きな声で。そして相手に意味が伝わるのを待った。これは面白かった、いかに相手との空間が変化するか。今や男たちは彼を見つめていた。コメントした方の男はがっしりしていて、発泡ビニールのようにてかてかしたダウンジャケットを着ている。通路を行き過ぎる客たちのぼやけた色が目の片隅に映る。男たちは二人とも彼を見つめていた。空間は熱く、ぴりぴりしてきた。発泡ビニールの男はこの事態をどうしようかと考えているようだった。女たちはベッドの上で弾んでいるが、フローレンスはキースの声を聞き、事態に気がついたようだ。彼女はいまマットレスの端に座り、見つめている。

男は仲間の言うことに耳を傾けていたが、動きはしなかった。キースはここで彼らを見つめていることに幸せを感じていたが、やがてそうでもなくなった。彼は男たちのところに歩いて行き、ひとりを殴った。歩き、立ち止まり、身構え、そして小さく右パンチを放った。男の頬骨の近くに、一発だけ。それから後じさり、次を待った。彼はいま怒りを感じていた。男に触れたことで箍《たが》が外れ、これを続けたいと思っていた。彼は腕を広げ、手のひらを上げた。さあ来い、始めるぞと言わんばかりに。フローレンスに不快な言葉を投げつける者がいたら、あるいはフローレンスに手を上げたり、何らかの形で侮辱したりする者がいたら、俺がそいつを殺してやるのだ。

男は仲間に倒れ込んだが、体勢を立て直し、突進してきた。頭を下げ、バイクに乗る男のように肘を突き出している。ベッドで弾んでいた客たちの動きも止まった。

キースはもう一度右のパンチで男を捉えた、今度は目のあたりに。男は彼を床から持ち上げ——一インチか二インチだが——キースはキドニーパンチを数発放ったが、だいたいは発泡ビニールに吸収されてしまった。まわりに男たちが集まって来た。店員たち、通路を走って来る警備員たち、カートを押していた従業員。奇妙なことだった。彼らが引き離され、すったもんだが続いている中で、キースは誰かが自分の腕に触れていることに気づいたのだ。肘の少し上のあたり。それはフローレンスの手だった。

例の飛行機のビデオを見るたびに、彼女はリモコンのスイッチに手を伸ばした。しかし、そのまま見続けた。氷のように澄んだ空から第二の飛行機が現われる。これは体に染み込んだ映像――肌の下を流れているかのようだった。この一瞬の飛行が数々の人生と歴史を運んでいる――彼らのも、彼女のも、すべての人のも――それをタワーの向こう、どこか遠くへと運んで行く。

彼女が記憶に留めている空というと、雲と海の嵐のドラマや、ニューヨークで夏に雷が鳴る前の電気を帯びた輝きなどだった。それはみな純粋に天候の力によるものだった。気団、水蒸気、偏西風など、外に存在するものの力。これはまったく違う。この澄んだ空は、搭乗している人間たちの恐怖を抱えているのだ――凄まじいスピードで飛ぶ航空機、まず一機、そして二機目、それは男たちの意図の力に操られている。彼も彼女と一緒に見た。空を背景にした、絶望の無力な叫び――神に呼びかける人間の声。それを想像するのは何と恐ろしいことだろう、殺人者と犠牲者のどちらもが神の名を叫んでいるなんて。最初は一機の航空機、それから二機目。それはまるで漫画に描かれた人間のようだ――目と歯をギラギラさせて飛んでいる人間の漫画。第二の飛行機が南棟に激突する。

彼は一度だけ彼女と一緒に見た。彼女はこんなに誰かを近くに感じたことはないと思った、空を横切る飛行機を見ながら。彼は壁際に立って、椅子の方に手を伸ばし、彼女の手を取った。彼女は唇を嚙んで、見続けた。彼らはみんな死ぬのだ。乗客も乗員も、そしてタワーにいた数千人の人々も死ぬ。彼女はそれを体に感じた、深い沈黙を。そして、そこに彼がいるのだと思い、信じられないと感じた。このタワーのひとつに彼はいて、その彼の手がいま彼女の手を握っている。

薄暗い光の中、まるで彼の死を悲しむ彼女を慰めるかのように。

彼は言った。「まだ事故みたいに見えるんだよね、最初のやつは。この距離からでも――これだけ離れて、これだけ日にちを経ても――こうやって見ていると、事故だって思うんだ」

「だって、そうじゃなきゃいけないからよ」

「そうじゃなきゃいけない」と彼は言った。

「カメラがああいうふうに驚きを表わしてるんだから」

「でも、最初のやつだけなんだ」

「最初だけ」と彼女は言った。

「二機目のやつは――二機目が現われる頃には」と彼は言った。「我々はちょっと歳を取って、賢くなってたんだな」

# 8

公園を徒歩で横断することは、期待感に満ちた儀式ではなかった。道が西に曲がり、彼はテニスコートを通り過ぎたが、これから行く部屋のことなどたいして考えていなかった。彼女が待っている部屋、あるいは廊下の奥の寝室のことなど。彼らは互いからエロチックな喜びを得てはいたが、彼が繰り返しそこに戻るのはそのためではなかった。それは彼らが共有していた知識のためだった——長い螺旋状の階段を果てしなく降りて行ったこと。だから彼はそこに戻ってしまうのだ、たとえこういう逢瀬が、人生の真実と彼が最近考えるようになったことと矛盾するとしても——人生とは、真剣に責任をもって生きられねばならず、手づかみでかっさらうようなものではない。

そのあとで彼女は普通の人がいつだって言うようなことを言うだろう。

「帰らなきゃいけないの?」

彼はベッドの脇に裸で立っている。

「いつだって帰らなきゃいけないんだよ」

「そして私は、いつだってあなたが帰ることを、何か別の意味があることにしなきゃいけないんだわ。何かロマンチックな、あるいはセクシーな意味をもつこと。空虚な寂しいものではなく。どうしたらそれができるのかしら？」

しかし、彼女は矛盾ではないはずだ。彼女はかっさらえるようなものではない。彼がこの数日間に行き当たった真実を否定するものではない。奇妙な昼間と静かな夜の連続——「その後の日々」に。

今が「その後の日々」なのだ。現在のすべてが「その後」によって計られる。

彼女は言った。「どうしたらひとつのことを別のものに変えられるか、私はわかっているのかしら？　その振りをすること以外に何ができる？　私自身のままでいられるのか、それともほかのみんなと同じようにならなければいけないのか？　ドアから出て行く人を見送る連中と同じに？　私たちって、〝ほかのみんな〟とは違うわよね？」

しかし、彼女が彼を見つめる目つきから、彼は自分が〝普通の人〟にすぎないような気がしてくる。ベッドの脇に立ち、〝普通の人〟がいつだって言うことを言おうとしながら。

彼らは隅のブースで睨み合っていた。キャロル・シュープはストライプの入ったシルクのオーバーブラウス——紫と白——を着ている。ムーア人かペルシャ人のようだ。

彼女は言った。「こういった状況で、何を期待するの？」

「あなたが電話して頼んでくれることを期待するわ」

「でも、こういった状況で、どうやってその話題を持ち出したらいいの?」

「あなたが持ち出したんじゃない」とリアンは言った。

「あの事件が起きてからよ。あなたにあんな本を編集してくれなんて頼めないわ。キースにあんなことがあったし、いろんなことがあって。あなたが関わりたがるなんて理解できない。あの本はひとつのテーマに途方もなく浸りきってるし、しょっちゅう戻ったり、繰り返したりしているのに。それにすごい大変な仕事になるし、信じられないくらい退屈だし」

「あなたが出版する本よ」

「しないわけにいかないのよ」

「あれだけたらい回しになって——何年だっけ?」

「しないわけにいかないの。四、五年かな」とキャロルは言った。「だって、あの事件を予見しているように見えるんだから」

「予見しているように見える」

「統計表、企業レポート、建築の青写真、テロリストのフローチャート。ほかに何だっけ?」

「あなたが出版する本よ」

「文章は下手なのよね、構成も悪いし。それにとてつもなく退屈だわ。たくさんの出版社から断られたの。エージェントや編集者のあいだでは伝説になったくらい」

「あなたが出版する本よ」

「この怪物を一行一行編集する」

「著者は何者？」

「引退した航空エンジニア。彼のことはユナフライヤーと呼んでるわ。ユナボマーと違って、爆弾を作るための化学薬品と大学の年鑑をもって人里離れた山小屋に隠れているわけじゃないけど、取り憑かれたようにここ十五年か十六年執筆を続けているの」

もし本が大きな仕事であるなら、フリーランスの編集者の基準で言うと、真剣に金が儲からなくてはならない。この場合は、急ぎの仕事でもあった。タイムリーでニュース価値があり、予見的なものでもある——少なくとも、出版社が計画しているカタログの宣伝文句では。これは、地球規模の連動する力について詳説する本——その力が爆発点に達するのが、二十一世紀初頭の晩夏、ボストン、ニューヨーク、ワシントンの地域に当たるというのである。

「この怪物を一行一行編集するというのは、あなたをこれから何年も拘束しかねないわ。これってデータだらけなの。すべて事実と地図とスケジュールだけ」

「でも、予言しているように見える」

この本はフリーランスの編集者を必要としていた。電話や電子メール、ランチの約束や会議など、会社勤めの編集者が突き当たる狂乱のスケジュールから逃れ、長い時間働くことのできる人。会社勤めの編集者にとっては、その狂乱こそが仕事なのだが。

「これには飛行機のハイジャックに関する長大な論考が含まれているの。いくつかの空港の脆弱性に関するたくさんの資料。ワシントンDCのダレス空港やボストンのローガン空港とかの名を挙げているし、これまで実際に起きたことや起きつつあることを挙げている。ウォール街、アフガニスタン、あれやこれや。アフガニスタンはいま起きつつあること」

　リアンはこの素材の分厚さについては気にしていなかった。内容が混乱している上に恐ろしいということも、予測が最終的には正確でないということも。これこそ、彼女が求めていたものなのだ。自分でも、キャロルがこの本の話をするまで、これを求めているとはわかっていなかった。キャロルはついでにという感じで、この本のことをバカにするように触れたのだ。リアンは自分がランチに招かれたのは、仕事の話をするためだと思っていた。ところが、会合は純粋に個人的なものだった。キャロルはキースの話をしたかったのだ。一冊だけキャロルが話に出した本は、リアンに割り当てる気のまったくなかったもので、それこそリアンが編集せずにいられない本だった。

「デザート、いただく?」

「いいえ」

　対象から離れる。物を客観的に、感情を交えずに見る。これはマーティンが教えてくれたことだった。諸々の要素を測る。そうした要素を同時に作用させる。この行為から何かを学ぶ。自分自身をそれと対等にする。

　キャロルはキースのことを話したがり、キースのことを聞きたがった。彼の物語、彼らの物語、同居生活に戻ってからの刻一刻を知りたがった。彼女が着ているブラウスは、体型も肌の色も違う人のために作られたものだった。ペルシャかモロッコのローブの模造品。リアンはそのことに気づいた。キースに関することで、キャロルにとって面白いことなど何も言えない。なぜなら、面白いことなど何も起きていないのだから――あまりに個人的すぎて、口にするのも憚られることを除けば。

「コーヒーはどう？」

「このあいだ女の顔を殴ったの」

「何のために？」

「あなたは何のために人を殴る？」

「ちょっと待って。あなたが女を殴った？」

「その人が腹の立つようなことをしたから。そういうことでしょ」

キャロルは彼女を見つめていた。

「コーヒーはどう？」

「いらないわ」

「旦那が帰って来たのよね。息子さんにとっては、フルタイムのお父さんが戻って来た」

「あなたには何もわからないのよ」

「少しは幸せらしくしなさいよ。ほっとした気持ちとか、何かしら見せなさい」

「始まったばかりよ。わかってないの？」

「旦那が帰って来たんでしょ」

「あなたには何もわからないのよ」と彼女は言った。

近くにウェイターがいて、会計を求める客がいないかと待っている様子だった。

「わかったわ、いい、もし何かが起きたら」とキャロルは言った。「たとえば編集者がこの素材は扱えないとか、編集者がすぐには取り掛かれないとか。あるいは、彼女がここ二十七年間かけて慎重に築き上げた人生をこの本が破壊していると感じるとか。そういうことがあったら、電話するわ」

「電話して」とリアンは言った。「でも、そういうことがなかったら、電話しないで」

あの日以降、つまり自分がどこに住んでいるのかを思い出せなくなった日以降、ローゼレン・Sは会合に戻って来なかった。

メンバーたちは彼女について書きたがった。リアンは彼らが法律用箋の上にうずくまり、作業するのを見ていた。ときどき頭が持ち上がると、記憶か言葉を求めてじっと虚空を見つめている。必然的に迫り来るものを表現するあらゆる言葉が部屋に満ちているようだった。ふと気がつくと、彼女は古いパスポート写真のことを考えていた。母のアパートの壁に掛かっている、マーティンのコレクションからの贈り物。セピア色の過去からこちらを見つめている顔、時間の中に迷子になった顔。

役所の丸いスタンプが写真の隅に押されている。

所持者の身分と乗船した港。

ブルガリア自治公国。

ハシミテ王国大使館。

トルコ共和国。

彼女は自分の前にいるメンバーたちを同じ隔離された背景で見つめ始めていた。オマー、カーメン、その他。所持者の署名がときに写真自体の上に書き込まれている。クローシュをかぶった女、ユダヤ人と思われる若い女、国籍《シュターツアングヘーリヒカイト》。彼女の顔と目は、大洋を横断したことだけでは説明できない深い意味を示している。そして、影にほとんど隠されてしまった女の顔、丸いスタンプのふちにはナポリという文字が丸く印刷されている。

名前の残らない写真、機械によって表わされたイメージ。こうした写真が考えられたことには何かがあった——役人の意図が。真っ直ぐ前を向いたポーズが逆説的に、リアンを写真の主題の人生へと送り届けた。おそらく彼女が見たものは人間の試練であり、その背景に国家の厳格さがあったのだ。彼女は逃亡中の人々を見た——そこからここへ——フレームの縁には恐ろしい運命が迫っている。親指の指紋、傾いた十字架のエンブレム、天神ひげをたくわえた男、三つ編みにした少女。リアンは、自分が勝手に文脈を作っているのだろうと思った。写真の人々については何も知らない。知っているのは写真だけだ。そこにこそ、彼女は無垢と脆さを感じ取った——古いパスポートというものの性質の中に、過去それ自体の深い肌理に。長旅をしてきた人々、今は死んでいる人々。こんな美しさが色褪せた人生にあるなんて、と彼女は思った。イメージに、単語に、言語に、署名に、スタンプで押された勧告などにあるなんて。

キリル文字、ギリシャ語、中国語。

所持者の特徴《ダティ・エ・コノタティ・デル・ティトラール》。

外国《レ・ペイ・ゼトランジエール》。

彼女はメンバーたちがローゼレン・Sについて書いているのを見る。頭が持ち上がり、それから沈む、そして彼らは座り、書く。彼女はわかっている。彼らはパスポート所持者たちとは違って、色つきの霧の中からこちらを見つめているわけではない。彼らは色つきの霧の中に退いている。またひとつ頭が持ち上がり、また別の頭が持ち上がる。彼女はそのどちらとも目を合わせないように努力する。じきに彼らはみな顔を上げる。セッションが始まって以来初めて、彼女は恐怖を感じる。彼らが罫線入りのノートを読み上げるとき、何を言うのだろう。それを聞くのが怖い。

彼は広い部屋の正面入り口近くに立ち、彼らが運動するのを見ていた。二十代か三十代の男女が列に並び、ステアクライマーやエリプティカルといったトレーニング機器に取り組んでいる。彼は近くの通路を歩きながら、そういった男女とのあいだに絆を感じていた——なぜかははっきりとわからなかったが。彼らは負荷を加えたスレッド相手に力を振り絞ったり、バイクをこいだりしている。ローイングマシンがあり、蜘蛛のようなアイソトニック器具があった。彼はウェイトルームの入り口で立ち止まった。パワーリフターたちが安全バーのあいだに陣取り、スクワットの状態から立ち上がろうと唸っている。その近くでは女たちがスピードバッグ相手にフックやジャブを放っている。ほかの者たちはフットワークの練習をしている。片脚を曲げたり、腕を交差させたりして縄跳びをしている。

案内の男がついて来た。白い服を着た若い男、フィットネスセンターのスタッフだ。キースは大きく開かれた空間の後方で立ち止まった。人々が至るところで運動し、全身に血を送っている。トレッドミルを速足で歩いたり、その場で走ったりしていたが、軍のような規律や堅苦しいつながりはまったく見えなかった。それは目的と、ある種のセックス——基本的なセックス、根の深いセックス——に満ちた光景だった。体を反らしたり曲げたりしている女たち——肘と膝を突き出し、首の血管が浮き出ている。しかし、そこには何か別のものもあった。彼らは彼の知っている人々なのだ——彼が誰かを知っているとすれば。ここで、こうした人々と一緒ならもちこたえられる、あのテロ後の日々でも。おそらくそれこそ、彼が感じていたことなのだ。霊的なつながり、信頼関係。

彼は反対側の通路を歩いて行った。案内の男は後ろからついて来て、キースが質問をするのを待っている。彼はジム全体を見回していた。数日後に仕事を始めるとなれば、真剣にジムで運動する必要がある。オフィスで八時間、十時間過ごし、家にまっすぐ帰るのはよくない。エネルギーを燃やさなければならない。身体を試し、自分自身の内面を見つめる。体力、スタミナ、敏捷性、正気などを鍛える。相殺する規律が必要だった。コントロールされた、自発的な行為。それがないと、すべての人々に憎しみを感じつつ、家によろよろと帰って来ることになる。

母はまた眠っていた。リアンは家に帰りたかったが、それはできないとわかっていた。マーティンが突然出て行ったのは、ほんの五分前のこと。だからニナが目を覚ましたとき、ひとりにさせたくなかった。彼女はキッチンに行き、果物とチーズを見つけた。流しで洋梨を洗っていると、リビングルームで何かが聞こえた。彼女は蛇口を閉じ、耳を澄ました。それから部屋に行くと、母が彼女に話しかけていた。

「完全に眠っていないときに夢を見るの。うとうとしているだけなんだけど、夢を見ている」

「昼食を食べないと、お互い」

「目を開けると、夢見ているものが見えるような気がする。おかしいでしょ？　夢は私の中にあるというより、まわりにあるみたいなの」

「それって鎮痛剤のせいよ。訳もなくたくさん呑むから」

「理学療法を受けると体が痛むんだよ」

「理学療法なんて受けてないじゃない」

「ということは、私は鎮痛剤なんか呑んでないよ」

「そのジョーク、笑えないわ。お母さんが呑んでいる薬には習慣性があるの。少なくとも、いつも呑んでいる薬のひとつにはね」

「孫はどこにいったの？」

「お母さんが最後にそれを訊いたときと同じ場所にいるわ。でも、それは問題じゃない。問題はマーティンよ」

「その話で口論しなくなる日は、なかなか来そうにないねえ」

「彼、すごく興奮していたわ」

「おまえは、あの人が本当に興奮しているときを見たことがないんだよ。あれはずっと続いてるんだ、何年も前から。私たちが知り合う前からだよ」

「ということは、二十年前」

「そうね」

「でも、その前はどうだったの？」

「時代に巻き込まれていたんだよ。あの動乱に。マーティンは活動家だったんだ」

「壁は剝き出し。美術投資家の壁に何も掛かっていないなんて」

「ほとんど剝き出し。それがマーティンよ」

「マーティン・リドナウ」

「そうよ」

「それは本名じゃないって、お母さん、言わなかったっけ？」

「わからない。そうかもしれないわ」とニナは言った。

「私に聞き覚えがあるとすれば、お母さんが言ったのよ。あれは本名なの？」

「いいえ」

「本名を話してくれた覚えはないわ」

「たぶん、私も本名を知らないんだよ」

「二十年付き合って」

「ずっと付き合ってたわけじゃない。長く付き合ったことなんてないんだよ。彼はどこかにいたし、私も別のところにいたし」

「奥さんがいるんでしょ」

「奥さんもどこか別のところにいるんだ」

「二十年。彼と旅をして、一緒に寝て」

「どうして名前を知らないといけないんだい？　彼はマーティンだよ。いま知らない名前を知ったからって、彼について何を知ることになる？」

「名前を知ることになるのよ」

「彼はマーティンだよ」

「名前を知ることになるの。知ってる方がいいでしょ」

母は北側の壁に掛かっている二枚の絵に向かって頷いた。

「知り合ったとき、彼にジョルジョ・モランディの話をしたの。本を見せてね。美しい静物画。形、色、奥行。彼はちょうどビジネスを始めた時期で、モランディの名前も知らなかった。ボローニャに行って、絵を直接見た。そして戻って来て、ダメだダメだって言うの。マイナーな画家だな。中身がない、自己満足的だし、ブルジョワ的だし。基本的にはマルクス主義批評って感じだったわ。それがマーティンの言ったこと」

「そして二十年後」

「彼は形を、色を、奥行を、美を見るようになったのよ」

「それって、審美眼の進歩ってこと？」

「目が開かれたんだね」

「でなきゃ、商売に魂を売ったのか、自分をごまかしているのか。財産家の言葉を聞いたか」

「目が開かれたんだよ」とニナは言った。

「お金にも目が開かれたんでしょ。すごく高価な絵よ」

「その通りだよ。最初はね、真剣にだけど、彼がどうやって手に入れたんだろうって思ったんだ。最初の頃は、盗品を扱ってたんじゃないかと思う」

「面白い人よね」

「彼、一度こんなことを言ったことがあるわ。自分はいろんなことをしてきた。だけど、それで自分の人生がきみの人生よりも面白くなったわけじゃないってね。もっと面白く話せてもよさそうだけど、記憶において、その奥行きにおいては——彼が言うには——鮮やかな色とか激しい興奮とかはない。すべて灰色で、じっとしているだけだって。座って待っている。こう言うのよ、すべて、何ていうか中間色だって」

母はマーティンの訛りを巧みに誇張した。少し意地悪いくらいだった。

「何を待っていたの?」

「歴史じゃない?　戦闘の要請とか。警察の取調べ」

「警察のどの部門?」

「美術品窃盗部門じゃないわね。ひとつだけわかっていることがあるの。彼は一九六〇年代末期のある集団のメンバーだったのよ。コミューン・ワン。ファシスト国家であるドイツに抵抗するデモをしていたの。彼らはドイツをそういうふうに見ていたのよ。まず卵を投げ、それから爆弾を爆発させた。そのあと彼が何をしていたかはよくわからない。しばらくイタリアにいたんだと思うわ、赤い旅団が活動していた混乱の時期にね。でも、よくわからないの」

「よくわからない」

「うん」

「二十年よ。一緒に食べたり寝たりしていて。それなのにわからない。訊いてみたことないの？どうしても教えてくれって言わないの？」

「一度、ポスターを見せてくれたわ。何年か前だけど、ベルリンで会ったときよ。彼、そこでアパートを借りているの。指名手配のポスター。七〇年代初期のドイツのテロリスト。十九人の名前と顔」

「十九人」

「殺人、爆弾、銀行強盗などで指名手配になっているの。それを保管していたのよ——どうして保管していたのかわからないけど。でも、私に見せた理由はわかるわ。彼はポスターの顔のひとりではなかったの」

「十九人」

「男も女もいたわ。数えたの。彼は、彼らを支援するグループだか地下組織だかにいたのかもしれない。わからないわ」

「わからない」

「ああいう人たち、ジハードの戦士たちのことを、彼は六〇年代から七〇年代の過激派と共通するものがあると考えているのよ。彼らはみな同じ古典的パターンの一部なんだって。自分たち専用の理論家がいて、自分たちなりの世界団結のビジョンがあって」

「今回のテロ事件で、彼は昔を思い出しているわけ？」

「私だって、それを指摘しないわけじゃないわ」

「壁は剝き出し。ほとんど剝き出しって言ったわね。それも昔の憧れの一部なの？　昼も夜も隠遁生活、人里離れた場所に隠れている。ごくわずかな物質的満足も拒んで。たぶん誰かを殺したのよ。訊いてみた？　そのことで詰問してみなかったの？」

「いい、もし何か深刻な罪を犯したのなら——誰かの死とか重傷の原因だったとしたら——彼がいま歩き回れると思う？　もう隠れていないのよ、以前そういうことがあったにしても。彼はここに、そこに、あらゆるところにいるの」

「偽名で仕事してるんじゃないの」とリアンは言った。

彼女はソファに座って、母と向き合っていた。ニナに弱さを感じたことなど、思い出せる限り、これまでにはなかった。性格の脆さとか、冷徹かつ明晰な判断力が鈍くなるようなことは。リアンは、この状況に付け入ろうとしている自分に気づき、そのことに驚いた。この瞬間から血を搾り取る——入り込み、食い込もうとしている。

「これだけの年月、その問題を追及しようとしなかったってこと。彼がどんな男になったか、見てごらんなさいよ。ああいう男になったでしょ。彼らがまさに敵と思うような男じゃない？　指名手配のポスターの男や女。あの野郎を誘拐しろ。やつの絵を燃やせ」

「彼にもそれはわかっていると思うわ。彼がわかってないと思うの？」

「でも、お母さんは何を知っているの？　知らなかったことの代償を払ってるんじゃない？」

「それは私が払ってるんだから、あなたは黙りなさい」と母は言った。

彼女は箱からタバコを取り出し、指で挟んでいた。どこか遥か遠くにある問題を考えているかのようだった。思い出すというより、測っているかのよう。あることの範囲や程度を記録している、あることの意味を。

「ひとつだけ物が掛かっている壁は、ベルリンにあるんだよ」

「指名手配のポスター」

「ポスターは掛けてないんだ。ポスターはクロゼットにしまってある、筒に入れてね。そうじゃなくて、質素なフレームに入れた小さな写真がね、ベッドの上に掛かってるんだ。彼と私のスナップだよ。ウンブリア地方の丘の町に行ったとき、教会の前で撮ったんだ。その前日に会ったばかりだった。通りかかった女の人に、彼が写真を撮ってくれと頼んだんだ」

「私にとっては不快な話だわ。どうしてかはよくわからないけど」

「彼の名はアーンスト・ヘキンジャーだよ。あなたがこの話を不快に感じるのは、私にとって恥ずかしい話だと思うからさ。私も感傷的な身振りの共犯ということになるわけだから、あの悲劇的な身振りのね。くだらないスナップだよ。それが壁に掛かっている唯一のもの」

「このアーンスト・ヘキンジャーという男がヨーロッパのどこかで指名手配になっているかどうか突き止めようとしなかったの？　ただ知るだけのために。〃わからないわ〃と言い続けなくてよいように」

彼女は母を罰したかったのだが、それはマーティンのためではなく、罰するだけのためでもなかった。それはもっと近くにある、深いもので、最終的にはひとつのことだけに関する問題だった。それこそ、すべてが関わっていることなのだ――彼らが何者であるか――祈りのために永久に組んだ手のように、母娘がしっかりつながっていること。

ニナはタバコに火をつけ、煙を吐いた。それをすることがひと苦労であるかのような動作だった――煙を吐くことが。母はまた眠そうにし始めた。彼女が呑んでいる薬のひとつにはコデイン燐酸塩が含まれていて、最近までは注意しながらそれを呑んでいた。実のところ数日前、せいぜい一週間くらい前から、彼女は養生規則を守らなくなり、なのに鎮痛剤の摂取量は変えていなかった。このように意志が弱くなったという挫折の中心にマーティンがいるとリアンは信じていた。例の十九人が原因なのだ――ハイジャック犯たち、ジハード戦士たち――たとえ母の心の中にいるだけでも。

「今はどんな仕事をしているの?」

「古代文字についての本。書くときに使われたありとあらゆる字形、ありとあらゆる素材について」

「面白そうじゃない」

「読んでみなきゃわからないでしょ」

「面白そうよ」

「面白い、大変な労力を要する、ときにはかなり楽しめる。絵もあるわ。絵のような文字。出版されたら一冊あげる」

「絵文字、象形文字、楔形文字」と母は言った。

彼女は夢を見ながら声を出しているようだった。

「シュメール人、アッシリア人、などなど」

「一冊あげるわね、絶対に」

「ありがとう」

「どういたしまして」とリアンは言った。

チーズと果物はキッチンの大皿に置かれたままだった。彼女はしばらく母のそばに付き添い、それから大皿を取りに行った。


カードプレーヤーのうち三人はラストネームだけで呼ばれていた——ドッカリー、ラムジー、ホヴァニス。二人はファーストネームで呼ばれた——ディミートリアス、キース。そしてテリー・チェンはテリー・チェンだった。

ある晩、誰かがラムジーに言った——それはおどけ者の広告業者ドッカリーだった——もしラムジーの名前の一文字が別のものだったら、人生もまったく違っていただろう、と。Rumsey のuをaに替えれば、Ramsey という名前になる。このaがuであるために、rum（「ラム酒」や「おかしな」などの意味がある）という言葉が彼の人生と精神を形作っているのだ。彼の歩き方やしゃべり方、猫背であること、身長や体型、彼から溢れ出るのろまで愚鈍な感じ、手をシャツの中に入れて痒いところを掻こうとする仕草など。彼が〝aのラムジー〟として生まれていたら、こうしたことはすべてまったく違っていたのだ。

彼らはしばらくラムジーがどう答えるかと待っていた。彼はそんなふうに自己を定義され、そのオーラの中から出られずにいた。

彼女は洗濯物をいっぱいに詰めたバスケットを持って、地下に下りた。地下には灰色の小さな部屋があった――じめじめしてかび臭い部屋――そこに洗濯機と乾燥機があり、さらに彼女が歯で感じる金属的な冷たさがあった。

乾燥機が動いている音が聞こえてきた。リアンが部屋に入ると、エレナが壁に寄りかかり、腕を組んで、タバコを吸っていた。エレナは顔を上げなかった。

しばらく彼女たちは洗濯物がドラムの中で弾んでいる音を聞いていた。それからリアンはバスケットを下ろし、洗濯機の蓋を開けた。円形のフィルターには、もうひとりの女の洗濯物から出た糸くずが残っていた。

彼女はそれをちらりと見てから、フィルターを洗濯機から外し、エレナに差し出した。エレナはぴたりと動きを止め、フィルターを受け取って見つめた。そして体の位置を変えずに、バックハンドのスイングでフィルターを二度ほど自分の寄りかかっている壁の下側に叩きつけた。彼女はそれをもう一度見て、タバコを吸い込んでから、フィルターをリアンに差し出した。リアンはそれを受け取り、見つめ、乾燥機の上に載せた。それから洗濯機に洗濯物を入れた——黒物を何枚か。次にフィルターをかき混ぜ機《アジテイター》だったか活性体《アクテイヴエイター》だったか、とにかくそのような名前のものに取り付けた。洗剤を注ぎ、コントロールパネルでコースを選択し、さらにパネルの反対側のダイヤルをセットして、蓋を閉めた。コントロールのつまみを引き、洗濯を開始させた。

しかし、彼女は部屋を出なかった。乾燥機の中の洗濯物はほぼ完了なのだろうと考えていた。そうでなければ、なぜあの女は立って待っているのだ？　あの女はほんの数分前に下りて来て、乾燥が終わっていないことに気づき、下で待つことにしたのだろう。上に戻ってからまた下りて来るよりもましだ、と。リアンの位置からはタイマーのダイヤルがはっきりと見えなかったが、見ていることに気づかれたくもなかった。しかし、部屋を出る気もなかった。リアンは、女が腰をかなり曲げて寄りかかっている壁の隣の壁際に立った。二人は意識的に視野を狭めようとしていたが、双方の視野は部屋の真ん中付近で交差した。リアンは背中を真っ直ぐに伸ばし、古い壁の凹凸を肩甲骨で感じていた。

洗濯機がゴトゴトと言い始めた。乾燥機が揺れ、カチカチと音を立てた。シャツのボタンがドラムに当たっている。リアンが女よりも長くこの部屋に留まることについては、疑問の余地がなかった。問題は、乾燥が終わらないうちに女がタバコを吸い終わったら、タバコをどうするのか、だった。女が部屋を出る前に、彼女と目を合わせるのかどうか。部屋は修道士の独居房のようだった——二台の巨大な祈禱輪筒が祈りの言葉を打ち鳴らしているかのよう。問題は、目を合わせたときに何か言うのかどうか、そしてそのあとどうなるのか、だった。

外界では雨の降っている月曜日、彼女はゴジラ・アパートに歩いて行った。息子が放課後の時間をここで〝きょうだい《シブリングズ》〟たちと過ごしているからだ、テレビゲームをやりながら。

彼女はかつてこんな日に詩を書いた。学校にいるときのことだ。詩と雨には何か関係があった。その後、雨とセックスという関係になった。詩はたいてい雨に関するものだった。屋内にひとりきりでいるとき、窓ガラスを流れ落ちる水滴を眺めているのがどんな気分か。

風が強すぎて傘が役に立たなかった。この横殴りの雨のために、街路には人がまったくおらず、時間や場所に人の刻印が感じられなかった。この天候が至るところにのしかかっていた――精神状態に、ありふれた月曜日に。彼女はビルにぴったりとくっつくようにして歩き、道路を渡るときは走った。赤煉瓦のゴジラ高層ビルにたどり着いたとき、風がまともに吹き降ろしてくるのを感じた。

彼女は母親と――イザベルと――忙《せわ》しなくコーヒーを飲み、息子をコンピュータの画面から引き離すと、無理やりジャケットを着せた。彼は帰りたくないと言い、子供たちもまだジャスティンと遊びたいと言った。彼女は子供たちにこう言った。私はテレビゲームから現実世界に出てきた悪者なのよ、と。

ケイティは玄関までついて来た。この娘は赤いジーンズの裾を折り曲げてはき、スエードのアンクルブーツをはいていた。歩くと、ブーツの縁飾り《ウエルト》のあたりが蛍光色に輝いた。弟のロバートは後ろでもじもじしていた。この黒い目の少年は、話すことも食べることも犬の散歩もできないくらいシャイに見える。

電話が鳴った。

リアンはケイティに言った。「もう空を見るのはやめたんでしょ？　昼も夜も空を見張るのは？　そうよね。それともまだやってるの？」

娘はジャスティンを見つめ、何も言わずに、いたずらを一緒に企んでいるような笑みを浮かべた。

「あの子は話してくれないの」とリアンは言った。「何度も何度も訊いたんだけど」

ジャスティンは言った。「訊いてないじゃないか」

「でも、訊いたって、言わないでしょ」

ケイティの目は輝いた。彼女はこれを楽しんでいたのだ、巧みに言い逃れをしなければならない場面を想定しながら。彼女の母親はキッチンの壁に取り付けられた電話で話していた。

リアンは娘に向かって言った。「まだお告げを待ってるの？　飛行機が来るのを待ってる？　昼も夜も窓から外を見て？　そうじゃないわよね。信じられないもの」

彼女は娘の方に身を傾け、舞台での囁き声のように話しかけた。

「まだその人と話しているの？　例のあの人——その人の名前を大人たちは知ってはいけないことになっているのよね」

弟は気まずそうな顔をしていた。ケイティの四メートルほど後ろで黙りこくり、姉の足と足のあいだの寄せ木細工の床を見つめている。

「その人はまだあそこに――どこかに――いて、あなたたちに空を見張らせているの？　大人たちが名前を知ってはいけないことになっているあの人。でも、みんな知ってるんだけど」

ジャスティンは彼女の肘からジャケットをひったくった。これは、早く帰ろうという合図だった。


「もしかしたら――あくまでももしかしたらだけど。私はこんなふうに考えているの。もしかしたら、あの人はもう消える時期なんじゃないかしら。みんなが名前を知っているあの人は」

彼女はケイティの顔に手をやり、耳から耳まで顔を包み込んで、撫でてやった。キッチンではイザベルが声を張り上げ、クレジットカードの問題を話していた。

「たぶんその時期なのよ。そうじゃないかって思わない？　もしかしたら、あなたももう興味がないのかも。イエス、それともノー？　もしかしたら――あくまでももしかしたらだけど――空を見張るのもやめるべき時期なんじゃない？　いま話題にしているあの人のことを話すのもやめる時期。どう思う？　イエス、それともノー？」

娘の顔は前のように幸せそうではなくなった。彼女は左にいるジャスティンの方に視線を送ろうとした――〝どういうことになってるの？〟とでも言いたげに。しかしリアンは娘をさらに引き寄せ、右手を使って彼女の視線を遮った。そして、ふざけている表情を装って微笑んだ。

弟は自分を見えなくしようとしているようだった。彼らはどぎまぎし、少し怯えていたが、彼女がケイティの顔から手を離したのはそのせいではなかった。もう立ち去るつもりだったからだ。エレベーターまで歩き、二十七階からロビーまで下りながら、彼女は例の神秘的な人物について考えていた。飛行機がまたやって来ると言った人物、皆が名前を知っているあの男。しかし、彼女はその名前を忘れてしまった。

雨は小降りになり、風も静まっていた。彼らはひと言もしゃべらずに歩いた。彼女は名前を思い出そうとしたが、どうしてもできなかった。子供は広げた傘の下を歩こうとせず、四歩ほど遅れてついて来る。あれは簡単な名前だった——そこまでは彼女も覚えていた。しかし、簡単な名前こそ、彼女は苦手だったのだ。

# 9

この日、これまでになく、彼女は去りがたく感じた。コミュニティ・センターを出て、西に向かって歩きながら、別の日のことを考えていた。遠からず訪れる日、ストーリーラインのセッションが終わりになる日のこと。グループはその日に近づきつつあり、彼女は二度と同じことができるとは思えなかった。六人か七人の人を集め、最初から始められるとは――ボールペンとメモ帳――そう、それ自体は美しい、彼らが自分の人生を歌い上げるさまは。彼らが警戒心なしに自分の知識をさらけ出すこと、その奇妙で勇敢な無邪気さも、そして彼女自身が父親を理解しようとすることも。

彼女は家まで歩いて帰りたかった。そして家に着いたとき、キャロル・シュープから留守電が入っていることを望んだ。「すぐに電話してね《コール・ミー・スーニスト・プリーズ》」。予感にすぎなかったけれども、彼女はそれを信用しており、メッセージの意味がわかっていた。編集者がその仕事から下りたのだ。玄関から入り、四単語のメッセージを聞いて、編集者が例の本を扱えないということを知る。あの原稿があまりにもマニアックな解説に満ちていて、それ以上進めることができなくなったのだ。彼女は玄関から入り、留守電を示すライトが点灯しているのに気づくことを望んだ。「キャロルよ《ディス・イズ・キャロル》、すぐに電話して《コール・ミー・スーニスト》」六単語のメッセージはもっと多くのことを仄めかしている。キャロルはこういうことを電話のメッセージで言いたがるのだ。「すぐに電話して《コール・ミー・スーニスト》」。これが何かを約束している、最後の催促する単語が、めでたい状況を示している。

　彼女は当てもなく歩いた。百十六丁目を西に向かって歩き、理髪店やレコード店、果物市場やパン屋を通り過ぎた。南に曲がって五ブロック行き、右を見ると、古びた御影石の高い壁があった。その上を高架鉄道が通っており、通勤客を市の中心部に送迎している。彼女はすぐにローゼレン・Sのことを考えたが、なぜかはわからなかった。しばらく同じ方向に歩いて行くと、「大ハイウェイ悪魔祓い寺院」という看板のある建物に突き当たった。彼女は一瞬立ち止まり、その名前を頭で反芻した。そして入り口の上の飾り立てた片蓋柱と、屋根の縁にある石の十字架に気づいた。正面の看板には寺院の活動が列挙されている――日曜学校、日曜早朝礼拝、金曜悪魔祓い、聖書研究。彼女は立ち止まって考え、アプター医師との会話を思い出した。ローゼレン・Sが自分の家を思い出せなくなった日についての会話。そのときのことがリアンに付きまとっていたのだ――物事が崩れていく瞬間の、息を呑むような感覚――道路が、名前が、方向や位置のありとあらゆる感覚が、そして固定した記憶の網の目がバラバラになっていく。いま彼女はなぜローゼレンがこの街路に潜んでいるように思われるのかを理解した。この場所なのだ、ハレルヤを叫ぶような名の寺院にローゼレンは逃げ込み、助けを求めたのだ。

　彼女は再び立ち止まって考えた。そしてローゼレンの言葉を思い出した。彼女が出席できた最後のセッションでどんな言葉を使っていたか。いかにひとつの単語をさまざまに拡張し、発展させたか——あらゆる活用形や連結語を使って。それはおそらくある種の防衛手段だったのだ。最後の空白の状態に対抗するための蓄積——その最後のとき、最も深い呻き声は悲嘆の声ですらなく、ただの呻き声になる。

わたしたちはさようならというのかしら。そう、行く、行きます、行けば、最後に行った、これから行こう。

これしか彼女には思い出せなかった。ローゼレンが最後の紙に書いた、ぐにゃぐにゃの文字。

彼は公園を通り抜けて帰った。ジョギング走者たちは永遠に貯水池のまわりを走っているように思われた。彼はフローレンスと過ごした最後の三十分のことを考えまいとした。話しているうちに彼女を黙らせてしまったことを。これはまた別種の永遠。彼女の顔と肉体に降り立った、時間の外にある静けさ。

彼は子供を学校で拾い、それから北に向かって歩いた。北から吹いてくる風はかすかな雨の予感を湛えている。彼はしゃべる話題があることにホッとした。ジャスティンの学校での勉強、友達や先生のこと。

「どこに行くの?」

「お母さんは、アップタウンの集会から歩いて帰って来ると言ってたんだ。だからお母さんを待ち伏せしよう」

「どうして？」

「びっくりさせるのさ。こっそり忍び寄って。お母さんを元気づけるんだ」

「お母さんがどの道で来るか、どうやってわかるの？」

「そこは賭けだな。真っ直ぐ来るか、遠回りするか、急ぎ足で来るか、ゆっくり歩くか」

彼はそよ風に向かって話していた、ジャスティンに向かってというよりも。彼はまだあそこにいたのだ、フローレンスのアパートに。二人に分裂し、行ったり来たり、公園を横切っては戻って行く。共有された深奥の自己、それがタバコの煙の中を入って行き、それからまたこの安全な家族の場に戻る。自己の行動の意味を意識せずにいられない場に。

あと百日ほどで彼は四十歳になる。これは父親の歳だ。彼の父親は四十歳だった、叔父たちも。彼らはいつでも四十歳で、彼のことを斜に見ているのだ。こんなにはっきりとした定義をもつ人間に自分がなるなんて、とてもじゃないが信じられない。夫であり父という人間になるなんて。ついに自分の両親と同じような態度で三次元の空間を占めるようになるなんて。

彼は最後の数分間、窓際に立って、反対側の壁を見つめていた。そこには写真が掛かっていた。少女のときのフローレンス、白いドレスを着て、両親と一緒に写っている。

息子が言った。「どっちの道で行くの？　この通り、それともあっちの通り？」

それ以前、その写真にはほとんど気づいていなかった。こういう設定での彼女の姿——彼がここで話をしたことの影響をまったく受けていない彼女。それを見て、彼は胸が締めつけられた。彼女が彼に求めているのは、彼の上辺の落ち着きだった——彼女がそれを理解していないにせよ。

彼にはわかっていた。彼女はそれをありがたく思っている、彼が彼女の苦悩のレベルを読み取ることができるという事実を。彼は静かな存在だった、見ているだけの存在。しっかりと見守ってくれて、口数は少ない。それこそ、彼女がしがみつきたいものだった。しかし今、彼女が声を失うことになった。窓際にいる彼を見つめ、彼女に語りかける穏やかな声を聞いている。もう終わりにしよう、という声。

わかってくれ、と彼は言った。

なぜなら、最終的にほかに言えることなど何があるだろう？　彼は彼女の顔から輝きが消え去るのを見た。いつものようにひとつのことが取り消されていくこと——常に身近にあった別れがまた彼女の人生に必然的に現われたこと。その心の傷は、宿命だからといって楽になるわけではまったくない。

彼女は寺院の外でしばらく立ち止まっていた。子供たちの声がする。高架鉄道の向こう側の通りを渡ったところに校庭があり、そこから声が聞こえてくるのだ。交通安全指導員が交差点に立って、腕を組んでいた。歩道と塁壁のあいだの狭い一方通行の区間には、車がたまにしか入って来ない。塁壁は傷跡の残った石でできている。

電車が通り過ぎた。

彼女は交差点に向かって歩いて行った。今では家に帰ったとき、留守電が残っていないことを確信していた。その感覚はなくなっていた、メッセージが待っているという感覚は。三つの単語。

「すぐに電話して《コール・ミー・スーニスト》」。彼女はキャロルに、問題の本をやらせてくれるのでなければ電話しないでくれと言った。本は与えられないのだ、彼女には。

電車が通り過ぎた、今回は南行きだ。スペイン語で呼びかけている誰かの声が聞こえてきた。線路のこちら側に、アパートの建物が一列に並んでいた。公営住宅である。彼女が交差点にたどり着いて右を見ると、校庭の向こうに、その建物の片翼の突き出したファサードが見えた。窓に頭がいくつも並んでいる。おそらく五、六人はいるだろう——九階から十階、十一階くらいまで。そしてまた声が聞こえてきた。誰かが呼んでいる声。女だ。学校の子供たちが何人か、ゲームを中断し、空を見上げていた。

教師がゆっくりとフェンスの方に歩いて来た。背の高い男。紐で吊るしたホイッスルが揺れている。

彼女は交差点で立ち止まった。公営住宅からさらに声が聞こえてきて、彼女はまたそちらの方向に目をやり、彼らの視線の先を追った。彼らは線路を見下ろしている——北行き側、ちょうど彼女の真上あたり。それから彼女は生徒たちに気づいた。何人かが校庭を後じさり、校舎の壁に向かっている。その理由が彼女にもわかった。線路のこちら側をもっとよく見ようとしているのだ。

車が通り過ぎた。ラジオの音が鳴り響いている。

彼が視界に入って来るには数秒かかった。上半身だけだ。線路と線路を分けている防護壁の向こう側にいる男。明るいオレンジ色のベストを着た鉄道の労働者ではない。彼女にもそこまではわかった。彼の胸から上が見え、生徒たちの声が聞こえた。生徒たちは互いに声をかけ合い、すべてのゲームは中断してしまっている。

彼はどこからともなく現われたように見えた。そこには駅はなく、切符売り場や乗客用のプラットフォームもない。彼女には、彼がどうやって線路の区域にまでたどり着けたのか、まったくわからなかった。白人男性だ、と彼女は思った。白いシャツ、紺のジャケット。

隣接する道路は静かだった。通り過ぎて行く人々が見上げ、歩き去り、何人かは少しだけ立ち止まった。しばらく留まる若者たちもいた。興味津々なのは校庭の子供で、彼女の右側の頭上では、前よりも多くの顔が公営住宅の窓際に浮かんでいた。

背広にネクタイの白人男であることがわかってきた。男は低い梯子を使って、フェンスの隙間から下りている。

もちろん、このとき彼女にもわかった。男がメンテナンス用のプラットフォームに下りるのを見たとき。このプラットフォームは交差点のすぐ南の道路に突き出していた。彼女が理解したのはそのときだった――もっとも、男の姿を最初に見る以前から、何かを感じていたのだが。アパートの上階の窓から顔が覗いており、その顔に何かが感じられた。警告のようなもの――何かを直接知覚する以前に気づくことがあるように。彼は例の男に違いなかった。

彼はプラットフォームに立っていた、彼女の三階上くらいに。そのあたりのすべてに茶色がかった錆び色の塗料が塗られていた。ざらざらした御影石の上層部、男が通り抜けた防壁、そしてプラットフォームそれ自体。それは金属の羽根板でできていて、大きな非常口という風情だった。

長さ五メートル、幅二メートル。通常は線路で働く人にしか開かれていない。あるいは、トラックに乗って下の道路にやって来る労働者にしか——クレーンとバケットが載っている、メンテナンス用のトラック。

電車が通過した、また南行きだった。彼はどうしてこんなことをしているのだろう、と彼女は思った。

彼は物思いに耽っていて、聞いてはいなかった。彼が耳を傾け始めたのは、二人でアップタウンに向かいながら、短いフレーズで話しているときだった。息子がまた単音節語でしゃべっていることに気づいたのだ。

彼は子供に言った。「ばかはやめろ《カット・ザ・クラップ》」

「なに？」

「単音節語だけだけど、どうだい？」

「なに？」

「ばかはやめろ《カット・ザ・クラップ》」と彼は言った。

「なんのために？　おとうさんは、ぼくがなにもはなさないっていうじゃないか」

「あれはお母さんだよ。お父さんじゃない」

「ぼくははなしているのに《ナウ・アイ・トーク》、おとうさんははなすなっていうんだ《ユー・テル・ミー・ナット・トゥ・トーク》」

彼はこれが巧みになってきた、ジャスティンは。単語と単語のあいだを区切ることもなくなった。最初のうち、これはひとつの教育的な遊びだったが、実践を積み重ね、ほかの要素が加わってきた。厳粛な執拗さ、それはほとんど儀式的ですらある。

「いいかい、お父さんは気にしないよ。やりたければ、イヌイットの言葉で話せばいい。イヌイット語を勉強しなよ。あの言葉では、一音節がそのまま一文字になっているんだ。一度に一音節ずつしゃべることになる。長い単語を言おうとすると、一分半もかかるんだ。お父さんは急いでないからね、使いたいだけ時間を使いなよ。音節と音節のあいだに長い間を置くといい。我々は鯨の脂肪層《ブラバー》を食べ、きみはイヌイット語をしゃべる」

「くじらのにく《ミート》なんてたべたくないよ」

「肉じゃないよ、脂肪層《ブラバー》さ」

「あぶらみ《ファット》とおなじじゃないか」

「脂肪層《ブラバー》と言ってみなよ」

「あぶらみとおなじだよ。あぶらみのことさ。くじらのあぶらみ」

利口なガキだ（blubberは二音節語、meatやfatは単音節語。ジャスティンは相変わらず単音節語だけでしゃべっている）。

「重要なのは、きみのそういうしゃべり方をお母さんは気に入らないってことさ。苛々するんだよ。お母さんを少し休ませてやってくれ。きみならわかるだろう。わからないにしても、それはしないでくれ」

　複雑な空模様はだんだんと暗くなっていた。彼女と途中で会おうというのは、いい考えではなかったと彼は思い始めた。彼らは東に一ブロック歩き、それからまた北に向かった。

ほかにも、リアンに関して彼が考えていることがあった。フローレンスのことを打ち明けようと考えていたのだ。それが正しいことだ。危険な真実だけれども、それでこそ潔癖で釣り合いの取れた相互理解の関係になる。互いに愛と信頼を与え合う、長く続く関係。彼はそう信じていた。それこそ、自分の二重生活を終わらせる道。隠し持つ自己の影をびくびくしながら引きずるのをやめる。

リアンにフローレンスのことを話そう。彼女はこう言うだろう。何かがあるとわかっていた。でも、煙と火に包まれたことがきっかけだという、その関係のあまりにも異常な性質を考えれば、まったく許せない罪ではない、と。

リアンにフローレンスのことを話そう。彼女はこう言うだろう。その関係の切実さは充分に理解できる。煙と火に包まれたという、その始まりのあまりにも異常な性質を考えれば。しかし、自分にとってものすごい苦痛である。

リアンにフローレンスのことを話そう。彼女はステーキナイフを手に取って、彼を殺すだろう。

リアンにフローレンスのことを話そう。彼女は苦しみ、しばらくずっと引きこもることになるだろう。

リアンにフローレンスのことを話そう。彼女はこう言うだろう、私たちが結婚生活を新たに始めたというのに。こう言うだろう、恐ろしいテロ事件が起きて、ようやく家族が元に戻ったのに。どうして同じような恐怖を味わわせるの？　こう言うだろう、私たちの互いに対する感情のすべてが同じような恐怖に脅かされるなんて。私がここ数週間感じてきたものすべてが脅かされるなんて。

リアンにフローレンスのことを話そう。彼女はこう言うだろう。その人に会いたい、と。

リアンにフローレンスのことを話そう。現在は断続的な彼女の不眠症が慢性のものとなり、食餌療法や投薬、精神分析などを含む治療が必要になるだろう。

リアンにフローレンスのことを話そう。彼女は母親のアパートで過ごすことが多くなるだろう。子供を連れて行き、そこに夜まで留まることになる。キースは仕事から戻ると、誰もいない部屋をさまよい歩くことになるだろう。別居していた頃の無味乾燥な日々のように。

リアンにフローレンスのことを話そう。彼女はその関係が終わったのだということを確認したがるだろう。彼は本当に終わったのだと訴える。それは真実だからだ——単純に、永遠に。

リアンにフローレンスのことを話そう。彼女はその一瞥で彼を地獄に突き落とし、それから弁護士を呼ぶだろう。


何かの音が聞こえ、彼女は右の方向を振り返った。校庭で少年がバスケットボールをドリブルしている。その音はこの場面にふさわしくなかったが、少年はゲームをしているわけではなく、ただ歩いていた、バスケットボールと一緒に。ぼんやりとボールを弾ませながら、フェンスに向かって歩いて来た。顔を上げ、頭上の男に目を見張りながら。

ほかの者たちも続いた。今や男が完全に見えるようになり、生徒たちは校庭の向こう側からフェンスに向かって歩いて来た。男は安全ベルトをプラットフォームの手すりに固定した。生徒たちは校庭の四方八方から集まって来た。何が起きているのか、もっと間近で見ようとして。

彼女は後ろに下がった。反対方向に歩き、交差点に立っている建物に突き当たった。それから彼女は誰かいないかと辺りを見回した、視線を交わすだけのために。交通安全指導員を探したが、どこにも見当たらなかった。これがふざけた街頭演劇だったらいいのにと思った。傍観者たちを挑発し、不条理な世界観を共有させようとする滑稽な芝居。存在の大きな成り立ちにしろ、次の小さな歩みにしろ、それらがいかに不合理なものかを理解させようとする芝居。

これは接近しすぎているし、深すぎる。そしてあまりにも個人的だった。彼女が求めていたのは視線を共有することだけ。誰かの視線を捉え、自分が感じていることをそこから読み取る。彼女は立ち去ろうとは思わなかった。男はすぐ上にいたが、彼女は見ていなかったし、立ち去ろうともしなかった。道路の向こう側に学校の教師がいた。ホイッスルを片手で握り締め、紐がそこから垂れ下がっている。もう片方の手でフェンスの金網を摑んでいる。彼女の頭上から声が聞こえた。交差点にあるアパートの上階の窓に女がいるのだろう。

その女が言った。「何をしているの?」

彼女の声はメンテナンス・プラットフォームよりも上のどこかから発せられていた。リアンは見ようとしなかった。左側の街路にはほとんどひと気がない。ボロを着た男が手に自転車の車輪を抱え、線路の下のアーチから出て来るくらいだった。彼女はそちら側を見ていた。すると、また女の声がした。

「911番に電話するよ」

リアンはなぜ彼がほかの場所ではなく、ここにいるのかを理解しようとした。ここは地域住民だけに限定された地域だ。窓から覗いている人々、校庭の子供たち。「落ちる男」は群衆の中に現われることで知られていた。あるいは、群衆がすぐに集まることが予想される地区に。ここにいるのは、自転車の車輪を転がして歩いていくホームレスの老人。あるいは、窓から覗いて、彼のことを何者かと訊ねずにいられない女。

ほかの声が聞こえてきた、公営住宅や校庭から。そして彼女はまた見上げた。男はプラットフォームの手すりの上でバランスを取っている。手すりの上はかなり広く平らになっていて、その部分に彼は立っていた。紺の背広、白いシャツ、青いネクタイ、黒い靴。彼は歩道の上にぬっと現われた。かすかに足を広げ、腕を差し出し、肘のところで曲げている――左右非対称に。恐怖に襲われた男。何かに深く集中し、その深みの中から、失われた空間、見えない空間を見つめている。

彼女は建物に沿って角を曲がった。それは意味のない逃走の身振りだった。男との距離をほんの数ヤード広げただけ。しかし、それほどおかしなことでもなかった。もし彼が本当に落ちるのなら――安全ベルトが持ちこたえないとしたら。彼女は彼を見つめた、ビルの煉瓦の壁に肩をぴたりとくっつけて。背を向けて立ち去ることは考えなかった。

皆が待っていたが、男は落ちなかった。彼は手すりの上でバランスを取っていた――たっぷり一分間、それからもう一分間。女の声はさらに大きくなった。

「そんなとこにいちゃいけないよ」

子供たちが男に向かって声をかけた――お決まりの「ジャンプしろ」という叫び声。といっても声を出したのは二、三人で、それから叫び声はやんだ。公営住宅からも声が聞こえてきた。湿った空気の中に響く沈痛な呼び声。

それから彼女にもわかってきた。これはもちろん、パフォーマンス・アートだが、彼は街路にいる人たちや窓から見ている人たちのために演じるのではない。あのような場所にいるのは――駅員や鉄道の警備員から遠く離れているのは――電車が来るのを待っているためだ。北行きの電車、彼が求めているのはそれだ。自分の立っている位置からほんの数ヤードのところを通過する、動いている観衆。

彼女は乗客のことを考えた。電車は少し南のトンネルを出て、このあたりでスピードを緩める。一キロほど先の、百二十五丁目の駅に近づくからだ。その電車が通り過ぎるとき、彼は飛び降りる。乗客の中には、彼が立っているところを見る者がいるだろうし、ジャンプするところを見る者もいるだろう。夢想に耽っていたり、新聞を読んでいたり、携帯電話に小声で話していたりしたのが、びっくりして口をあんぐり開ける。そうした人たちは彼が安全ベルトを付けたのを見ていない。彼が視界から消えるところだけを見るのだ。それから、すでに電話で話していた連中にしろ、これから電話を取り出そうとする連中にしろ、みんながこれを伝えようとする。自分が見たもの、あるいは近くにいた者たちが見て、伝えようとしているものを、自分も報告しようとする。

ひとつだけ、必ず皆が言うことがある。誰かが落ちた。落ちる男だ。彼女はそれが彼の意図ではないかと考えた。こんなふうに噂を広めること。携帯電話によって、親しい者たちへ。ちょうどタワーの中やハイジャックされた飛行機の中で起きたように。

あるいは、彼女は男の意図を夢想しているだけかもしれない。でっち上げているだけ。この瞬間にあまりにもぴったりと張りついてしまったので、自分の考えをもてなくなっているのだ。

「お父さんが何をしようとしているか、話してあげよう」と彼は言った。

彼らはスーパーマーケットの前を通り過ぎた。スーパーの窓には大判の広告が張りついていた。ジャスティンは両手を袖の中に隠している。

「お母さんの心を読むんだ。お母さんは大通りを歩いて来るだろうか。一番街か二番街か三番街か。あるいは、少しあたりをぶらつくだろうか」

「それはもう聞いたよ」

これは息子が最近やるようになったことだった。セーターの袖を伸ばし、両手を隠してしまうこと。どちらの手も拳に握り、袖を指の先端で挟んで固定する。ときに親指の先端が突き出ていたり、指の関節が見えたりすることもある。

「もう言ったか。わかった。でも、お母さんの心を読むとは言わなかっただろう。お母さんの心を読んでごらん」と彼は言った。「それで、きみがどう思うか言ってごらん」

「たぶん、気を変えて、タクシーに乗ったよ」

息子はバックパックに教科書と学校の道具を入れていた。そうすると、両手が自由に隠せるようになる。これはわざと変人ぶろうとする年長の少年たちにありがちな癖だと、キースは考えていた。

「お母さんは歩くと言ったんだ」

「たぶん地下鉄に乗ったよ」

「地下鉄には乗らなくなったんだ。歩くと言ってたよ」

「地下鉄のどこが悪いのさ?」

キースは陰鬱な反抗の雰囲気に気づいた、足を引きずるような子供の歩き方に。彼らはいま西に向かって歩いていた、百丁目の南あたり。交差点に着くごとに立ち止まり、アップタウン側を見やって、行き交う顔や物の中にリアンがいないかどうか探す。ジャスティンは興味を失ったような振りをしていた。縁石の方に逸れて行っては、ゴミや小さな瓦礫に目を凝らす。単音節語の力が奪われることに反感を抱いているのだ。

「地下鉄が悪いわけじゃない」とキースは言った。「たぶん、きみの言う通りだな。お母さんは地下鉄に乗ったんだ」

リアンにフローレンスのことを話そう。彼女は彼を見つめ、次の言葉を待つだろう。彼はこう言う。これは本当のところ、「情事」という言葉で人々が言い表わすような関係ではなかったのだ、と。あれは情事ではなかった。セックスはあったが、ロマンスはなかった。感情的なものはあったが、それは彼にコントロールできない外的な条件から生まれたものなのだ。彼女は何も言わず、待つだろう。彼はこう言う。フローレンスと過ごした時間は、今となっては「逸脱」のように感じられ始めている、と。そう、まさに「逸脱」なのだ。非現実の世界に入ってしまったような感覚とともに思い出すもの。彼はすでにそう感じているし、それがわかっている。彼女は座ったまま、彼を見つめるだろう。彼はこの関係が短い期間のものであったこと、簡単に数えられる回数でしかなかったことを告げる。彼は法廷弁護士ではないが、それでも資格としては弁護士であり――自分でもそれが信じられないくらいだが――自分の罪を率直に査定することはできる。あの短い関係に伴うさまざまな事実を示し、情状酌量の余地ありと見なされるような重要な状況を含める。彼女は、普段は誰も座らない椅子に座っている――壁を背にして、机と本棚のあいだに置かれたマホガニーの小椅子《サイドチエア》に。そして彼は彼女を見つめ、待つ。

「もう家に着いたのかもしれないね」と息子は言った。片足を側溝に入れ、もう片方の足を歩道に載せて歩いている。

彼らは薬屋と旅行代理店を通り過ぎた。キースは前方に何かあることに気づいた。交差点の付近、おずおずと通りを渡る女の一歩一歩に何かを感じた。女は道路の中央部分で止まってしまったようだ。タクシーが彼の視線を遮ったが、それでも彼は何かがおかしいと感じた。息子の方に体を傾け、彼の上腕を手の甲で叩き、視線は前方の人間から離さなかった。女が道路の向こう側に着いたとき、二人とも彼女に向かって走っていた。

北行き側の線路に電車が迫って来る音が聞こえ、彼女は男が身構えたのに気づいた。ゴーッという低い音が大きくなったり小さくなったりを繰り返しながら近づいて来る。持続音というよりは、リズミカルに数を数えているかのような、途切れ途切れの音。その音の十分の一秒ごとの高まりを、彼女は数えられるような気がした。

男は交差点にある建物の煉瓦作りの壁を見つめていたが、実際には見ていないようだった。彼の顔には空ろなものがあった。深い表情のようで、視線は何も捉えていない。そもそも、結局のところ彼は何をやっているのだろう――彼自身も最終的にわかっているのだろうか？ 彼女は考えた。彼は空っぽの空間を見つめているようでいて、実際には自分自身の落下を見ていたのだ、ほかの人々が落ちていく残忍な光景ではなく。しかし、どうして彼女はここで見ているのだろう？ なぜなら、夫がどこか近くにいるのを見たからだ。夫の友人も見た。以前、会ったことがある人、あるいはほかの人かもしれない。もしかしたらその男をでっち上げ、見たつもりになっているのかもしれない。煙が噴き出している高層ビルの上階の窓にいる彼を。なぜなら、彼女はそうせずにいられなかったからだ――あるいは単に無力に感じていたからだ――ショルダーバッグのストラップを握り締めながら。

電車は轟音を立てながら迫って来る。彼は振り向き、それを（火事による自己の死を）見通すように見る。そして、頭を元の位置に戻し、ジャンプする。

ジャンプというか、落ちるというか。彼は体を前に傾け、硬直して、まっすぐに落ちる、頭から先に。恐れおののくような声が校庭から上がり、それとともに、驚きの叫び声が散発的に聞こえる。それらの叫び声は、通過する電車の轟音をもってしても、完全に掻き消されることはない。

彼女は自分の体がへなへなと力を失っていくように感じた。しかし、落下は最悪の部分ではなかった。ガクンとぶつかるかのように落下が終わり、男は安全ベルトに吊り下がったまま、逆さまになる——歩道から六メートルほど上で。その上下動、空中での衝撃と弾み、反動、そして静止。男は腕を両脇につけ、片脚は膝のところで曲げている。この型にはまったポーズには恐ろしいものがあった。胴体と四肢、彼独特の手の動き。しかし、最悪の部分はその静止状態であり、彼女が男のすぐ近くにいるということだった。彼女のこの位置、彼女よりも彼の近くにいる人間はひとりもいないということ。彼に話しかけようと思えば、それができるくらいだったが、それはまた別の次元だった——手の届かない次元。彼は静止したままで、彼女の頭の中では未だに電車がぼんやりと通過し続け、反響する音の洪水が彼の周囲から落ちている。血の気が彼の頭に上り、彼女の顔からは引いていく。

彼女は真上を見上げたが、窓のところには女の影も見えなかった。彼女は歩き始めた——ビルの側面に体をくっつけるようにして、頭を下げ、煉瓦の粗い表面を手で触りながら。彼は目を開けていたが、彼女は手探りで進んだ。宙ぶらりんの男を通り過ぎたところで、歩道の真ん中に移動し、小走りになった。

するとすぐにホームレスの男に突き当たった。ボロを着た老人。彼の視線は彼女を素通りして、空中で逆さまになっている男に注がれている。この老人自身がポーズを取っているような感じだった。半生をその場に固定されて過ごしてきたかのよう——薄っぺらい手で自転車の車輪を摑んでいる。その顔からは、思考と発展性が強烈に狭まっている様子が感じられる。彼は、これまでに見てきたものとは精緻な部分で異なるものを見つめていた——これまで一歩一歩、通常の時間の流れで出会ってきたものとは異なる何か。彼はそれを正しく見る見方を学ばなければならなかった。それがぴったりとはまる裂け目を世界に見つけなければならなかったのだ。

老人は通り過ぎる彼女を見やりもしなかった。彼女はどんなに急いでも足りないように思われた。さらに公営住宅を、あるいは同じような広大な団地を通り過ぎ、ひとつの通りを渡り、次の通りに出た。顔は下げたままで、周囲の物は束の間の煌きのように通り過ぎていく――低いフェンスの上のレザーワイヤーの輪、北へ向かうパトカー（彼女が来た方向だ）、行き交う顔の青白い揺らめき。それらのために、彼女はまたあの男を考えずにいられなくなった。向こうで逆さ吊りになり、ポーズを決めている男。それ以外のことを考えられなくなった。

彼女はいつの間にか走っていた。ショルダーバッグが腰のあたりで弾んでいる。彼らが書いたものをそこに仕舞っていたのだ、初期の段階のメンバーたちが書いたものを。そのページをバインダーに挟み、ショルダーバッグに入れて、家に帰ってから穴を開けてリングに通そうと思っていた。通りはほとんどひと気がなく、彼女の左側には倉庫があった。彼女はパトカーが逆さ吊りの男の真下で止まるさまを思い描いた。今やかなりの速度で走っていて、バインダーに挟んだページとメンバーたちの名前が心をよぎっていた。ファーストネームと、ラストネームの頭文字。その名前で彼女は彼らを知り、会っていたのだ。ショルダーバッグがリズムを刻んでいる。彼女の腰に当たり、テンポを保っている。維持すべきリズム。彼女はいま線路と同じ高さを走っていて、それから線路よりも上になった。上り坂を走り、雲の筋が浮かぶ空に向かって行く。上空の大きな雲の塊が真っ赤な光を低い雲の筋に投げかけている。

彼女は思った、〝自らの手で死す《ダイド・バイ・ヒズ・オウン・ハンド》〟。
彼女は立ち止まり、前屈みになって、荒く息を吐きながら歩道を見つめた。早朝のジョギングでは長距離を走ったが、こんなに消耗したと感じたことはなかった。彼女は体をくの字に折り曲げた、まるで自分が二人になったように。たった今ランニングを終えた自分と、なぜだか理由がわかっていない自分と。彼女は呼吸が落ち着くのを待ち、それから体をまっすぐに伸ばした。二人の少女が近くのアパートの玄関ポーチに座って見つめている。彼女はゆっくりと坂の天辺まで上り、そこでまた立ち止まった。そして、電車がトンネルのひとつの穴から出て、もうひとつの穴に消えて行く間、しばらくそのままでいた。百丁目の南のあたりだった。

メンバーたちの書いたものを家に持って帰ろう。以前のものと一緒にして、穴を開け、リングに通す。今ではそれが数百ページに及んでいる。しかし、まず留守番電話をチェックしなければ。

彼女は赤信号に逆らって通りを渡り、人通りの激しい交差点に立っていた。そのとき、二人がやって来るのに気づいた。彼女に向かって走って来る。彼らは輝いていて、何も隠し事がないように見えた。日常の無名性に組み込まれた人々のあいだを通り抜けてくる。空はとても近くに感じられた。彼らは生命に駆り立てられて輝いていた。だから彼らは走っていたのだ。そして彼女は手を上げた、群衆の中にいる彼女に彼らが気づいてくれるように。テロ事件から三十六日後だった。

# ノコミスにて

彼はビザカードを作り、航空会社のマイレージクラブの会員になった。三菱の車に乗るようになった。体重が二十二キロ減ったので、それが何ポンドになるか計算した。二・二〇四六をかければよい。メキシコ湾岸はときどき激しい熱波に襲われたが、ハマドはその暑さが好きだった。彼らは小さな化粧漆喰の家を西ローレルロードに借り、アミルはケーブルテレビの無料受信サービスを断わった。家はピンク色だった。彼らは最初の日にテーブルを囲み、自分たちの義務を受け入れるという誓いを立てた。各自がアメリカ人を殺すという、血で結ばれた信頼関係。

ハマドはスーパーマーケットでカートを押した。自分はここにいる人たちの目に入らないのだと感じたが、そのうち彼らのことも目に入らなくなった。ときには女たちのことを見つめた。そう、メグだかペグだかいう名前の、レジにいる娘。自分は彼女が人生を十回生きても想像だにできない物事を知っている。ライトをまともに浴びて、彼女の前腕には産毛のあとがかすかに見えた。一度、彼が何かを言ったら、彼女は微笑んだ。

彼の飛行訓練はあまり順調ではなかった。彼はシミュレーターに座り、さまざまな条件に合った反応をしようとした。ほかの連中は、ほとんどみな、彼より上手だった。そしていつでもトップはアミルだった、言うまでもなく。アミルは小さな飛行機を飛ばし、人よりも多くボーイング七六七型機の模擬操縦を行った。ドバイから電信で送られてきた金を使い、現金で払うこともあった。彼らは暗号を使ったメールで連絡を取っていたが、国家がそれを読んでいるのだろうとも思っていた。国家は航空会社のデータベースをチェックし、ある程度の金額の取り引きをすべて把握しているのだろう。アミルはこれを認めなかった。彼はかなりの額の金を受け取っていた。フロリダの銀行の彼名義の口座に送られてくるのだ。彼の名前はいまファーストネームとラストネームのみ。モハメド・アタ。基本的に、どこからともなく現われた、誰でもない人間となった。

彼らは鬚を剃り落としていた。Tシャツを着て、コットンのスラックスをはいていた。ハマドはカートを押して、スーパーの通路をレジへと向かった。彼が何か言うと、レジの女は微笑んだが、彼のことを見ようとはしなかった。大事なのは見られずにいることだった。

彼は自分の体重をポンドで言えたが、他人にそれを告げたりはしなかったし、ひとりのときに偉そうに言ってみることもしなかった。彼はメートルをフィートに換えた。三・二八をかければよい。家にはいつも二人か三人いて、他の者たちも出入りしたが、マリエン通りの日々のように頻繁ではなかったし、燃える思いを抱えてもいなかった。その段階は超えた。今は断固とした決意をもって待機していた。アミルだけが燃えていた。アミルは電熱器だ。目から火花を散らしている。

体重が減ったのはアフガニスタンにおいてだった――トレーニングキャンプで。ハマドはそのとき気づき始めた。死は生よりも強い、と。あそこの風景にはひたすら消耗させられた。滝はそのまま凍っているし、空は果てしない。それはすべてイスラムだった、川も細流も。石を拾い、ギュッと握り締める。これもイスラムだ。地元住民のすべてが神の名を口にする。自分の人生でそのように感じたことなどなかった。彼は自爆ベストを着て、自分がついに男になったと思った。神との距離を詰める日が迫っているのだ。

彼は眠そうな街を三菱の車で走った。ある日、一台の車を目撃し、何とも不思議な感じがした。六人か七人の人々が座席にひしめき合い、笑って、タバコを吸っている。みな若い――おそらくは大学生だろう――男も女もいた。なんて簡単なんだろう、と彼は思った。この車から降り、やつらの車に乗り込むこと。乗っている車のドアを開け、車道を突っ切って、やつらの車に向かう――うきうきと歩いていく――そしてドアを開け、乗り込む。

アミルは英語からアラビア語に変え、コーランから引用した。

いかなる民族でも自分の定めの時限を早めることもできなければ、遅らすこともできはせぬ（コーラン十五章五節、井筒俊彦訳、岩波文庫より）。

ここでの生活すべて――芝生に水をやり、棚には限りなく機器が並べられている世界――は完全に、永遠に幻想だ。風の吹きすさぶ平原のキャンプで、彼らは鍛え上げられ、男になった。銃を撃ち、爆弾を爆発させた。最高の聖戦《ジハード》の戦い方を教わった。それは、血の雨を降らせること――自分たちの血も、他の人々の血も。ここの人々は芝生に水をやり、ファストフードを食べる。

ハマドもときどきテークアウトの食べ物を注文する――これは否定しようがない。毎日五回、彼はお祈りをするが、ときにはもっと少ないし、まったく祈らないときもある。彼は航空学校の近くのバーでテレビを見た。自分がスクリーン上でどう映るのかを想像するのが好きだった。ビデオに撮られた自分の姿――飛行機に搭乗するために、ゲートのような金属探知機を通っていくところ。

彼らがそこまでやり遂げるというわけではない。国家は要警戒人物のリストをもっているし、秘密捜査員も使っている。国家は信号の読み取り方を知っている――携帯電話からマイクロ波用のタワーや人工衛星に送られ、イエメンの砂漠を車で走っている男の携帯電話に行き着く信号。アミルはユダヤ人や十字軍のことを話さなくなった。今となってはすべてが作戦の一部だった。飛行機の時刻表、燃料積載量、人間をひとつの場所から別の場所に送り込むこと――時間通り、所定の場所へ。

公園をジョギングしている人々――ああした連中が世界を支配している。ビーチチェアに座っている老人たち――白い体からは血管が透けて見え、頭には野球帽をかぶっている――彼らが世界をコントロールしている。連中はそんなことを考えたことがあるだろうか、と彼は思った。連中には俺が見えるんだろうか――鬚を剃り落とし、テニスシューズをはいている俺を。

今や母や父への連絡もすべて絶つべき時だった。彼は両親に手紙を書き、しばらく旅に出ると告げた。今は工学系の会社に勤めていて、もうすぐ昇進すると知らせた。それから「お父さんとお母さんに会いたい」と書き、その手紙を破った。手紙の破片は記憶という離岸流に流されるがままにした。

　キャンプでは、刃の長いナイフが与えられた。それはサウジの王子が持っていたものだった。ひとりの老人がラクダを鞭で打ち、ひざまずかせ、それから轡を引っ張った。ラクダが顔を空に向けたとき、ハマドがラクダの喉を切った。その瞬間、彼らは声を上げた——彼と動物の両方が。いななく声。彼は一歩下がり、ラクダが倒れる姿を見ながら、戦う者の喜びを胸の奥深くに感じた。ハマドは腕を大きく広げてから、血まみれのナイフにキスをした。それから見ている者たちに向かって、ナイフを高く上げた。ローブとターバンの男たちに向かって、敬意と感謝の念を示した。

　訪ねて来たひとりの男は、彼らの住んでいる町の名前を知らなかった。ヴェニスという町の隣にある町。彼はその名前を忘れていたし、あるいは最初から覚えていなかったのかもしれない。ハマドは、そんなことどうでもよいと思った。ノコミス。それにどういう意味があるのか？　そんなことは塵の中に消えてしまえばいいのだ。これらすべてを過去のものとしろ——我々がここで眠り、食べているときでさえ。すべてが塵だ。車も、家も、人々も。来るべき日々の炎と光の中で、すべてが塵芥となるのだ。

　いろいろな人たちが出入りした——ひとりか二人ずつ、ときおり。金を払ってセックスをした女のことを話す者もいたが、彼は聞きたいと思わなかった。彼はこのひとつのことを正しくやり遂げたかったのだ。それまでしてきたことの中でも、何よりもこれを。彼らは不信心者たちの只中にいる、不信仰の血流に浸されている。彼らは物事を一緒に感じた——彼と兄弟たち。危険と孤立を求められているのを感じた。磁気のような陰謀の効果を感じた。陰謀は彼らをこれまでになく固く団結させる。陰謀は世界を最も狭い視野にまで押し込める——そこではすべてが一点に収斂する。運命が訴えてくる——彼らはこのために生まれてきたのだということ。自分たちは選ばれたのだという主張があった——イスラムの風と空の下に選ばれたのだという思い。死が発する声明があった——何よりも強い主張、最高の聖戦《ジハード》。

しかし、世界で何かを成し遂げるためには、自分自身を殺さなければならないのだろうか？

彼らはシミュレーターのソフトをもっていた。自分たちのコンピュータでフライトシミュレーションのゲームをした。自動操縦装置は飛行ルートからの逸脱を検知する。フロントガラスは鳥の衝突にも耐えられる。大きな厚紙に描かれた、ボーイング七六七型機の操縦室の図があった。彼はそれを部屋で研究し、レバーやディスプレーの配置を覚えた。他の者たちはこのポスターを彼の妻と呼んだ。彼はリットルをガロンに直し、グラムをオンスに直した。理髪店の椅子に座り、鏡を見つめた。彼はそこにはいない、そこにいるのは彼ではない。

彼は基本的に服を着替えるのをやめた。同じシャツとズボンを毎日身につけ、翌週まで同じものを着続け、さらには下着まで替えなくなった。鬚は剃ったが、基本的には服を着ることも脱ぐこともせず、しばしば服のまま眠った。ほかの連中は彼を強く非難した。一度だけ、彼は他の者の服を着て、自分の服をコインランドリーで洗った。同じ服を一週間続けて着たので、今度はそれをきれいにして、他の者に着てもらおうと思ったのだ。もっとも、きれいか汚いかなんて問題ではなかったのだが。

目つきの悪い男と女がテレビで笑っていた。彼らの軍隊は、聖地を二つもつ国（イスラム教の二つの聖地、メッカとメディナをもつサウジアラビアのこと）を汚していた。

アミルはメッカに巡礼し、ハッジ（メッカ巡礼を済ませたイスラム教徒）になった——義務を果し、葬式の祈りであるサラト・アル・ジャナザを唱えた。これは、旅の途中で死んだ者たちとの絆を示すものだ。ハマドは取り残されたようには感じなかった。いずれまた別種の義務を果すことになるのだ。書物に書かれていない義務を果し、皆で一緒に殉教者になる。

しかし、一目置かれるためには、自分自身を殺さなければならないのだろうか？　一廉《ひとかど》の者となり、道を見出すためには？

ハマドはそのことを考えた。そしてアミルが言ったことを思い出した。アミルは明晰な思考をする。一直線の思考。真っ直ぐに、体系的に考える。

アミルは彼に顔を近づけてしゃべった。

俺たちの人生の最後はあらかじめ決められているんだ。俺たちは生まれたその瞬間から、その日に向かって流されている。俺たちがこれからすることを妨げる神聖な法律は何もない。これは自殺ではない——その言葉のどんな意味においても、どんな解釈においても。これは古い書物に書かれていることにすぎない。俺たちは、すでに選ばれている道をたどっているのだ。

アミルを見ると、その人生が緊迫しすぎているのがわかる。あと一分も続かないのではないかと思われるほどだ。それは、彼が女とセックスしたことがないためだろう。

しかし、この点についてはどうなんだろう、とハマドは考えた。こういう状況で自分の命を犠牲にする男のことはどうでもいい。その男が道連れにする者たちの命はどうなるのだろう？

彼はアミルにその質問をしてみたいとは思わなかったが、最後には疑問をぶつけてみた。家に二人きりでいるときのことだった。

ほかの人たちのことはどうなんだい、一緒に死ぬ人たちは？

アミルは苛立った。そういう問題についてはハンブルクのモスクやアパートで話したじゃないかと言った。

ほかの人たちのことはどうなんだい？

アミルは、ほかの人たちなんていないんだと言った。ほかの人たちは、俺たちがやつらに割り当てた役目を果たすという程度にしか存在しないんだ。これが他者としてのやつらの仕事さ。死ぬやつらは、死ぬという有益な事実の外には、自分たちの人生なんてものをもっていないんだよ。

ハマドはそれに感心した。哲学のようだと思った。

二人の女が衣擦れの音を立てながら、夜の公園を歩いていた。二人とも長いスカートをはき、ひとりは裸足だった。ハマドはベンチにひとりで座って見ていたが、やがて立ち上がり、女たちのあとをつけた。これはたまたま起きたことだった——男がその肉体から引きずり出され、肉体があとから追いつくこと。彼は公園のすぐ外の道までしか行かなかった。彼女らがページをめくるかのように一瞬のうちに消えていくのを見ていた。

フロントガラスは鳥の衝突にも耐えられる。補助翼《エルロン》は可動性の下げ翼《フラップ》である。

彼は祈り、眠る、祈り、食べる。たいていはまずいジャンクフードを黙々と食べる。陰謀は彼の呼吸ひとつひとつを形作る。これこそ彼がずっと探し求めていた真実――それをどう呼んだらよいのかも、どこを探したらよいのかもわからなかったが。彼らは一緒にいる。彼らがしゃべる言葉で――彼と他の者たちがしゃべる言葉で――この真実に戻って来ない言葉はない。

彼らの一人はオレンジを剝き、それを分け始める。

おまえは考えすぎだよ、ハマド。

あの人たちは、この仕事を組織するのに何年も費やしてるんだ。

ああ、そうだな。

俺は自分で見たよ。あの人たちがキャンプを見回っているのを。俺があそこにいるときにさ。

わかったよ。考えるのは終わりだ。

話すのも。

そうだ。次は行動だ。

彼はオレンジのひと房を、運転中のハマドに手渡す。

俺の親父はさ、ともうひとりの男が言う。俺たちが何をやろうとしているかを知ったら、三百回は死ぬだろうな。

俺たちは一度だけ死ぬ。

俺たちは一度だけ、華々しく死ぬ。

ハマドは爆弾を胸や腰に縛りつけたときの恍惚感を想像してみる。

でも、忘れるな。俺たちはＣＩＡにいつ尋問されるかわからないんだぞ、と別の男が言う。彼はそう言い、笑う。おそらくそれはもう真実ではないのだ。おそらくその物語を自分たちに何度も言い聞かせた結果、自分たちでも信じなくなっていた。あるいは、そのときだって信じていなかったし、今になってようやく信じ始めているのだろう——決行の時が近づくにつれて。ハマドはそれが可笑しいとはまったく思わない。

彼が見てきた人々——彼らは自分たちの生への執着を恥ずかしく思うべきだ。犬を散歩させている連中。考えてみるがいい、犬が土を引っかき、芝生のスプリンクラーがキーキーと音を立てている。メキシコ湾から嵐が迫っているのを見たとき、彼は腕を広げ、嵐に向かって歩いて行きたくなった。こうした人々が大事に思っているものを見ても、俺たちには空っぽの空間しか見えない。彼は自分の使命の目的について考えはしなかった。彼が見たのはショックと死だけ。それ以外に目的はない、これ自体が目的なのだ。

明るい通路を歩いて行くとき、彼は次に何が起こるかを一秒間に千回は考える。鬚を剃り落とした姿がビデオに映る、金属探知機を通り過ぎていく姿。手荷物検査の女性はスープ缶をスキャナーにかざす。そのとき彼は何か冗談を言おうかと思い、言葉が正しい順で並ぶように心の中でまず言ってみる。

彼は泥煉瓦の小屋の向こうに見える山々に目を向けた。自爆ベストと黒いフード。我々は喜んで死ぬ、やつらはそうではない。これが我々の強味だ。死を愛すること、武器による殉教の求めを感じること。彼は他の者たちと一緒に立っていた——ロシア人の古い銅山で。現在はアフガニスタン人のキャンプとなっている——彼らのキャンプだ。彼らは平原の向こうから呼びかけてくるラウドスピーカーの声を聞いていた。

ベストは青いナイロン製で、十字模様のストラップがついていた。ベルトには高性能爆弾が、胸の上部にはプラスチック爆弾が縛りつけられていた。彼と兄弟たちは、この方法を使うつもりはなかったが、天国と地獄を現出させるという点では同じだった。復讐と破壊を現出させるのだ。彼らは立ち上がって、録音によるメッセージを聞いていた。それは彼らに祈禱を呼びかけていた。

彼はいま縞模様のケープを着て、理髪店の椅子に座っている。理髪師は口数の少ない痩せた男。ラジオがニュース、天気予報、スポーツ、交通情報などを放送している。ハマドは聞こうとしない。また考えている。自分のものとは思えない鏡の顔を見ながら——そしてその先を見通しながら——その日が来るのを待っている。澄み切った空、かすかな風、そしてほかに何も考えることがなくなる、その日。

# 第三部　デイヴィッド・ジャニアック

# 10

彼らは行進のルートすべてを歩いた。北へ二十ブロック行き、それから街を横断して、最後はユニオンスクエアまで下る。うだるような暑さの中を二マイル。防弾ヘルメットや防弾服を身に着けた警官たち、親の肩に乗った子供たちが付き添っている。彼らは五十万人もの人々と一緒に歩いた。歩道から歩道まで広がった輝かしい人々の群れ。旗やポスター、プリントされたシャツ、黒い布を掛けた棺おけ。これは戦争に、大統領に、政策に反対するデモである。

このイベントの真っ只中にいるときでも、彼女はそれから遠く離れているように感じていた。警察のヘリコプターが頭上をバタバタと通過していく。行進している者たちに対してシュプレヒコールをしたり、叫んだりしている人々の列がある。ジャスティンは黒いヘッドスカーフをつけた女からパンフレットをもらった。女は手に点々と絵の具をつけている。目が合うのを避け、どこだか離れた所を見つめている。通行人は立ち止まって、燃えている山車や張子の人形を見物している。群衆はさらに押し寄せ、今にもつぶれてしまいそうだ。彼女は子供の手を取ろうとしたが、それはもう必要ないことだった。子供は十歳だし、喉が渇いていたので、母の手をすり抜けて道路を渡った。積み上げた箱からソフトドリンクを売っている男がいたからだ。そのあたりには警察官が十人以上いて、建築現場の足場に掛けられた赤いネットの前に陣取っていた。興奮しすぎた者たちや手に負えなくなった者たちをここで押し留めるためである。

男が彼女に近づいて来た。群衆の中から現われた猫背の黒人。彼は手を胸に置いて、こう言った。「今日はチャーリー・パーカーの誕生日だ」

彼は彼女の方を見ているようでいて、ちゃんと見ているわけでもなかった。そのまま歩いて行き、ピースサインをプリントしたTシャツの男にも同じことを言っていた。その非難するような声に、彼女は彼の言いたいことを読み取った。ここにいる人たち、ランニングシューズと麦藁帽、シンボルマーク入りの装備で身を固めた五十万の人たちは、バカなやつらだと言いたいのだ。ここに彼らが集まった理由がどんなものであれ、こんな蒸し暑い日に集まるなんて。本当は、同じだけの数の人々が、チャーリー・パーカーの誕生日への敬意を払うためにこそ、この通りを埋め尽くさなければならないのに。

もし彼女の父が――ジャックが――ここにいたら、きっと同意するだろう。そして、そうなのだ、彼女は引き離されたような距離感を抱いた。この群衆は、帰属しているという感覚を彼女に与えてくれない。彼女がここに来たのは子供のためだった。彼が反対意見の人々とともに歩けるようにすること。戦争と悪政に抗議する議論を見て、感じること。自分自身としては、彼女はこのすべてから遠ざかっていたかった。あの九月の日から三年が経ち、生活にプライバシーが感じられなくなった。傷ついた社会には人々の声が飛び交い、ひとりきりで夜を過ごしていると、精神はそうした叫び声によって形作られてしまう。彼女は、最近自分で構築した小さな防衛システムに満足していた。日々の計画を立て、細部にこだわり、頭を伏せて近づかないようにする。怒りや凶兆から自由になる。地獄のような恐怖に絶え間なく目覚めさせられる夜から自由になる。彼女は、手持ちのスローガンやボール紙の棺おけから離れて行進した。騎馬警官からも、壜を投げつけるアナキストたちからも。それらはすべて演技にすぎず、数秒後には切り刻まれるものなのだ。

子供は振り返り、男が歩いて行くのを見ていた。群衆の中を縫うように進みながら、ときどき立ち止まり、メッセージを告げている。

「ジャズミュージシャンよ」と彼女は息子に言った。「チャーリー・パーカー。四十年か五十年前に死んだの。家に帰ったら、古いレコードを掘り出してみるわ。LPって呼ばれたやつ。チャーリー・パーカー。バードっていう名で知られていたの。どうしてって訊かないで。あなたが訊く前に言っておくけど、私も知らないから。レコードは探し出すから、聴いてみましょう。でも、思い出させてね。すぐ忘れちゃうから」

子供はさらにパンフレットをもらった。行進の隅にいる人々が、平和や正義、選挙人登録、パラノイア的な真実を訴えるためのビラを配っている。子供は歩きながらパンフレットを読んだ。前を行進する人々が見えるように、ときどき飛び跳ねながら、手に握った印刷物を読んでいた。

死者たちを哀悼せよ。傷ついた者たちを癒せ。戦争を終わらせろ。

「ちょっと、やめなさいよ。今は歩いて、読むのは後にして」

彼は言った。「うん《ヤー》、そうだね《ライト》」

「いま読んでいるものと、見ているものとのあいだにつながりを求めているなら、必ずつながるってわけでもないわよ」

彼は言った。「うん《ヤー》、そうだね《ライト》」

これは新しい段階だった。二つの単語をゆっくりと引き伸ばし、投げやりな気持ちを表わす。

彼女は息子を歩道の方に押していき、彼はビルの壁に寄りかかって、日陰でソーダを飲んだ。彼女は寄り添っていたが、息子が壁にもたれたままゆっくりと沈んでいくのに気づいた。暑さと、たくさん歩かされたことに対する、動作によるコメント。不平よりも芝居がかっている。

ついに彼は相撲取りのように深く腰を下ろした。もらったパンフレットを選り分けていき、ひとつのものをじっと数分間見つめている。彼女はその中ほどのページの上に「イスラム」という文字があるのに気づいた。そのあとにはフリーダイヤルの電話番号が書いてある。これはおそらく、黒いヘッドスカーフの女からもらったパンフレットだろう。太文字で書かれた単語に説明がついている。

初老の女性たちの一団が、古いプロテストソングを歌いながら通り過ぎた。

彼は言った。「ハッジ」

「そうね」

彼は言った。「シャハーダ」

「そうね」

「〝アッラーのほかに神なく、ムハンマドはその使いである〟っていう意味」

「そうね」

彼はもう一度その文章を読み上げた。ゆっくりと、さっきよりも心を込めて。それを自分に引き寄せ、中まで見通すかのように。あたりには立ち止まっている人々、ゆっくりと通り過ぎる人々がいた。行進している人たちがだんだんと歩道に逸れて来ている。

次に息子はアラビア語でその文章を読み上げた。彼が読み上げ、彼女はアラビア語がアルファベットに書き直されたものだと言った。しかし、彼女はそれにもうんざりしてきた。息子と日陰に入っているこの孤立した瞬間でさえ、彼女は気分が落ち着かなかった。彼は別の言葉の定義を読み上げた。それは、毎年の義務である、ラマダーン月の断食を表わす言葉だった。それをきっかけに、彼女はまた別のことを思い出した。彼は読み続けた――だいたいは黙ったまま、しかしときには声に出して。パンフレットを空中に突き出して、言葉の発音がわからないときには母親に手伝ってもらおうとしていた。それは二度か三度行われたが、それ以外のときには、彼女はいつの間にかカイロのことを考えていた。ほぼ二十年前の出来事。彼女の心の中ではぼんやりとした影になっていた――何より自分の姿が。ツアーのバスから降り、大群衆の中に入って行ったときのこと。

その旅は卒業記念のプレゼントだった。彼女とかつてのクラスメートがバスに乗り、それからバスを降り、ある種の祭の真ん中に立った。群衆はものすごい数だったので、どこにいても「真ん中」という感じだった。密集した人々の集団がゆっくりと移動しており、日が沈むと、彼らは露店や食べ物の屋台などを通り過ぎて行った。その集団に呑み込まれ、三十秒も経たないうちに友人同士は離れ離れになった。そのとき彼女が感じ始めたのは――どうしようもない無力感はさておき――自分が他者との関係において何者であるかという、研ぎ澄まされた感覚だった。他者とはこの何千もの人々――秩序だっているが、すべてを包み込むようなもの。近くにいる人々が彼女を見て、微笑んだ――何人かは――そして話しかけた――ひとりか二人は。そして彼女は自分自身のことを群衆に映し出された姿として見ないわけにはいかなくなった。何であれ、彼らが照り返すもの。彼女の顔、目鼻立ち、肌の色、つまりは白人という存在に。「白い」ということが彼女の根本的な意味、存在自体となった。つまりは、彼女が何者であるか――本当にその通りではなくても、同時に、そういう人でしかあり得なくなってしまう。彼女には特権があり、超然として、自己中心的で、白人である。それは彼女の顔に現われていた。教育がありながら無知で、怯えている。彼女はステレオタイプのもつ苦々しい真実をすべて感じた。群衆は群衆であるという点で恵まれている。それが彼らの真実。彼らはこの場に馴染んでいた――と彼女は考えた――肉体の波、圧縮された集団であることに。群衆であること、それ自体が宗教なのだ、彼らがここで祝おうとしている祭とは別に。彼女はパニックに陥った群衆のことを考えた。川岸に押し寄せた群衆。これは白人の考え――白人によるパニックのデータを処理したものだ。他者たちはこういう考えをもたない。デブラはこういう考えをもっている。彼女の友達、彼女の消えた分身は、どこか別のところで「白人」を演じている。彼女はあたりを見回して、デブラを探そうとしたが、それは難しかった。群衆を振り払い、進む方向を変えることは。彼らはそれぞれ群衆の真ん中にいた。リアンもデブラも真ん中であり、ひとりきりだった。人々は彼女に話しかけた。老人が彼女にお菓子を差し出し、この祭の名前を教えた。それはラマダーンの最後を祝う祭だった。そこで記憶は終わっていた。

息子はアラビア語で文章を読み上げた。一音節ごとに、ゆっくりと。そして彼女はパンフレットを手に取り、自分なりの朗読をやってみた。息子と同様、発音に自信はなかったが、彼よりも早口で。ほかにも、彼が母親に教えてもらおうとした単語があり、彼女はそれを発音してみて（あるいは間違った発音をして）、ささやかなことだったが、不安な気持ちになった。文章を読み上げ、儀式を説明する。それは公共の言説の一部——溢れ出てくる言葉——フリーダイヤルの電話番号つきのイスラム教。カイロの老人の顔も彼女を記憶の中に引き込んでいった。彼女は記憶の中に入り、同時にこの歩道にいた。ひとつの都市の幽霊と、もうひとつの都市の雷鳴。彼女はどちらの群衆からも逃げる必要があった。

二人はダウンタウンで再び行進と合流し、少しだけ演説を聞いた。ユニオンスクエアで、間に合わせの台に乗り、演説している人物がいたのだ。それから二人は近くの本屋に入って、長い通路を歩いた——涼しくて落ち着いた空間。何千冊もの本が、テーブルや棚の上で輝いている。静かな場所、夏の日曜日。子供は猟犬の物真似を始めた。本を見つめ、匂いをクンクンと嗅いでいたが、触りはしない。指の先で顔を押し、顎が垂れ下がるようにしていた。彼女はそれがどういう意味かはわからなかったが、次第にわかってきたのは、彼が彼女を楽しませようとしているわけでも、困らせようとしているわけでもないということだった。その行動は彼女の影響の範囲外で、彼と本とのあいだのものなのだ。

彼らはエスカレーターで二階に昇り、しばらくの間、本を見て回った。科学の本、自然の本、外国旅行、フィクション。

「学校で教わったことの中で、一番よかったことって何？　最初までさかのぼって、最初の日から考えて」

「一番よかったこと」

「最大のこと。言ってごらんよ、坊主」

「お父さんみたいな言い方だね」

「その穴を埋めているのよ。二重の役割を果たしているの」

「お父さんはいつ帰って来るの？」

「八日か九日後かな。一番よかったことは何？」

「太陽は星である」

「教わったことの中で一番よかったこと」

「太陽は星である」と彼は言った。

「でも、それは私が教えたんじゃない？」

「そうじゃないと思うよ」

「それは学校で教わったことじゃないわよ。私が教えたのよ」

「そうじゃないと思う」

「家の壁に星図が掛かってるでしょ？」

「太陽は壁の星図にはないよ。あれは外にあるんだ。上にあるわけじゃない。上も下もないんだよ。ただ、どこか外部に存在してるんだ」

「じゃなきゃ、私たちがここという外部に存在しているのよね」と彼女は言った。「その方が真実の状態に近いかも。私たちこそ、どこか外部に存在しているのよ」

二人はこれを楽しんでいた、ちょっとしたからかいや冷やかし。背の高い窓辺に立ち、行進が終わるところを見ていた。旗が下げられ、畳まれている。群衆は四方八方に去っていく。公園に向かう者、地下鉄に降りる者、あるいは横町に入っていく者。ある意味で、彼が口にした文章は驚くべきものだった。ひとつの文章、五つの単語。それだけで、存在しているすべての事物に関してすべてのことを言っている。「太陽は星である《ザ・サン・イズ・ア・スター》」。このことを彼女自身はいつ気づいたのだろう？　いつ気づいたかをなぜ覚えていないのだろう？「太陽は星である」。これは天啓のようなものではないか。我々が何者であるかを考える上での、新鮮な見方。最も純粋だが、最後にようやく開けてくる見方。ある種の神秘的な戦慄、覚醒。

おそらく彼女は疲れただけなのだろう。家に帰る時間なのだ。何かを食べ、何かを飲む時間。

八日か九日、あるいはもっと後。子供に本を買ってやって、家に帰る。

その夜、彼女は父親のジャズ・レコードのコレクションを漁り、一、二枚ジャスティンにかけてやった。子供がベッドに入ってから、彼女はふと思いつき、埃っぽい本棚の上の段からジャズ百科事典を引っ張り出してきた。やはりそうだった——六ポイントの文字で、生まれた年だけでなく、月日まで書いてあった。今日はチャーリー・パーカーの誕生日だったのだ。

彼女は百から七ずつ引いていくという計算をした。それをすると、気分がよくなるのだ。ときどき間違えることもあった。奇数が曲者だ。デコボコ道に突き当たるように、二で割り切れる数の滑らかな流れに抵抗してくる。だからこそ、医師たちは彼女に七ずつ下っていく計算をやらせたのだ――簡単すぎないように。だいたいのときは一桁の数までつまずかずに行けた。最も危なっかしい部分は二十三から十六だった。彼女は十七と言いたくなった。いつでも三十七から三十、二十三、そして十七と言ってしまいそうになる。奇数が自己主張する。医療施設では、医師が間違いに微笑むこともあったし、気づかないときもあった。あるいは、テスト結果のプリントアウトを見ていた。彼女は記憶の欠落に悩まされた――これは家系に深く関わる。しかし、元気でもあった。年齢のわりに脳は正常。四十一歳で、ＭＲＩに映し出された範囲内でだが、すべてが普通のように思われた。心室は普通、脳幹と小脳も、頭骨の基部も、海綿静脈洞の付近も、下垂体も。すべて普通だった。

彼女はテストや検査を受けた。ＭＲＩを受け、心理測定《サイコメトリックス》を受け、単語の組み合わせテストをやり、思い出を語り、神経集中し、壁から壁まで真っ直ぐに歩いた。そして、百から七ずつ引いていくという計算をした。

それをすると、気分がよくなった。百からカウントダウンすること。彼女はそれを日常の流れの中でときどき行った。通りを歩きながら、あるいはタクシーに乗りながら。これは歌詞を書くのと同じようなものだった。主観的で、韻は踏んでいなくて、少し歌のようだが、厳密さも具えている。固定した秩序をもつ伝統——ただし、逆に向かうものだが。別種の反転の存在を試すこと。それを医師はいみじくも「逆進化」と名づけた。

ダウンタウンの古いカジノにあるレース&スポーツのコーナーでは、五列の長いテーブルが階段状に並べられていた。彼は最上段の一番奥のテーブルの端に、正面に向かって座った。正面の壁の上方にはスクリーンが五つあり、地球上のさまざまな時間帯における競馬レースを映し出している。彼のすぐ下のテーブルでは、男がペーパーバックを読んでおり、持っているタバコの火が手まで焦がしそうになっていた。向かい側の一番下のテーブルには、フードつきのトレーナーを着た大柄な女が新聞の列の前に座っていた。その人物が女だとわかったのは、フードをかぶっていなかったからだが、どちらにしろ身振りや姿勢によってわかっただろう。彼女が新聞を前に広げ、両手で新聞を撫でつけたり、読まないページを邪魔にならないようにつついたりする仕草から——薄暗い灯りと立ち込める煙の中で。

カジノは彼の後ろの両側に広がっていた。何エーカーものけばけばしいスロットマシーンの列。そのほとんどの機械が今は人間の脈拍を感じていない。彼はそれでも、自分が取り囲まれているように感じた。薄暗い光と低い天井、そしてどんよりと淀む煙に閉じ込められている。肌に付着する煙。ここ何十年間の客たちと、その営みの痕跡を含んでいる煙。

午前八時だったが、それに気づいているのは彼しかいなかった。隣のテーブルの向こう端に目をやると、そこには白髪をポニーテールにした老人が座っていた。椅子の肘掛けから身を乗り出し、レース中盤の馬たちを見つめている。その心配そうな体のひねり方は、彼の金が危険に晒されていることを示していた。それ以外、彼はまったく動かない。身を乗り出す姿勢がすべてであり、それから競馬場のアナウンサーの声が聞こえてきた。矢継ぎ早にしゃべる、静かな興奮の声――「ヤンキーギャルがインコーナーから出て来ました」

このテーブルにはほかに誰もいなかった。レースが終わり、別のレースが始まった。あるいは、同じレースがひとつかそれ以上のスクリーンでリプレーされた。彼はちゃんと見てはいなかった。別のスクリーンでドタバタとした動きがあった――低層階にあるレジ係窓口の上の窪みに設置されたスクリーン。彼は、すぐ下で本を読んでいる男に目をやり、男の手の中のタバコが燃え尽きていくのを眺めていた。彼はまた時計を見た。時間と曜日はわかっている。いつになったら、こういう瑣末なデータを意識しなくてもよくなるのだろう――そんなことを彼は考えていた。

ポニーテールの男は立ち上がり、レースが最終コーナーに差しかかったところで出て行った。新聞を細く丸め、それで腿を叩きながら。この建物全体が自暴自棄な匂いを漂わせている。しばらくしてキースも立ち上がり、ポーカーの部屋に歩いて行った。そこでチップを買い、席について、いわゆるトーナメントが始まるのを待った。

人が座っているテーブルは三つだけだった。彼はホールデムのゲームを約七十七回繰り返すうちに、そのすべてに生命を感じるようになっていた。自分にとってではなく、他の者たちにとって――意味を掘り進んだ末に見えた小さな出口。彼はテーブルの向かいに座って、瞬きを繰り返している女を見つめた。痩せて、皺があり、顔はよく見えない女。すぐそこに、一・五メートル離れたところにいて、髪は白くなりかかっている。彼は彼女が誰だろうとは考えなかった。あるいは、ポーカーが終わったらどこに行くのだろうか、どんな種類の部屋に戻るのだろうか、どんなことを考えるのだろうか、などとは。考え始めたらきりがない。要はそういうことなのだ。このゲームの外には何もなく、色褪せた空間があるだけ。彼女は瞬きをし、コールし、瞬きをし、降りた。

遠くのカジノでは、アナウンサーのくぐもった声がリプレーで響いていた――「ヤンキーギャルがインコーナーから出て来ました」

彼女は友人たちと過ごした夜を懐かしく思い出していた。友人たちに何もかも話していた夜。そういう友人たちと密接に連絡を取り合っていなかったし、その必要も罪の意識も感じていなかった。おしゃべりし、笑い、ボトルのコルクを抜いていた時間。滑稽な中年の独白を懐かしく思い出していた――異常なほど自己陶酔的な者たちの独白を。食べ物がなくなり、ワインはなくならず――そしてあれは誰だったろう、赤いネクタイをした小柄な男、昔の潜水艦の映画の音声効果をやってみせた男は？　彼女は今ではたまにしか外出しなかった。出かけるときもひとりだし、遅くなる前に帰って来た。彼女は誰かの別荘で過ごした秋の週末を懐かしく思い出していた。枯葉の中でのタッチフットボール。子供たちが草深い坂道を転がっていく――リーダーがいて、従う者たちがいる。大きくて痩せた犬が二匹、子供たちを見守っている。神話に出てくる動物のように、どっかと尻をついて座っている。

彼女はそういったことに昔のような魅力を感じなかった——期待感のようなものはもはやなかった。それは、キースのことを考えるかどうかの問題でもあった。彼はそういうことをしたがらないのだ。田園地帯の環境を楽しめない男だったし、今さら感じ方を変えろというのも無理な話だった。社交の最も単純なレベルで、人々は彼に近づき難さを感じた。彼に弾き飛ばされるように感じたのだ。壁にぶち当たり、撥ね返される。

彼女の母、それこそ彼女が懐かしく思う人だった。ニナは今、彼女のまわりじゅうにいて、しかし瞑想的な空気の中にしかいなかった。彼女の顔も呼気も、近くのどこかに漂う存在となった。追悼式の後、四カ月前のことだが、少人数のグループで遅いランチを食べに行った。マーティンはどこかから——いつものようにヨーロッパのどこかから——飛行機でやって来た。それから母のかつての大学の同僚が二人いた。

それは静かな一時間半だった。ニナのことを語り合い、また別のことも語り合った。彼らがやっている仕事、最近訪問した場所のことなど。伝記作家である女性は少ししか食べず、しかしずっとしゃべっていた。男性の方はほとんど何も言わなかった。彼は芸術と建築関係の図書館の館長だった。

コーヒーを飲みながら、午後が過ぎていった。そのときマーティンが言った。「アメリカとアメリカ人にはもううんざりだ。その話題が出ると吐き気がする」

彼とニナは最後の二年半のあいだ、たまにしか会っていなかった。互いに相手の様子を共通の友人からリアンから聞いていた。リアンは電子メールや電話を通して、マーティンと断続的に連絡を取っていたのだ。

「でも、ひとつ言いたいことがあるんだ」と彼は言った。

彼女は彼を見つめた。彼はいつものように十三日分の無精鬚をたくわえ、眠そうな目をしていた——慢性的な時差ボケのため。いつもの出で立ちである、プレスされていない標準的な背広、睡眠中も着ていたかのようなシャツを着て、ネクタイは締めていない。居場所を失い、あるいはひどく混乱し、時間の流れの中で迷子になってしまった男。しかし、彼は太ってもいた。顔は左右に広がり、膨らみと弛みの兆候が見え、それは顎鬚でも隠せなかった。圧力を受けた男の表情——目が顔の中で小さくなってしまったように見える。

「この国が力を無闇に使っているにもかかわらず——言わせてもらうが——この国が世界にもたらしている危険にもかかわらず、アメリカはこれから時代に取り残されていくだろう。信じられるかい?」

彼女は自分がなぜ彼と連絡を取り続けてきたのかよくわからなかった。連絡を絶ちたいという気持ちも強かった。彼について知っていることがあり——不充分な知識ではあっても——それ以上に強烈に、母が彼についてどう感じるようになったかという問題があった。いわゆる連累による罪なのだ——彼の罪——タワーの倒壊に関して。

「ドイツ語にこういう単語がある。ゲダンケンユーバートラーグング。考えを広めること。我々はみんな、こういう考えを抱くようになっている、アメリカが時代に取り残されていくっていう考え。テレパシーみたいなものさ。みんながアメリカのことを、危険をもたらす国としてしか考えなくなる。そういう日がじきに来るだろう。アメリカは中心を失いつつある。自分で糞をしておいて、その糞の中心に座り込んでいるんだ。アメリカが占めている中心というのはそれだけさ」

どうしてこういう話になってしまったのか、彼女にはよくわからなかった。おそらく誰かが言ったことがきっかけとなったのだろう——その前の時点で、軽く触れたようなことが。あるいは、マーティンは死者と議論しているのかもしれない——ニナと。ほかの二人は明らかに家に帰りたがっていた——母の同僚たち——コーヒーやビスケットの前に帰ればよかった、と。ここは世界の政治を議論する場ではないわ、と女の方が言った。ニナなら議論に応じたでしょうけど、でもニナはいないし、こういう話は彼女の思い出を汚すことになるわ、と。

マーティンは黙れと言わんばかりに手を振り、会話がそんな狭い料簡に限定されることを拒絶した。彼は私と母親とのつながりを保つものだった、とリアンは思った。だから彼と連絡を取り続けたのだ。母が生きているときでさえ——衰えつつだが——リアンは彼を媒介することで、母のことをはっきりとした像で捉えることができた。十分か十五分、電話で彼と話す——後悔の念だけでなく、愛と記憶においても鮮明な姿を残している男——あるいは一時間にも及ぶ長い会話においても。そうすると彼女はより悲しくなるとともに、嬉しくもなった——ニナをある種のストップモーションで捉えることができて。生き生きとして、警戒を怠らないニナ。彼女は母親にこれらの電話の話をし、彼女の顔を見つめた。どこかに光が射すのを期待しながら。

今の彼女は彼の顔を見つめている。

同僚たちは勘定を払うと主張した。マーティンはその点で争おうとはしなかった。もう彼らのことはどうでもよくなっていたのだ。マーティンにとって、彼らは独裁国家の国葬に参列する人々のような警戒感と気転を形にしたものだった。別れる前に、図書館長はテーブルの中心にある一輪挿しからヒマワリを抜き、それをマーティンのジャケットの胸ポケットに挿した。微笑みながらだったが、敵意が込められていたかもしれないし、そうでないかもしれない。それから彼はついにしゃべった。テーブルを見下ろし、レインコートで自分の細長い体を包みながら。

「私たちの国が中心を占めているとすれば、それはあなた方が私たちをそこに置いたからです。それがあなた方の本当のジレンマなんですよ」と彼は言った。「いろんなことがありましたけど、私たちはまだアメリカですし、あなた方はヨーロッパです。あなた方は私たちの映画を観に行き、私たちの本を読み、私たちの音楽を聴き、私たちの言葉をしゃべります。どうやって私たちのことを考えずに済ませられるんですか？　いつでも私たちのことを見ているし、聞いているんだから。自分の胸に問いかけてごらんなさい。アメリカのあとに何が来るんですか？」

マーティンは静かに、ほとんど気だるそうに、自分に語りかけた。

「私にはもうアメリカがよくわからんのだよ。どれがアメリカだかわからない」と彼は言った。「かつてアメリカがあったところには、空白があるだけなんだ」

彼らはそこにとどまった——彼女とマーティンは。道路よりも下の階の細長い部屋に彼らだけが取り残され、しばらく話していた。彼女は母の人生の最後の辛い数カ月について話した。血管が破れ、筋肉がコントロールできなくなり、ちゃんとしゃべれなくなり、何かをぼんやりと見つめるようになったこと。彼はテーブルにかぶさるくらいにうずくまり、音を立てて呼吸していた。彼女は彼に、ニナの話をしてくれと言い、彼は話した。彼女にとって、ある程度の期間にわたる母親の記憶というと、椅子に座っているニナやベッドに寝ているニナだけのように思われた。彼はニナを芸術家の高みにまで引き上げたのだ――ビザンティンの廃墟へ、彼女が講義をした講堂へ、バルセロナから東京まで。

「私は以前、子供の頃だけど、ニナになった自分を想像していたの。部屋の真ん中に立って、椅子やソファに話しかける。画家たちに関してすごくかっこいいことを言ったわ。画家の名前の発音はすべて知っていた、すごく難しい名前もね。彼らの絵に関しても、本や美術館を通して知っていたし」

「ひとりぼっちで過ごすことが多かったんだね」

「父と母がどうして離婚したのか理解できなかったわ。母は全然料理をしなかったし、父はたいして食べなかったし。どうしてうまく行かなくなるのかしら？」

「きみはいつだって娘なんだよ。まず娘であり、ずっと娘であり続ける、それがきみなんだ」

「そしてあなたはずっと――何かしら？」

「私はずっときみの母親の恋人だな。彼女を知るずっと前からそうだった。常にね。そうなることを待っていたんだ」

「信じてしまいそうになるわ」

もうひとつ彼女が信じたかったのは、彼の肉体的な衰えが病気のせいではないということだった。あるいは、金銭面での失敗が士気に影響しているのではないということ。それは長い物語の結末だった——彼とニナとの——彼をこのような打ちしおれた状態にしたのは。それ以上でもなければ、それ以下でもない。これが彼女の信じていたことであり、同情心を掻き立てたものだった。

「運のいい人たちもいるもんでね、自分がなるべき人間に自然になれてしまう」と彼は言った。「私の場合はそうはならなかった、きみのお母さんに会うまでは。ある日、私たちは話し始め、そうしたら止まらなかったんだ、会話がね」

「最後まで行き着いても」

「もはや楽しい話題がなくなっても——言うことがまったくなくなっても。会話は終わらなかったんだ」

「信じるわ」

「初日からそうだった」

「イタリアで」と彼女は言った。

「そう、それは本当だ」

「そして二日目、教会の前で」と彼女は言った。「あなた方二人。誰かがあなた方の写真を撮った」

彼は顔を上げ、彼女の顔を探っているようだった。彼女がほかに何を知っているのだろうかと考えている。彼女は自分が何を知っているのか打ち明けなかったし、それ以上知ろうという努力をしなかったことも言わなかった。彼女は図書館で当時の地下組織の運動について調べようとはしなかったし、アーンスト・ヘキンジャーという男の跡を追うためにインターネットを検索したりもしなかった。母はしなかったし、彼女もしなかった。

「乗らなきゃいけない飛行機がある」

「飛行機がなかったらどうするの?」

「いつだって乗らなきゃいけない飛行機があるんだよ」

「どこへ行くわけ?」と彼女は言った。「都市をひとつ挙げて。どの都市?」

彼はこの日のためだけに来たのだ。スーツケースも機内持ち込みの荷物もなく。ニューヨークのアパートはすでに売り払っていて、ここで片づけるべき仕事の数はぐっと減っていた。

「その質問に向き合う心の準備はできていないな」と彼は言った。「都市をひとつ挙げたら、罠にはまってしまう」

店の人たちは彼を知っていて、ウェイターがブランデーをサービスしてくれた。彼らはもうしばらく、黄昏時までそこにとどまった。彼に会うのはこれが最後だということに、彼女は気づいた。

彼女は彼の秘密を尊敬し、彼の神秘に踏み込もうとはしなかった。彼のしたことが何であれ、それは通常の反応の域を超えるものではない。彼女は彼の人生を想像できた——当時であれ今であれ——彼の過去の意識のぼんやりした脈動をうかがい知ることはできた。おそらく彼はテロリストだったのだが、我々のひとりでもあるのだ、と彼女は思った。そしてその考えにゾッとし、恥ずかしい気持ちになった。我々のひとりとは、信仰がなく、西洋人で、白人だということ。

彼は立ち上がり、胸ポケットから花を抜き出した。それからその匂いを嗅ぎ、テーブルに放り投げ、彼女に微笑みかけた。彼らは少しだけ手を触れ合い、道に出た。それから彼女は、彼が交差点に向かって歩いていくところを見つめていた。彼は通り過ぎるタクシーの流れに向かって手を挙げた。

ディーラーが緑のボタンを押すと、新しいデッキがテーブルに上がってきた。

　ここ数カ月、ゲームを習得しているあいだ、彼はほとんどの時間を歓楽街《ストリップ》で過ごしていた。スポーツコーナーの談話室にある革のリクライニングチェアに座ったり、ポーカールームの日よけの下にうずくまったり。彼はついに金を儲けるようになった。目立たない額だが、そこに一貫性が現われるようになった。彼は定期的に家に帰るようにもなった。三日か四日いて、愛とセックス、父親としての役割、手作りの料理などを味わう。しかし、ときおり何をしゃべったらよいのかわからなくなってしまう。言葉などないように思われる。自分がどのように昼夜を過ごしているのか、それを語る言葉など。

　じきに彼はあそこに帰らなければならないと感じるのだ。砂漠の上に飛行機が下りると、彼はすぐにこう信じ込んだ。これこそ自分がずっと知っていた場所なのだ、と。そこでは決まった方法と手順があった。タクシーでカジノに行き、タクシーでホテルに戻る。彼は一日二食で済ませていた。それ以上食べたいと思わなかった。暑熱は金属やガラスに染み込み、道路は湯気を立てているように感じられた。テーブルで、彼はプレーヤーたちの見せかけの仕草を見破ろうとはしなかった――彼らが咳をしようと、退屈している様子であろうと、腕を掻こうと、その理由を探ろうとはしなかった。彼はカードを眺め、だいたいの傾向を読み取った。こうした駆け引きがあり、瞬きする女がいた。彼はダウンタウンのカジノで彼女を見かけたことを覚えていた。気難しげな目以外は、まったく目立たない女。瞬きは見せかけではなかった。それは彼女という人物を表わしているにすぎない――子供ももう大人になった母親――ポットにチップを投げ入れ、野のホタルのように自然の流れに従って目を瞬かせている。彼は強い酒をちびちびと飲んだ――グラスの中身はほとんど減っていなかった。そして睡眠は五時間で済ませた。こうした範囲や限度を設定していることにほとんど気づいてもいなかった。葉巻に火をつけようとはまったく思わなかった――昔のように、昔のゲームのときのようには。天井にシスティナ礼拝堂の壁画が描かれている、ホテルの混雑したロビーを通り抜け、あちこちのカジノのまぶしい光の中に入っていった。人々には目もくれず、基本的に誰とも会わず。ただ、飛行機に乗るときは、いつでも通路の両側に座っている人々の顔を見つめてしまう。皆にとって脅威となるような男、あるいは男たちの存在を探そうとして。

それが起きたとき、彼はどうしてそれが起きることに気づいていなかったのだろうと不思議に思った。それは最高級のカジノのひとつで起きた。五百人のプレーヤーがホールデムのトーナメントのために集まっていた――無制限で、すごい量のチップが必要とされるトーナメント。そのカジノの奥、密集したテーブルに座っている人々の頭上で、男が柔軟体操をしていた。首や肩の筋肉をほぐし、血行をよくしようとしている。彼の動きには純粋に儀式のような要素があった、運動を超えた何かが。腹式呼吸で深く息を吸い込むと、手をテーブルに向かって下げ、それからチップをポットに投げ入れるような動作をする——賭けを駆り立てているゲームの進行には目もくれずに。その男の顔には奇妙なほど見覚えがあった。奇妙なのはその点だ——数年間を隔て、男の顔はすっかり変わっているのに、男の本質は間違いなくそのままだということ。それはテリー・チェンに違いなかった。今は椅子にゆったりと座り、キースの視線からは外れている。もちろん、それがまさに彼という人物だ。テリー・チェンの存在なしにこの手のことが起きるなんて考えられないではないか。ポーカーのトーナメントがあり、すさまじい額の金が動き、ホテルの部屋が無料で借りられ、激しい競争があるとすれば。

その次の日になってようやく、彼らはポーカールームの手すりの外で出くわした。受付の女が、いくつかのテーブルに空席があると放送していた。

テリー・チェンは疲れたような笑みを浮かべた。サングラスにオリーブ色のジャケットという出で立ち。襟の折り返しが広く、艶のあるボタンがついているジャケットは、大きすぎて肩から垂れ下がる感じだった。ゆったりしたズボン、ホテルのスリッパ、ベロアの帽子、着古して擦り切れている絹のシャツを身に着けていた。

キースは彼が五世紀の中国語をしゃべるのではないかと思った。

「きみがいつ俺に気づくだろうって思っていたんだ」

「きみの方が先に気づいたんだね」

「一週間くらい前さ」とテリーが言った。

「それなのに何も言わなかった」

「きみはゲームに没頭していたからね。俺に何て言える？　しばらくしてから探したけど、きみはもういなかったんだ」

「俺はリラックスしに、スポーツコーナーに行くんだ。サンドイッチを食べ、ビールを飲みにね。まわりで賭けが続いているのが好きなんだよ、スクリーンがいっぱいあって、いろんなスポーツをやってて。ビールを飲んで、スクリーンはほとんど見ない」

「俺は滝のほとりに座るのが好きだな。口当たりのいい飲み物を頼むんだ。一万もの人々がまわりにいる。通路に、水槽のあたりに、庭に、スロットマシーンに。そういうところでマイルドな飲み物をする」

テリーは左に傾いているように思われた。出口の方向に流されて行く男のように。体重が減り、歳を取ったように見えた。引っかかるような鋭さのある、聞き覚えのない声でしゃべった。

「ここに泊まっているんだな」

「町にいるときはね。天井の高い、広い部屋に泊まっている」とテリーは言った。「壁のひとつは全部窓だよ」

「費用はかからないんだね」

「雑費だな」

「マジでポーカーをやっているわけだ」

「俺は彼らのコンピュータに入っているんだ。すべてが彼らのコンピュータに入っている。すべて入力されているからね。きみがミニバーの飲み物を取って、それを六十秒以内に返さなければ、すぐにきみの勘定に加算される」

彼はそういう話が好きだった――テリーは。キースは半信半疑だった。

「チェックインすると、彼らは地図をくれる。俺はまだそれが必要なんだ、これだけ時間が経ってもね。自分がどこにいるのかわからない。ルームサービスはティーバッグをピラミッド型に組み立てて持ってくる。すべてが大規模だ。俺は新聞を部屋に届けないでくれと言う。新聞を読まなければ、世の中に遅れている気にもならないからね」

彼らはもう一分ほどしゃべり、それからそれぞれの指定されたテーブルに着いた、次にいつ会おうという約束はせずに。「次に」という考えは、彼らには捉えようがなかったのだ。

息子はテーブルの向こう端に座り、パンにマスタードを塗っていた。彼女が見たところ、ほかには食べ物の影も形もなかった。

彼女は言った。「前はきちんとしたペンをもっていたの。銀製っぽいやつ。見たことあるんじゃない？」

彼は動作を止め、考えていた。目を細め、うつろな表情になった。これは、ペンを見たことがあり、使い、なくしたという意味だ。誰かにやってしまったか、くだらないものと交換したか。

「この家には真面目な筆記具がないのよね」

彼女はそれがどういう風に聞こえるかわかっていた。

「あなたは鉛筆を百本もっているし、私たちは悪いボールペンを十数本もっている」

これは「紙のような物質に文字を書くことによる伝達方法の衰亡」という風に聞こえるだろう。

彼女は彼がナイフで壺のマスタードをすくい、パンに塗るのを見ていた。食パンの縁に沿って丁寧に塗っていく。

「ボールペンのどこがいけないの？」

「ボールペンは悪いのよ」

「鉛筆のどこが悪いの？」

「いいのよ、鉛筆は。木と鉛。鉛筆は真面目なの。木と黒鉛。大地からの素材で作られている。鉛筆についてはその点を尊重しているわ」

「お父さんは今度はどこに行くの？」

「パリよ。重要なコンペがあるの。私も何日か一緒に行くかも」

彼は動作を止め、また考えた。

「僕はどうなるの？」

「自分の生活を続ければいいのよ。必ずドアに鍵をかけなさいね、酒池肉林の大騒ぎから帰って来たら」

「うん《ヤー》、そうだね《ライト》」

「酒池肉林って何だかわかってる？」

「なんとなくね」

「私もよ、なんとなく」と彼女は言った。「でも、お母さんはどこにも行かないわ」

「僕がわかってなかったと思うの？」

彼女は窓際に立って、息子の動作を見つめていた。パンをたたみ、かじりつく。これは全粒穀物《ホールグレーン》パン。九穀、十穀で、トランス脂肪酸なし、繊維質がたっぷり含まれている。彼女はマスタードについてはわかっていなかった。

「ペンをどうしたの？　銀のペン。何の話かわかっているでしょう」

「お父さんが取ったんだと思うよ」

「何を言ってるの。お父さんは取らないわよ。ペンなんて使わないんだから」

「筆記用具は必要だよ。誰だってそうさ」

「お父さんは取ってないわ」

「お父さんを責めてはいないよ。ただ、言ってるだけさ」

「あのペンは取ってないわ、お父さんは、あのペンを取ることはしない。だからどこにあるの？」

彼はテーブルの上を見つめた。

「お父さんが取ったんだと思うよ。自分で取ったってこともわかってないんじゃないかな。責めてはいないよ」

彼は立ったままだった。パンを手にして、彼女の方を見ようともしなかった。

彼は言った。「本当に、正直に、お父さんが取ったと思うんだ」

人々は至るところにいた。多くはカメラを抱えていた。

「腕に磨きをかけたな」とテリーが言った。

「そんなところさ」

「状況が変わりつつあるんだ。注目を浴び、テレビが放送し、新米たちが押し寄せる。すぐにすたれるけどな」

「そいつはいい」

「そいつはいい」とテリーは言った。

「俺たちはずっとここにいる」

「俺たちはポーカープレーヤーだ」

彼らは滝の近くのラウンジに、飲み物と軽食をもって座っていた。テリー・チェンは裸足にホテルのスリッパをはいている。灰皿のタバコが燃え続けているのを意にも介していない。

「秘密裏に行われているゲームがあるんだ、プライベートなゲーム。賭け金が高くて、選ばれた都市だけで行われている。これって、禁じられた宗教が再び湧き起こっているみたいなんだよ。五札のスタッドポーカーとドローポーカー」

「俺たちの昔のゲームだな」

「ゲームが二つあるんだ。フェニックスとダラス。ダラスのあの地区って、何ていったっけ？

上流階級の地区」

「ハイランドパーク」

「上流階級の人たち、お年寄りたち、コミュニティのリーダーたち。ゲームを知り、ゲームを尊重している」

「五札のスタッドポーカー」

「スタッドポーカーとドローポーカー」

「きみは腕利きだよ。でかい勝負に勝てる」とキースは言った。

「俺はやつらの魂を思いのままにできるんだ」とテリーは言った。

群衆はラウンジを動き回っていた。メリーゴーラウンドにも似た、開かれた空間。ホテルの客たち、ギャンブラーたち、観光客たち。レストランや豪華な店、アートギャラリーなどに向かう人々。

「あの頃、タバコ吸ってたっけ？　俺たちがポーカーをしていた頃」

「わからないな。教えてくれよ」とテリーは言った。

「きみだけが吸わなかった気がするな。何人か葉巻を吸うやつがいて、ひとりタバコを吸っていた。それはきみじゃなかったと思うんだ」

ときどき、他と隔絶した瞬間が訪れた。ここに座っていながら、テリー・チェンがキースのアパートでテーブルに向かっているように思われる瞬間。ハイローポーカーの後、巧みな技で素早くチップを分けている。彼は彼らの一員であり、ただポーカーがうまいというだけだったが、本当には彼らの一員ではなかった。

「俺のテーブルにいた男、見たか?」

「外科手術用のマスクをした男」

「大勝ちしていたよ」とテリーは言った。

「あれが広がっていくのが目に見えるようだな」

「マスクのことか。そうだな」

「一日に三人か四人ずつ、手術用マスクをした連中が現われる」

「その理由は誰も知らない」

「それから十人増え、さらに十人増える。どんどん増えていくんだ、中国の自転車乗りみたいに」

「何でもいいけど」とテリーは言った。「まさにその通りだな」

彼らは相手の思考のルートを綱渡りのようにかろうじて追っていた。彼らのまわりには、言葉にはならない騒音が響いていた。空気中に、壁に、家具に、動いている男女の体に、あまりに深く根づいているため、無音の状態とほとんど区別できないほどだった。

「日常からの離脱だよ。やつらは年代物のバーボンを飲み、妻たちをどこか別の部屋に待たせている」

「ダラスの話だな」

「そうだ」

「俺にはわからないよ」

「ロサンゼルスで始まったゲームがあるんだ。同じだよ、スタッドポーカーとドローポーカー。若い連中さ。潜伏していた初期キリスト教徒みたい。考えてみろよ」

「わからないよ。そういう集団の中で二晩も過ごせるかどうか自信がない」

「あれはラムジーだったと思うな」とテリーは言った。「タバコを吸っていた唯一の男」

キースは四十メートル近く離れたところにある、滝をじっと見つめた。そして気がついた。彼はこれが本物なのか模造なのかわからないのだ。水の流れはまったく波立っていないし、水が落ちる音はデジタルで簡単に作れる――滝自体もそうだ。

「ラムジーは葉巻だよ」

「ラムジーは葉巻。たぶんきみの言う通りだな」

テリーのマナーはいい加減だったし、服は体に合っていなかった。ホテルの奥深いロビーや、周縁に広がるショッピングアーケードに入ると、彼は完全に人々の中に埋もれてしまう。にもかかわらず、テリーはこの生活にきっちりとはまっていた。ここには対応の法則性がなかった。あることが別のことによってバランスを取っていない。ひとつの要素を、別の要素を通して見るというようなことがない。すべてがひとつのことなのだ、どんな場面であれ――どんな都市のどんな賞金であれ。これこそが要点だ、とキースは見て取った。彼はこちらの方が好きだった。気楽な冗談を言い合ったり、妻たちが花を活けたりしているプライベートなゲームよりも。その形態がテリーの虚栄心にアピールしたのだろうが――とキースは考えた――それは、こちらでの日々のような決定的な匿名性には匹敵しないのだ。物語がまったく付着されていない、無数の人生が交じり合うこと。

「あの滝を見たかい？　あれを見て、自分は水を見ているって確信できるか？　本物の水だって？　特殊撮影によるものではなく」

「考えたことがなかったな。それは、俺たちが考えるべきことじゃないんだよ」とテリーは言った。

彼のタバコはフィルターのところまで短くなっていた。

「俺はミッドタウンで働いていた。みんなが感じたような衝撃は経験しなかったんだよ。あそこで、きみがいたようなところでの衝撃はね」と彼は言った。「こういう話を聞いた。誰かが話してくれたんだ。ラムジーの母親がさ。何だったっけ？　靴だ。靴を持って行ったっていうんだよ。ラムジーの靴の片方と、かみそりの刃をね。やつのアパートに行って、そうしたものを手に入れて——髪や肌の欠片みたいな、遺伝子の情報が含まれていそうなものは、何でもかんでも持ち出したんだ。それをＤＮＡ鑑定のために持って行ったんだけど、そこには兵器庫があったってさ」

キースは滝を見つめていた。

「お母さんは一日か二日後にまたそこに行った。誰がこの話をしてくれたんだっけな？　また何かを持って行ったんだ。歯ブラシだか何だか。それからまたそこに行った。また別のものを持って行った。それからまた行った。そうしたらやつらは場所を移転していたって。それでお母さんは行かなくなったんだ」

テリー・チェンは――かつてのテリーは――こんなに話し好きではなかった。優秀な者には自制心が必要であり、短い話をすることさえ、そこから逸脱するものだと考えていた。

「前にはそういう話をしていたんだ。あのときどこにいたのかって話になるだろ、どこで働いてたのかって。俺はミッドタウンて言う。その言葉はすごく無防備なんだよ。どこでもないみたいなんだ。聞いた話じゃ、ラムジーは窓から飛び降りたんだってな」

キースは滝の中をじっと見つめた。これは、目を閉じるよりずっといい。目を閉じたら、何かが見えてしまうから。

「きみは法律事務所の仕事に戻ったんだよな、しばらく前に。そういう話をした覚えがある」

「違う会社だよ。法律事務所じゃない」

「何でもいいさ」とテリーは言った。

「まさにそれだな。何でもいいんだ」

「でも、俺たちはここにいて、この狂乱が終わるまでずっとここに残るんだ」

「きみはまだオンラインでプレーしているのか」

「ああ、やってる。やめられないんだ。俺たちはずっとここに残る」

「あの手術用マスクの男も」

「そうだな、やつも残る」

「それから瞬きする女も」

「俺は瞬きする女って見たことないんだ」とテリーは言った。

「いつか話しかけようと思って」

「きみは小人を見たか」

「一度だけね。それからいなくなった」

「あの小人はカーロって名前なんだ。すごい負けっぷりだったよ。名前を知っているプレーヤーはあれだけだな、きみを除けば。どうして名前を知ったかっていうと、小人だからだ。それ以外には、名前を知る理由はない」

彼らの後ろでは、スロットマシーンの大群がゴボゴボと音を立てていた。


ラジオであのニュースを聞いたとき——第一中等学校、多くの子供が犠牲に——彼は彼女に電話をしなければならないと思った。テロリストが人質を取り、包囲され、爆発があった。ロシアのどこかの話だ。何百人の人々が死に、多くが子供だった。

彼女は落ち着いた声で話した。

「彼らはわかっていたはずよ。こういうことになる状況を作り出したんだから、子供たちがいるっていうのに。絶対にわかっていたはず。彼らは死にに行ったわけだから。こういう状況を作り出したの、わざわざ子供を巻き込んで。どういう結果になるかはわかっていたの。わかっていたはずなのよ」

両方ともしばらく黙り込んでいた。それから彼女は言った。こちらは暖かいわ、三十度近くあるの、と。それから、子供は元気よ、大丈夫よ、と付け加えた。彼女の声には険があった。しばらくまた沈黙が続いた。彼はその沈黙を聞き取ろうとした、彼女の言葉とのつながりを探って。深い沈黙の中で、彼の頭の中に自分自身の姿が浮かんできた。まさにこの場所にいる自分の姿。どこかの部屋、どこかのホテルにいて、手に電話を握っている。

彼女は、医者の所見は普通だったと彼に告げた。どこにも障害の兆候はない、と。彼女は「普通」という言葉を使い続けた。その言葉を愛していたのだ。大きな安心感をもたらす言葉。損傷、出血、梗塞などはまったくない。彼女はその結果を彼に対して読み上げ、彼は部屋で突っ立ったまま聞いていた。「普通」という結果の報告がたくさんあった。彼女は「梗塞」という言葉が好きだった。それから彼女は、こうした所見を自分で本当に信じているのかどうかわからないと言った。今はいいけど、後々についてはどうだろう？　彼は彼女に何度も言ったことを、ここでもまた言った。きみはわざわざ怖がろうとしているんだ、と。彼女は、これは恐怖ではなく懐疑だと言った。自分は元気にやっている。診断書を見ながら、肉体的形態は普通であると読み上げた。彼女はこの言葉が好きだったが、それが自分のことを言っているとは思えなかった。懐疑主義《スケプティシズム》の問題なのだ——これはギリシャ語の「検討」を意味する言葉から来る。それから彼女は父親のことを話した。少し酔っていたが、泥酔の半分にも達していなかった——たぶん四分の一ほどだ。最高に酔っ払っても、いつもそれくらいだった。彼女は父のことを話し、彼の父親について訊ねた。それから彼女は笑って言った。「聞いて」。そして数字を朗誦し始めた。数字と数字のあいだに一拍置き、楽しげに歌をうたう調子で。

百、九十三、八十六、七十九。

彼は子供に会いたいと思った。どちらも電話で話すのは好きではなかった。どのように子供に電話で話しかけたらよいのだろう？　彼は彼女には電話で話した。ときには深夜に話した、彼女の都合のよいときに——あるいは深夜、彼の都合のよいときに。彼女は自分がベッドに横たわっているさまを伝えようとした——丸くなって、片手を腿にはさんで、あるいはシーツの上で大の字になり、電話を枕に置いて。そして彼は、彼女が二重の距離を隔てて囁きかけるのを聞いていた。片手を乳房に、もう片方の手をプッシーに添えて。彼女の姿が鮮明に目の前に浮かび、自分の頭が爆発するのではないかと思った。

# 12

チェルシー地区のギャラリーでモランディの展覧会があった。六枚の静物画と、二枚の線描画（これも静物画）。そしてもちろん、彼女は出かけて行った。行くことには複雑な思いがあったのだが、ともかく行った。というのも、そうしたものでさえ――ボトルや壺や花瓶やグラスといった単純な形の油絵、あるいは鉛筆画でさえ――彼女をあの渦中に呼び戻すからだ。母と母の恋人との議論や知覚のせめぎ合い、痛烈な政治的駆け引きなどの中へと。

ニナはリビングルームの壁に掛かっている二枚の絵画を返すのだと言い張った。その二枚は母たちが疎遠になった初期の段階に、マーティンのもとに戻った。古いパスポートの写真も。それは――絵画は――半世紀ほど前に描かれたもので、写真の方はもっと古かった――そのほとんどは。そして、母もリアンもこの作品を愛していた。だが、彼女は母の希望を尊重し、配送の手続きをした。そして、絵画のドル価格を考え、母の高潔さを尊敬するとともに、その絵画自体の行く末を考えた。ベルリンに送られ、値段が交渉され、携帯電話による取引で売られてしまうのだろう。絵画を失って、部屋は墓場のようになった。

ギャラリーは工場跡の建物にあった。ここには檻状のエレベーターがあり、フルタイムで働く人間が制御盤のレバーを回転させ、客たちを昇らせたり降ろしたりしていた。

彼女は薄暗い廊下をしばらく歩き、ようやくギャラリーを見つけた。そこには誰もいなかった。彼女は最初のキャンバスの前に立ち、じっと見つめた。展覧会は小規模なもので、絵も小さかった。彼女は後ろに下がり、また近づいた。これはなかなか心地よかった——部屋にひとりきりで絵を見ていることは。

彼女は三番目の絵を長いこと見つめていた。それは母がもっていた絵のひとつのバリエーションだった。彼女はそれぞれのオブジェの色合いや形、その配置を心に留めた。背が高くて黒っぽい長方形、白いボトル。彼女は目を離せなくなった。この絵には何か秘められたものがある。ニナのリビングルームがそこに現われた、その記憶と動きが。絵のオブジェは背後の人物の中に溶け込んでいった——椅子に座ってタバコを吸っている女と、立っている男。しばらくして彼女は次の絵に移り、さらに次の絵に移った——それぞれを心にしっかり留めながら。それから線描画があった。彼女はまだ線描画をじっくり見たことがなかった。

そのときひとりの男が入って来た。男は絵を見る前に、まず彼女を観察することに興味を示した。おそらく彼はある種の自由が許されると思っていたのだろう。こんな崩れそうな建物に絵を見に来るという、似た者同士なのだから。

彼女は開いている戸口を出て、オフィスの区域に入った。そこに線描画が展示されているのだ。デスクには若い男がいて、ラップトップに向かっていた。彼女は線描画をじっくりと見た。なぜこんなに熱心に見ているのか、自分でもよくわからなかった。喜びの段階を通り過ぎて、同化のような段階に達していたのだろう。彼女は見たものを吸収し、家に持ち帰ろうとしていた。自分をそれで包み込み、包まれたまま眠る。見るべきものがたくさんあった。生きている細胞組織の中に――つまりは自分自身の中に――それを組み込むのだ。

　彼女は展示室に戻ったが、男が一緒では、作品を前と同じような目で見ることはできなかった――男が自分を見ていようがいまいが。彼は彼女を見てはいなかったが、ともかくそこにいた。五十がらみで、顔の肌がざらざらしている、白黒の顔写真のような男。おそらくは画家だろう。彼女は部屋を出て、廊下を歩いて行った。そしてエレベーターのボタンを押した。

　彼女はカタログをもらわなかったことに気づいたが、戻ろうとはしなかった。カタログはいらない。エレベーターはシャフトの中をガタガタいわせて昇ってきた。これらの作品には超然としたところはまったくない、個人的な声が響いてこないような部分は。油絵も線描画もすべて、同じタイトルがつけられていた。「死せる自然《ナチュラ・モルタ》」。これでさえ、この「静物」にあたる言葉でさえ、母の最期の日々を甦らせた。

　スポーツコーナーにいてスクリーンのひとつを見ていると、彼にはそれが実況中継の断片なのかスローモーションの再現映像なのか、わからなくなるときがあった。それは不安を感じるべき欠落だった。ひとつの現実と別の現実とを隔てる、脳の基本的な機能の問題。にもかかわらず、すべては区別を間違えただけの問題に思われた――〝速い〟と〝遅い〟、〝今〟と〝そのとき〟。

そして彼はビールを飲み、入り混じった騒音に耳を傾けた。

彼はスポーツに賭けることはなかった。ここに惹かれて来るのは、感覚に訴えるもののためだった。すべてが遠くで起きている、最も近い音でさえ。天井の高い部屋、薄暗い照明、顔を上げて座っている男たち——あるいは立っていたり、歩いて通り過ぎたり。そして、空気中のこそこそとした緊張感が叫び声で破られる。一頭の馬が集団から飛び出したり、ランナーが二塁を回ったり。そうして勝負が前面に浮かび上がる——そこからここへ、生か死かの大レース。彼は臓腑からの叫び声を聞くのが好きだった——立ち上がった男たちが喚声を上げる、その荒々しい声の一斉射撃。それは熱気とあからさまな感情を部屋の穏やかな雰囲気にもたらす。それから終わる、数秒のうちに消えてしまう。彼はそれも好きだった。

彼はポーカーの部屋で金を見せた。カードはでたらめに出て、そこに妥当な理由などなかったが、彼は自由選択を行使する人間であり続けた。運や偶然——それらがどういうものかは誰にもわからない。そうしたものは、物事に影響を与えると思われているにすぎないのだ。彼には記憶力、判断力、何が真実かを見極める力があった——真偽の疑わしいのはどれで、いつ賭け金を上げ、いつ降りるか。彼にはある程度の冷静さがあり、計算の上で孤立することを選んだ。当てにする論理があるとすれば、それはひとつ。テリー・チェンは、ゲームにおける真の論理はただひとつ、個性の論理だけだと言った。しかし、ゲームには構造が、基本原理があった——夢の論理とでも言えるような甘美で安易な幕間が。自分が必要としているカードが確実に出るとわかる論理。そして常に、手が来るごとに繰り返される決定的な瞬間には、イエスかノーかの選択があった。コールするのか賭け金を上げるのか、コールするのか降りるのか——目の奥に潜んでいる、ささやかな二拍子の脈動。自分が何者かを思い出させる選択。それは彼のものだった、このイエスかノーかの選択は。ニュージャージーのどこかの泥の中を走っている馬にあるわけではない。

彼女は何かが差し迫っているという思いで生きていた。

彼らは何もしゃべらずに抱き合った。その後、彼らは低いトーンでしゃべった。そこには、互いに気転を利かせているようなニュアンスが含まれていた。彼らはほとんど四日間、遠回しな会話を続けてから、ようやく重要なことを話し始めた。それは失われた時間だった——最初の一時間から、まさに忘れられるために企図されたような時間。彼女が覚えていたのは歌だった。彼らはベッドに入るとき、窓を開けっ放しにしていた。街路の車の音、人の声などが聞こえてくる。五、六人の娘たちが午前二時に町を歩きながら、古いロックのバラードを歌っている。彼女は娘たちに合わせて歌った——静かに、心を込めて、一語一句違わずに、強弱や間の置き方も娘たちに合わせて。そして、娘たちの声が消えていくのを残念に感じた。言葉は——彼らの話す言葉は——単なる音と大差なかった。不規則な呼吸による空気の流れ、肉体の発する音。運がいいときは風が吹いていたが、屋上のすぐ下という蒸し暑さの中でも、彼女はエアコンのスイッチを入れようとしなかった。あなたは本当の部屋で本当の空気を感じた方がいいのよ、と彼女は言った。すぐ上で雷がゴロゴロ鳴っているようなときにね。

そうした夜、自分たちが世界から転落しつつあるように彼女には思われた。これはエロチックな幻想というわけではない。彼女は引き続き引きこもりつつあったが、落ち着いており、自制心を保っていた。彼はいつもと同じように、自分の殻に閉じこもっていたが、空間的な基準のようなものも身につけていた。自分と他人とのあいだの航空マイル、都市と都市を隔てるような、文字通りの距離の長さ。

彼らは子供をいくつかの博物館に連れて行った。それから父と子は公園でキャッチボールをし、リアンはそれを見ていた。ジャスティンは思いきり投げた。一瞬たりとも無駄にしない。空中のボールを取ると――素手で摑むと――それをグラブにピシャリと叩きつけ、それから振りかぶって、思いきり投げる。それから次のボールでは、さらに強く投げようとする。ジャスティンは髪や歯をもったピッチングマシンのようだった――球速を最速に合わせてあるマシン。キースは面白がり、感心し、そして当惑した。落ち着け、リラックスしろと子供に言った。そしてフォロースルーのことを話した。ワインドアップし、ボールを離し、フォロースルーする。彼は息子に、きみはお父さんの手に焼け穴を作っているよ、と言った。

彼女はポーカーのトーナメントを放送しているテレビ番組に出くわした。彼は隣の部屋で、たまった郵便物に目を通していた。彼女は、三脚か四脚のテーブルがロングショットで映し出されているのを見た。観客たちがその周囲の隙間に固まって座り、不気味な青いライトに照らされている。テーブルはフロアよりも少しだけ高くなっている。プレーヤーたちは蛍光灯の光を浴び、身を乗り出すようにして、生きるか死ぬかの勝負に向かっていた。彼女はこれがどこで催されているのかも、いつのことなのかもわからなかった。また、どうして通常の方法で撮影されていないのか、どうして指の関節やカード、顔などのクローズアップがないのか、わからなかった。それでも彼女は見続けた。消音ボタンを押し、テーブルを囲んで座っているプレーヤーたちを眺めた。カメラはゆっくりと部屋全体を見渡していく。そして彼女は気づいた。自分はキースが映るのを待っていたのだ。観客たちはスミレ色の冷たい光の中に座っていて、ほとんど何も見えない様子だった。彼女は夫を見つけたかった。カメラはプレーヤーたちの顔を捉えた――それまではぼんやりとしか見えなかった顔――そして彼女はひとりひとりをじっと見つめた。自分が漫画の登場人物のような気がしてきた。完璧な道化役だ。髪を振り乱してジャスティンの部屋に走り、彼をベッドから引きずり出して、テレビの前に立たせる。見てごらんなさい、と叫びながら。リオだかロンドンだかラスベガスだかにいる父親を見せる。本物の父親は六メートルほど離れたところにいる。隣の部屋で机に向かい、銀行からの取引明細書を読んだり、小切手を書いたりしている。彼女はテレビを見続けた。しばらく彼を探し、それからやめた。

彼らは四日目に話し始めた。夜遅く、リビングルームに座って。ウマバエが天井に張りついていた。

「わかったことがあるの」

「そうか」

「その場に半分しか存在していない男がいるってこと。男っていうのはまずいわね。人ってことにしましょう。ときどきぼんやりと霞んでしまう人がいるのよ」

「それがわかったってこと」

「そういう人たちは、そうやって自分を守っているのよ。自分と他人とを。それがわかったの。でも、別のこともあって、それが家族なの。私が言いたいのはそこの点なのよ、私たちは一緒に暮らす必要があるってこと。家族を続けていかなくちゃいけないの。私たち、この三人だけで、長い期間、同じ屋根の下で。毎日だとか毎月とかってことではなく、私たちは永続的なものなんだという意識をもって生きていくこと。こういう時期には家族は必要よ。そう思わない？　一緒にいること、一緒に暮らすことが大事だって？　こうやって私たちは生き抜いていくのよ、死にそうなほど恐ろしいことをくぐり抜けて」

「そうか」

「お互いが必要なの。同じ空気を吸っているっていうことだけでも」

「そうか」

「でも、私には何が起きるかわかっている。あなたは離れていくのよね。心の準備はできているわ。家を離れる時間が長くなって、どこかへ行ってしまうのよね。あなたが何を求めているかはわかっている。正確に言えば、蒸発したいって望んでいるわけではないわ。ただ、そこにつながっていくものなの。蒸発は結果にすぎない。あるいは、罰なのかもしれない」

「きみは、僕の求めているものがわかっている。僕にはわからない。きみにはわかっている」

「あなたは誰かを殺したいのよ」と彼女は言った。

そう言ったとき、彼女は彼のことを見ようとしなかった。

「あなたはここしばらくそれを求めていたの」と彼女は言った。「それがどういう意味をもつのか、どういうふうに感じられるのかは、私にはわからない。でも、それがあなたの抱えていることなの」

そう言ってしまったものの、彼女は自分が本当に信じているのかどうかわからなくなった。しかし、ひとつ確かなのは、彼がその考えを頭の中で議論したことがないということだ。それは彼の肌に染みついていた——おそらくこめかみで打つ脈のようなものだろう——細くて青い血管のかすかなリズム。彼女は何か満足させなければならないものがあることに気づいていた。フルに発散させなければならないもの。そして彼女は、それが彼の不安の核心にあると思った。

「軍に入隊できないのは残念だな。歳を取りすぎている」と彼は言った。「刑罰を受けることなく人を殺せて、家に帰って来て、家族のままでいられるのにな」

彼はスコッチを飲んでいた。薄めていないウィスキーをすすり、自分の言ったことにかすかに微笑んだ。

「以前の仕事に戻ることはできないのね。それはわかるわ」

「仕事。今の仕事は、あのすべてが起こる以前に僕がしていた仕事とたいして違わないんだよ。ただ、あれは〝以前〟のことだし、今は〝以後〟なんだ」

「ほとんどの人生というのは意味を成さないわ。それは私にもわかっている。この国ではってことだけど、意味を成すものってあるかしら? ここに座って、一カ月ほど出かけましょうなんて言う気にはなれないわ。そんなことを言う人間になりたくない。だって、それは別の世界だから。意味を成す世界。でも、聞いてほしいの。あなたは私よりも強かったわ。あなたが助けてくれたから、ここまでたどり着けた。じゃなかったら、何が起きたかわからないわ」

「〝強さ〟についてなんて話せないよ。〝強さ〟って何？」

「それは私が見て、感じたこと。あなたはタワーにいたけど、私は取り乱していただけ。今は――ったくもう、わからないわ」

しばらく沈黙が続いてから、彼は「僕にもわからないよ」と言い、二人は笑った。

「以前はよく、眠っているあなたを見ていたの。奇妙な話に聞こえるでしょうね。でも、奇妙じゃない。ただ、あなたがありのままでいて、生きていて、私たちのもとに戻ったというだけ。あなたを見ていたの。以前はまったく知らなかったあなたを知っているように感じていたわ。私たちは家族だった。そういうことだったのよ。そのおかげでここまで来られたの」

「あのね、信じてほしいんだ」

「いいわ」

「僕は何ひとつ永続的なことをするつもりはない」と彼は言った。「しばらく家を出て、帰って来る。蒸発しようとはしていない。思い切ったことをするつもりもない。今はここにいて、また戻って来る。戻って来てほしいんだろ？」

「そうよ」

「家を出て、帰って来る。すごく単純さ」

「お金が入るわ」と彼女は言った。「売却がほぼ完了するの」

「お金が入る」

「そうよ」

彼は、彼女が母のアパートを売却するに当たって、その取引をまとめる手助けをした。契約書を読み、修正を加え、電子メールで指示を送った。ポーカーのトーナメントが行われているインディアン居留地のカジノから。

「お金が入る」と彼はもう一度言った。「子供の教育費だな。大学卒業までとすると、十一年か十二年、ものすごい金額だ。でも、きみが言っているのはそういうことじゃない。僕がポーカーですさまじい額を負けても、何とかやっていけるって言いたいんだ。でも、そういうことは起こらないよ」

「あなたがそう信じてるんだったら、私も信じるわ」

「これまでにそういうことはなかったし、これからもない」と彼は言った。

「パリはどうなの？　そういうことはある？」

「あれはアトランティック・シティになったんだ。ちょうど一カ月後だよ」

「ポーカーという監獄の看守は、妻の訪問についてどう思うかしらね？」

「行きたくないんだね」

「そうね。あなたの言うとおり」と彼女は言った。「だって、考えるだけならいいんだけど、実際に見ると気が滅入りそう。人々がテーブルを囲んで、カードをシャッフルして。毎週毎週。飛行機に乗って、ポーカーをしに行くってこと。そのバカらしさ、精神病的な愚かしさに加えて、どこかすごく悲しいところがない？」

「きみが言ったことじゃないか。ほとんどの人生は意味を成さないって」

「でも、それって気が滅入らない？　それで気分が萎えていくんじゃないかしら？　あなたの心を蝕んでいくのよ。というのも、昨晩、テレビで見ていたんだけどね。降霊術の会みたい。チクタクチクタク。これを数カ月続けたあと、どうなるの？　あるいは数年続けたあと。あなたは誰になるの？」

彼は彼女を見つめ、同意したかのように頷いた。そして、そのまま頷き続け、その動作は別の次元に達した。ある種の深い眠り、睡眠発作《ナルコレプシー》、目は開けたまま、心はシャットダウンして。

決定的なことがあった。あまりにも自明で、言うまでもないこと。彼女はこの世界での安全を望んだが、彼は望んでいなかったのだ。

# 13

数カ月前、彼女は陪審員の候補に選ばれたという召喚状を受け取り、他の五百人もの候補者たちと合衆国地方裁判所に出頭した。彼らが審理することになっている裁判とは、テロリズムを支援した廉で告訴されている弁護士に関わるものだった。そのとき彼女は、四十五ページもの質問票を、真実と部分的真実と心からの虚偽で埋めた。

そのしばらく前から、彼女はテロリズムとそれに関連するテーマの本を数冊編集するように依頼されていた。すべてが関連しているような気がした。そうした本をどうしてこんなにやりたいと思うのか、彼女は自分でもよくわからなかった。彼女自身、眠れない夜を数週間、数カ月も過ごしていたし、砂漠の秘教信者たちの歌が通路には響いているというのに。

裁判は進行中だったが、彼女はそれを新聞で追うこともしていなかった。彼女は第百二十一番目の陪審候補だった。提出した質問票を理由に、陪審員の役目から免除されたのだ。こうした結果になったのは真実を答えた項目のせいなのか、嘘を答えた項目のせいなのか、彼女にはわからなかった。

彼女にわかっていたのは、その弁護士――アメリカ人女性だが――が急進的イスラム教聖職者と関わっていたということだった。その聖職者は、テロ行為のために終身刑の判決を受け、服役中だった。目の不自由な男であることも、彼女は知っていた。それは誰もが知っていることだ。彼は「盲目のシーク」と呼ばれていたのである。しかし、その弁護士がどのような容疑で告訴されているのかは、彼女は知らなかった。新聞記事を読んでいなかったからだ。

　彼女は初期の極地探検に関する本と、後期ルネッサンス美術に関する本を編集していた。そして、百から七ずつ引いていく計算をした。

自らの手で死す《ダイド・バイ・ヒズ・オウン・ハンド》。

　十九年間、父が自らの銃で自殺して以来、彼女はずっとこの言葉を自分に語りかけてきた――定期的に、父を追悼して。古めかしい響きをもつ美しい言葉。中期英語か古ノルド語のようだ。彼女はこうした言葉が古くて傾いた墓石に刻まれているさまを想像した。ニューイングランドのどこかにある、うらぶれた教会墓地の墓石。

　祖父母というのは聖なる役割を担っている。彼らは最も深遠な記憶の持ち主なのだ。しかし、彼らはもうほとんど死んでしまっている。ジャスティンに残っているのはキースの父親のみ。彼は旅をするのが嫌いで、記憶は自分の日々の固定した回路に納まっており、それは子供の手の届かない領域にある。子供はこれから成長し、自身の記憶の深い影の中に入っていく。母であり娘である彼女自身、その成長の中間地点にいる。わかっているのは、少なくともひとつの記憶だけは絶対に安全だということ。自分が誰であり、どのように生きているかをしっかりと意識したその日のこと。

彼女の父は教会墓地に埋葬されたわけではない。風の強い教会墓地の、葉の落ちた木の下に眠っているのではない。ジャックの遺骨はボストン郊外の霊廟ビルの地下納骨堂にある。遺骨が床から天井までぎっしり並べられている地下納骨堂。その大理石の壁の高いところに、ほかの数百人とともに収められている。

彼女はある晩遅く、その死亡記事に出くわした。六日前の新聞を読んでいるときだった。人は毎日死んでいるよ、とキースはかつて言った。そんなのニュースにならない、と。彼はラスベガスに戻っており、彼女はベッドに入っていた。新聞をめくり、死亡記事を読んでいた。その記事の衝撃は、最初のうちは伝わってこなかった。死んだ男の名前はデイヴィッド・ジャニアック、三十九歳。彼の生と死についての解説は短いもので、おざなりといってもよかった。おそらく締め切りに間に合わせるために急いで書いたのだろう、と彼女は考えた。ということは、翌日の新聞に詳しい記事が出たに違いない。この新聞には写真もなかった。男の写真もなければ、彼の悪名をしばらく轟かせたパフォーマンスの写真もない。パフォーマンスのことは次の一文にまとめられていた——「ジャニアックは〝落ちる男〟として知られているパフォーマンス・アーティストであった」

彼女は新聞を床に落とし、灯りを消した。ベッドに横になり、枕を二つ重ねて、そこに頭を載せた。車の盗難警報器が路上で響き始めた。彼女は近い方の枕に手を伸ばし、それを新聞の上に落として、残った枕に頭を沈めた。規則正しく呼吸し、目は開けたままにしていた。しばらくしてから彼女は目を閉じた。眠りはどこか外に存在しているようだった――地平線の向こうに。

彼女は盗難警報器が鳴り止むのを待った。そして鳴り止んでから、灯りをつけ、ベッドから降りて、リビングルームに向かった。古新聞が枝編みの籠に積んである。彼女は五日前の新聞を探した――翌日の新聞だ。しかし見つけられなかった――新聞のすべてであれ一部分であれ、読んだものであれ読んでいないものであれ。彼女は籠の脇にある椅子に座り、何かが起きるのを待った。あるいは、何かが終わるのを待った――騒音、うなるような単調な音、電気器具の音。それから隣の部屋のコンピュータに向かった。

検索はすぐに終わった。デイヴィッド・ジャニアック。写真入りで記事が出ている。

セントラルパーク西のアパートのバルコニーからぶら下がる。

ブルックリンのウィリアムズバーグ地区にあるロフト式建物の屋上から宙吊りになる。

カーネギーホールでのコンサートの最中、舞台天井からぶら下がる。弦楽奏者たちはちりぢりばらばらに逃げる。

クイーンズボロ橋からイーストリヴァーの上にぶら下がる。

パトカーの後部座席に座る。

テラスの手すりに立つ。

ブロンクスの教会の鐘楼からぶら下がる。

三十九歳で死去、自然死と見られている。

彼は何度か逮捕されている。不法侵入、無謀な行為による過失致死未遂、治安紊乱行為。クイーンズの酒場の外で、男たちの集団から暴行を受けたこともあった。

彼女はクリックして、ニュースクールでのパネルディスカッションの記録に進んだ。「〝落ちる男〟は心無い露出狂か、テロの時代の新しい勇敢な記録者か」

彼女は何人かの発言を読んでから、それをやめた。さらにクリックして、ロシア語や、その他のスラブ言語のページに進んだ。彼女はしばらくのあいだキーボードをじっと見つめていた。

安全ベルトを装着しようとしているところを撮影された。仲間が彼をカメラから隠そうとしている。

顔が血まみれになっている姿をホテルのロビーで撮影された。

チャイナタウンのアパートの欄干からぶら下がっている。

落ちるときは常に頭を下にしており、場所や時間が予告されたことはなかった。パフォーマンスの計画には、カメラマンによる撮影は含まれていなかったのだ。こうした写真が残されたのは、たまたまその場にいた人々によって撮影されたか、通行人からの連絡を受けたプロのカメラマンが駆けつけたためである。

彼はマサチューセッツ州ケンブリッジの上級演劇訓練学校で演技と演出法を学んだ。彼の訓練の中には、モスクワの芸術演劇学校での三カ月の実習も含まれていた。

三十九歳で死去。その死に犯罪行為の形跡はない。彼は心臓疾患と高血圧を患っていた。

彼は滑車、太綱、あるいはワイヤなどを使わずに仕事をした。使うのは安全ベルトだけだった。長い落下の衝撃を吸収するための弾性ゴムロープも使わない。ドレスシャツと紺の背広の下に革紐をつけ、一本のベルトがズボンの裾から出るようにして、それが落下の始点の安全な場所とつながっているだけ。

ほとんどの告訴は却下された。罰金と警告が与えられた。

彼女はまた別の外国語のホームページに出くわした。鋭アクセントや曲折アクセントに飾られた単語がどっと目に飛び込んでくる。ほかにも彼女が名前を思いつきもしない、さまざまな飾りが文字についていた。

彼女はスクリーンを食い入るように見つめながら、外から音が聞こえてくるのを待っていた。車のブレーキ、盗難警報器などが鳴ったら、この部屋を出て、寝室に戻ろうと思っていた。

彼の兄であるローマン・ジャニアックは、ソフトウェアのエンジニアだが、彼のパフォーマンスのほとんどを手伝っていた。普段は見つからないように注意していたが、どうしようもないときだけ傍観者に目撃されている。ローマンによれば、最後のパフォーマンスは安全ベルトなしでやる予定だったという。

それってタロットカードの札の名前みたい、と彼女は思った。〝落ちる男《フォーリングマン》〟。名前がゴチックで書かれ、身をよじるようにして嵐の夜空を落ちていく人間の姿が描かれている。

落下している最中の彼の姿勢については議論が湧き起こっていた。彼が宙吊りになっているときに維持している体勢のことである。これはある特定の男の姿勢を意図しているのだろうか？

ワールドトレードセンターの北棟から落下しているところを撮影された男？　頭を下にし、腕はわき腹にくっつけ、片脚を曲げていたあの男だろうか？　ぼんやりと浮かぶタワーの柱のパネルを背景に、永遠に自由落下の状態に置かれている男？

自由落下とは、物が大気中を落ちていく際、パラシュートのような抗力を加える道具をまったく使わない落下。地球の重力場のみに引っ張られている肉体の理想的な落下運動である。

彼女はそれ以上読まなかったが、この記事が触れている写真のことはすぐにわかった。テロ事件の翌日、新聞でその写真を最初に見たとき、ものすごい衝撃を受けたのだ。男がまっ逆さまになっており、その後ろに二棟のタワーが見える。タワーが写真の背景を埋め尽くしている。男が落ちていき、隣接する二棟のタワーがその背後にある。空に向かって昇っていくビルの側面、垂直の柱のストライプ。男のシャツには血がついていた、と彼女は思った。あるいは焼け焦げの跡が。そして、その背後に柱があるという、その構成の妙。近い方のタワー（これは北棟）は黒っぽいストライプ、もうひとつは明るいストライプ。そしてビルの並び方と巨大さ、男がほとんど正確に暗いストライプと明るいストライプの列のあいだにいるということ。まっ逆さま、自由落下、と彼女は思った。この写真は彼女の心に焼け焦げの穴を作ってしまった。神様、彼は落ちていく天使で、その美しさは身の毛もよだつほどです。

クリックすると、その写真が出て来た。彼女は目を逸らし、キーボードを見つめた。これは肉体の理想的な落下運動。

予備的な調査では自然死とされた。続いて検死解剖と毒物の検査が行われている。背骨の異常のために、慢性的な鬱状態にあったという。

この写真がパフォーマンスに取り入れられていたとしても、彼はそれについて何も言わなかった——逮捕されたとき、それについて質問した記者がいたのだが。近親者をテロ事件で失ったのですかと訊かれたときも、彼は何も答えなかった。マスコミに対しては、どんなことに関してもノーコメントを通した。

トライベッカの屋上庭園の手すりからぶら下がった。

FDR高速道路を渡る歩道橋から宙吊りになった。

市長が〝落ちる男〟を愚かしいと批判。

彼はグッゲンハイム美術館の最上階から落ちないかという誘いを受けたが、断った。これは、三週間決まった間隔でパフォーマンスをするという話だった。彼はジャパンソサエティ、ニューヨーク市立図書館、ヨーロッパの文化団体などで話すという誘いも断った。

簡素な器具しか使わないため、彼の落下は痛々しいし、かなり危険であると言われていた。

彼の遺体は兄のソフトウェア・エンジニア、ローマン・ジャニアックによって発見された。サギノー郡の検死官の報告によれば、これは明らかに冠状動脈が原因であるが、検査はこれから行われるということだった。

演技を学んでいく過程で、彼はケンブリッジとモスクワで週六日間の授業を受けたこともあった。卒業する俳優はニューヨークで披露の舞台に立つことになっており、配役担当や美術担当のディレクター、エージェントなどの前で演技した。デイヴィッド・ジャニアックはブレヒトの小人のように、他の俳優を攻撃した。即興ということになっている場面で、彼は相手の男の舌を嚙み切ろうとしたのだ。

彼女はさらにクリックした。この男を、彼女自身が目撃した瞬間とつなげようとした。高架鉄道の下で彼を見ていたときのこと。およそ三年前、電車が通り過ぎるときにメンテナンス用のプラットフォームから落ちようとしている男を見つめていた。そのパフォーマンスの写真はなかった。彼女自身が写真なのだ――感光性の用紙なのだ。落ちていく名前のない肉体を彼女が記録し、吸収することになっていたのだ。

二〇〇三年の前半、彼はパフォーマンスの回数を減らし始め、ニューヨークの郊外にのみ現われるようになった。それからパフォーマンスは終わった。

彼はパフォーマンスのひとつで腰をひどく痛め、入院したのだ。警察は病院で彼を逮捕。その罪状は車の通行妨害、そして公共の場において危険な、あるいは不快な状況を作り出したということだった。

最後のパフォーマンスの日程ははっきりしていなかったが、兄のローマン・ジャニアック(四十四歳)によれば、二人は安全ベルトなしでやる計画を立てていた。ローマンは遺体を確認した直後、記者にそう語ったという。

演劇学校の生徒たちは自分たちの動きのボキャブラリーと、それを持続させるためのプログラムを作り出し、俳優生活のあいだ維持していくことになる。学習には次のようなものが含まれる――精神物理学的な実践練習、メイエルホリドの生体力学、グロトフスキのトレーニング、ヴァフタンゴフの柔軟性のトレーニング、個人でのまたはパートナーとの曲芸、古典的・歴史的なダンス、スタイルとジャンルの探求、ダルクローズのリトミック、衝動的な動きの練習、スローモーション、フェンシング、舞台での戦いの練習（武装した場合としない場合と）。

デイヴィッド・ジャニアックがどうしてあのモーテルに滞在していたのかはまだわかっていない。それはワールドトレードセンターの敷地から八百キロも離れた小さな町の、郊外にあるモーテルだった。

彼女はキーボードを見つめた。その男は彼女の理解をすり抜けていった。彼女にわかったのは、あの日、あの校庭の近くで見て、感じたことだけ。ひとりの少年がバスケットボールをドリブルし、教師が紐でホイッスルをぶら下げていた。自分はあの人々のことがわかっている、彼女はそう信じることができた。それから、あの午後に自分が見て、声を聞いたすべての人々を。しかし、彼女の頭上に立っていたあの男だけはわからなかった――頭上にくっきりと浮かび上がった、あの男。

彼女はようやく眠りについた。ベッドの夫の側に横になっていた。

# 14

めったにないことだったが、自分の手が来る合い間に、彼は周囲の音にじっと耳を傾けることがあった。そしていつも驚かされるのだ、常にそこにある音を聞き取るのにわざわざ努力しなければいけないことを知って。チップがあった。周囲の騒音と飛び交う声の背後に、チップを投げたり、かき集めたりする音が響いた。四十か五十のテーブルに座る人々がチップを積み上げ、指で触り、数え、チップの山のバランスを取っている――縁の滑らかな陶製のチップ――こすり、滑らせ、カチカチと音を立てる。昼も夜も、遠くからシューシューという音が聞こえてくる――昆虫の立てる摩擦音のようだ。

彼は自分の体にぴったり合せて作られたものに納まっている感じだった。こういう部屋にいるとき以上に、ありのままの自分でいられると感じることはない。ディーラーが十七番テーブルに空きありなどと叫んでいるような部屋。彼は10が二枚ある手札〝ポケットテン〟を眺め、自分の番を待った。こういうときは、これ以外には何もないと感じられる。当たり前のカードのやり取りに、歴史や記憶の断片をふと見てしまうようなことはない。

彼は広い通路を歩いていた。ダイスのテーブルの世話人《スティックマン》が呟く声が聞こえてくる。スポーツのコーナーからはときどき叫び声が聞こえる。ときにはホテルの客たちがスーツケースを転がしながら通り過ぎる。アフリカのスワジランドで迷子になったかのようだ。彼はディーラーたちが暇そうなときに話しかけた。ブラックジャックの空っぽのテーブルにいるディーラーはいつも女で、無垢な感情のゾーンで待機しているかのように見える。彼もしばらくプレーすることがあった——座って、おしゃべりし、女性本人には興味をもたないようにする。ただ会話だけ、外の生活の断片、車のトラブルや娘のナディアの乗馬レッスンの話題のみ。彼はある意味で彼らのひとりなのだ——カジノのスタッフのひとり。勝負が再開される前に、忘れてもいいような打ち解けた時間を過ごす。

夜が終わる頃にはすべてが単調になる——勝とうが負けようが——しかし、それもプロセスの一部だ。ターンカード、リヴァーカード、瞬きする女。昼は消えていき、夜が長く続く。チェックとレイズ、目覚めと眠り。瞬きする女はある日いなくなり、二度と現われなかった。彼女はかび臭い空気のようなもので、彼にはほかの場所にいる彼女など考えられなかった——バスの停留所やショッピングモールにいる彼女など。そして、想像してみる意味もなかった。

彼は自分が自動制御機械になりつつあるように感じた。二百種の声による指示を理解できる人間型ロボット。遠くまで見え、触感もあるが、完璧に——堅苦しいほど——制御可能。

彼はテーブルの向かい側の男がエースの札と中間の数の札をもっていると予測する。男はミラー加工のサングラスをしている。

あるいは、赤外線センサーとストップボタンのついたロボット犬。七十五種の声の指示を理解できる。

降りる前に賭け金を上げる。早めに思い切った勝負に出る。

彼の泊まっているホテルにはフィットネスクラブがなかった。彼は近くにジムを見つけ、時間があるときに運動した。ローイングマシンを使う者はいなかった。彼はこの機械をかなり嫌っており、腹立たしささえ感じたが、その運動の強烈さも感じていた――引っ張り、力を振り絞らなければならないこと。スティールとケーブルでできた拷問具の滑らかな表面に体を据えること。

彼は車を借り、砂漠をドライヴした。暗くなってから出発し、丘を登って平らなところに出る。自分が何を見ているのか、すぐには理解できなかった。前方数マイルにわたって、夜の闇に都市が浮かんでいる。熱を帯びた光の広がりはあまりに唐突かつ不可解で、すべてが妄想のように思われる。どうしてだろう、と彼は思った。どうして自分は、こうしたものの真ん中にいるというふうに考えたことがなかったのだろう。ここに暮らしているようなものなのに。部屋で暮らしているからというのが、その理由だろう。彼はあちこちの部屋で暮らし、仕事をした。周縁だけを動いていた、部屋から部屋へと。タクシーを捕まえ、ホテルのあるダウンタウンの通りから出かけては戻って来た。床のモザイク模様やヒーター付きタオルラックなどのないホテル。そして今、砂漠の震えるネオンサインの帯を見ながら、彼はようやく悟ったのだ。自分が何と奇妙な人生を生きているのか。しかし、そう感じるのもここから見たときだけ、それから離れているときだけだった。その中に入っているとき、近くに迫り、目をしっかりとテーブルの周囲に向けているときは、普通でないと感じられるものなど何もない。

彼はテリー・チェンを避けていた。彼と話したくなかった。あるいは、彼の話を聞いたり、タバコが彼の指先まで燃えるのを見たりはしたくなかった。

幸運のジャックは出なかった。

彼は自分の周囲の会話に耳を傾けなかった。プレーヤー同士の行きずりの会話。新しいデッキがテーブルに置かれた。彼はときとして疲労困憊するときがあった。ほとんど野生化した状態となり、カードが配られる前のテーブルに目を走らせる。

彼はかつてフローレンス・ギヴンズのことを毎日考えた。今でも考えていた、ほとんど毎日。今日もタクシーの中で、広告掲示板を見ながら。電話をすることはなかった。もう一度公園を突っ切って、彼女に会いに行こうとも考えなかった——ちょっと話をし、元気でやっているかどうかを確かめる程度でも。彼はそのことを遠くの風景を眺めるように考えていた。子供の頃に住んでいた家に行ってみようかと考えるような感じ。家の裏の道や高台の草原を歩いてみようか、と。決してやらないとわかっている類いのことだ。

結局重要なのは自分が誰であるかということなのだ。運でも、露骨な技術でもない。それは心の強さ、精神的な鋭さ、しかしそれだけでもない。そこには何か名状し難いものがあった。欲求あるいは願望が限られていること、あるいは男の性格がいかにその視線を決定づけるかということ。こうしたものが男を勝利に導く。とはいっても、大勝利というわけではない。完全に他人と入れ替わってしまうような、大規模な勝利ではない。

小人が戻っている、カーロだ。彼はそれを見て嬉しくなる。この男がテーブル二つ離れたところに座ったのを見て。しかし、彼は部屋を見回して、テリー・チェンを探そうとはしない。皮肉っぽい微笑を彼と交わしたいとは思わない。

腕を上げて、かっこつけた欠伸をする男たち。死角をじっと見つめる男たち。

テリーはサンタフェかシドニーかダラスにいるのだろう。部屋で死んでいるのかもしれない。テリーは細長い部屋の奥の壁にある器具が何か気づくのに二週間かかった。「薄地」と「厚地」と書いてある器具で、部屋の逆側にあるカーテンを操作するのに使われる。内側の薄地のカーテンを開けるか、外側の厚地のカーテンを開けるか。テリーは一度カーテンを手で開けようとして、それから気づいた。開けていようと閉めていようとどうでもいい。外の世界に彼が知りたいと思うものは何もない。

彼は公園を突っ切って行ったことについて、リアンに何も言わなかった。フローレンスとの経験は短期間のもので、十五日ほどのあいだの四、五回にすぎなかった。それだけだなんてあり得るだろうか？　彼は回数を数えようとした、タクシーが信号で止まっているとき、広告掲示板を見つめながら。すべてがごっちゃになっている、残っているのは触れて感じたもののかすかな手触りのみ。彼の目の前に、タワーにいる彼女の姿が現われた——階段を歩かされていたときのことを語った、そのままに。そして彼自身の姿もときどき見えたように思った。ほんの一瞬、形にならない姿を。偽りの記憶——あるいは、偽りとさえ言えないほど歪んだ一瞬の記憶。

金はそれほど問題にならなかった。ゲームが問題だった、手の下のフェルトの触り心地、ディーラーが捨てられたカードを表向きにしてパックの底に回し、新たなカードを配る配り方。彼は金のためにプレーしているのではなかった。チップのためにプレーしているのだ。ひとつひとつのチップの価値にはぼんやりした意味しかない。問題なのはチップという円盤そのものであり、その色だ。部屋の向こう端には笑っている男がいた。こうした人々が皆、ある日には死んでいるだろうという事実があった。彼はチップをレーキで集め、積み上げてみたかった。ゲームが問題だった。チップを積み上げ、目で数える。踊るような手と目の動き。彼はこうしたものと一体化していた。

彼は負荷をかなり重くした。力を込めてストロークした――腕と脚だが、おもに脚だった。肩が重荷に負けないように注意し、ストロークのひとつひとつに嫌悪を感じながら。周囲に誰もいないときもあった。おそらくトレッドミルを歩きながらテレビを見ている者がいるくらいだろう。彼はいつもローイングマシンを使った。彼はローイングマシンを漕ぎ、シャワーを浴びた。シャワーは黴臭かった。彼はしばらくしてジムに行くのをやめたが、そのうちまた行き始めた。負荷をさらに上げ、一度だけこんなことを考えた。本当にこんなことをしなくてはならないのだろうか?

彼はマークの違う5と2の札を見つめていた。一瞬、立ち去ろうかとも考えた。この場所を出て、最初の飛行機に乗る――荷物をまとめて去る――窓側の席に座り、シェードを下げて、眠り込む。彼はカードを伏せ、背もたれに寄りかかった。新しいデッキが来たときには、またプレーする気になっていた。

四十のテーブル、一テーブルに九人。他の者たちは手すりのところで待っていた。三方の壁のスクリーンはサッカーや野球を映し出している。完全にBGMと化した映像。

彼はテリー・チェンがぺらぺらしゃべるのを聞きたくなかった。彼の新しい個性だ。青い滝のそばで軽口をたたく、テロ事件から三年を経て。

「薄地」と「厚地」

顔の皮膚がかさかさで、目を伏せている年長の男たち。食堂で彼らを見たら、それとわかるだろうか？ 彼らが隣のテーブルで朝食を食べていたとしたら？ 動作を控え、言葉はさらに控えて、長い人生を過ごしてきた男たち。相手に賭け金を合わせ、その賭け金が上がるのを見届ける。こういう顔を毎日二、三人ずつ見かける。ほとんど注意を惹かない男たち。しかし、彼らはポーカーというゲームに歴史的な位置づけを与えた。ポーカーフェースとかデッドマンズハンド（エースと8のツーペアの手）といった伝説、自尊心のかすかな息遣い。

滝はいま青だった。あるいは、いつでもそうなのだろう。あるいは、これは別の滝なのかもしれないし、別のホテルなのかもしれない。

周囲の者たちに耳を傾けさせるためには、自分自身の堅固な習慣から脱却する必要がある。そういうことだ。チップをカチンと鳴らし、投げ、広げる。プレーヤーたちもディーラーたちも、集め、積み上げる。このゲームにあまりに馴染んでいる、軽く響く音、それは周囲の音の枠外にあるように思われる。それ自体の空気の流れをもち、きみ以外の誰にも聞こえない。

テリーがいる。横の通路をうつむき加減に歩いて来る。午前三時。彼らはほとんど視線を交わすこともない。テリー・チェンが言う。「夜が明ける前に墓場に戻らないと」

どこやらからやって来た、黒い革の帽子をかぶった女。バンコクかシンガポールかロサンゼルスから。彼女は帽子を少し傾けてかぶっている。彼にはわかっている。コールとかフォールドといった声の安定した震動音によってみんな中和されてしまい、テーブル越しにはほとんど何も起きなくなっている――大衆芸術にありがちなセックスのファンタジーなど、ここでは起こりえない。

ある晩、彼は部屋でひとり座り、以前のリハビリをやってみた。手首を床に向けて曲げる、手首を天井に向けて曲げる。ルームサービスは深夜十二時で終わってしまった。深夜テレビはソフトコアの映画を放送している。裸の女とペニスのない男が映っている。彼は自分を見失ったわけではないし、退屈したわけでも気がふれたわけでもなかった。木曜日のトーナメントは三時に始まり、登録は正午。金曜のトーナメントは正午に始まり、登録は九時だ。

彼は呼吸している空気自体になりつつあった。彼の体形に合わせて作られたような騒音や話し声の流れの中を動く。親指でカードの角を持ち上げてエースとクイーンを覗く。通路沿いに並んだルーレットがカチカチ鳴っている。彼はスポーツのコーナーに座っていたが、点数や賭け率、ハンディキャップポイントなどは気にしていなかった。飲み物を運んでいるミニスカートの女たちを見ていた。ラスベガス歓楽街では死にそうな暑さが続いている。彼は八回か九回連続でゲームを降りた。スポーツウェアの店に行き、子供に何を買おうかと考えていた。トーナメントのスケジュール以外には日づけも時間もなかった。現実的な視点から見れば、彼はこうした生活を正当化できるほど儲けてはいなかった。しかし、そんな必要もなかった。本当は必要であるべきなのだが、それは重要ではなかった。重要なのは、他のすべてが無効になるということ。ほかのことは何ひとつ関係ない。ただ、これだけが拘束力をもっていた。彼はもう六回ゲームを降り、それからオールインをした。やつらに血を見せてやる。やつらに負け犬の血をさんざん流させてやる。

これは「あれ以後」の日々だった。今では数年になる。高まってくる千もの夢、閉じ込められた男、四肢が動かせなくなる夢、麻痺の夢、喘いでいる男、窒息する夢、もう助からないと絶望する夢。

新しいデッキがテーブルに置かれた。

幸運の女神は勇者に味方する。この古い諺のラテン語のオリジナルを彼は知らなかった。これは恥ずかしいことだ。いつでも彼はそういうところが足りないのだ。意外なところで教養を見せる粋なところが。

彼女はまだ少女だった。いつでも「娘」なのだ。父はタンカレーのマティーニを飲み、彼女にレモンを搾らせた、おかしなほど詳しい指示を与えて。人間存在、これがその晩の父のテーマだった。ナンタケット島にある誰かのくたびれた別荘のテラス。大人が五人いて、隅っこに少女がひとり。人間存在は我々のじめじめした体液よりも深い源を有するはずだ。「じめじめ《ダンク》」であれ、「腐った《ランク》」であれ。その背後に力があるはずなのだ。過去にも現在にも存在し、これからも存在し続ける主体が。彼女はその音の響きが好きだった、詩句を謳い上げているかのような響き。そして今、そのことをひとりで考えてみた。コーヒーを飲み、トーストを食べながら。そしてほかのことも。過去《ワズ》や現在《イズ》といった言葉自体の中でかすかに鳴り響いている存在、夕暮れ時にいつも寒風が止んでいたこと。

コーランを読む人がたくさんいた。彼女は三人知っていた。そのうち二人と話したことがあり、もうひとりは単に知っていた。彼らはコーランの英語版を買い、真剣に何かを学ぼうとしていた。イスラムの問題についてより深く考えるための手立てを得ようとしていたのだ。彼らがその努力を続けているかどうかは、彼女にもわからなかった。同じことをしている自分を想像してみた。決心して始めたものの、空虚な身振りに終わってしまうこと。しかし、おそらく彼らは続けているのだろう。たぶん真面目な人たちだから。彼女はそのうち二人を知っていたが、親しいわけでもなかった。ひとりは医者で、診察室でコーランの冒頭を暗誦してみせた。

これこそは、疑念の余地なき天啓の書。

彼女は物事を疑った。自分なりの疑念がいろいろとあった。ある日、アップタウンまで長い散歩をした。イースト・ハーレムへ。あのグループを懐かしく思い出していた——笑いや口論を。しかし、ずっとわかっていた。これは単なる散歩ではない。過去の時間や場所の問題ではない。メンバーたちがペンを取り、書き始めるとき、部屋を覆う断固とした静寂。それを彼女は思い出していた。周囲の騒音などまったく耳に入らなくなる。廊下の奥にいるラップシンガーたち——学校に上がる歳にもなっていない子供たち——が歌詞をあれこれと考えている音、階上でドリルやハンマーを使っている労働者たちの音など。彼女はここに何かを探しに来たのだ。コミュニティ・センターの近くの教会。カトリックだったと思う。ローゼレン・Sがかつて通っていた教会かもしれない。はっきりとはわからなかったが、そうかもしれないと思った。きっとそうだ、そうに違いない。彼女はメンバーたちの顔を懐かしく思った。あなたの顔はあなたの人生を表わしているのよ、と母は言った。彼女はメンバーたちの率直な声を懐かしく思った。だんだんと歪み、弱々しくなっていった声。囁き声に変わってしまった人生。

彼女の肉体的形態は普通だった。この言葉が好きだった。しかし、形や構造の内部には何があるのだろう？　この精神と魂は——彼女のも、すべての人のも——何か手の届かないものを夢見続けている。それは、何かがそこにあるということを意味するのだろうか？　物質とエネルギーの限界域に、何らかの形で本質に関わるような力が？　精神から発する人生の振動——存在の領域を広げる、小さな鳩の瞬きのような精神の動き——論理と直感を超えるもの。

彼女は信仰をもちたくなかった。現在の地政学的な討論においては異端者なのだ。彼女は父のことを思い出した。一日中太陽の下に出ていると、ジャックの顔が熱を発し、輝くほどになること。電流でバチバチいっているかのようだった。周囲を見回してみるといい。外には大洋があり、空があり、夜がある。そして彼女はこのことを考えてみた——コーヒーでトーストを食べながら——父がいかに本気で信じていたかということ。神が時間と空間に純粋な存在を吹き込み、星々が光を発するようにしたと信じていたのだ。ジャックは建築家であり、芸術家であった。悲しい男だった——と彼女は思う——人生の大半は。それは何か形のない、巨大なものに憧れる悲しさ。

つまらない不幸を解消してくれるような慰め。

しかし、こんなのくだらないではないか。夜空と、神によって息を吹き込まれた星という考え。星は自ら光を発するのだ。太陽も星だ。彼女は一昨日の夜、ジャスティンが宿題を歌っていたのを思い出した。これはどういう意味かというと、彼はひとりで部屋にいて、退屈していて、足し算や引き算、歴代大統領や副大統領の単調な歌を作っていたのだ。

コーランを読む者もいたが、彼女は教会に通った。平日にタクシーに乗って、アップタウンに行く。週に二、三回。そしてほとんど人のいない教会に座る。ローゼレン・Sの教会。他の者たちが立ち上がったり、ひざまずいたりすると、彼女もその通りにした。そして司祭がミサを執り行い、パンとワイン、肉体と血を祝福するのを見ていた。彼女はそれを信じてはいなかった、その実体変化を。しかし、何かしら信じていたし、それに乗っ取られるのを半ば恐れていた。

彼女は川沿いを走った、陽が昇り始める頃、子供が起きる前に。フルマラソンを目指して練習しようかとも考えた。今年ではないが、次の年のために。マラソンの苦痛と過酷さ、精神的なトレーニングとして長距離を走ること。

彼女はキースが部屋でコールガールと一緒にいるさまを想像した。自動販売機的なセックス。

ミサのあと、彼女はタクシーを捕まえようとした。このあたりにタクシーはあまり来ないし、バスは永遠に時間がかかる。それでも、彼女はまだ地下鉄に乗る気になれなかった。

これこそは、疑念の余地なき天啓の書。

彼女は疑念に囚われたが、それでも教会で座っているのは好きだった。早めに、ミサが始まる前に行き、しばらくはひとりきりで静寂を感じる。目覚めつつある精神の絶え間ない繰り返し《リフ》の外側に存在している静寂を。彼女が感じているのは神のようなものではなく、単に他者がいるという感覚だった。他者が我々を結束させる。教会は我々を結束させる。彼女はここで何を感じたのだろう？　死者を感じたのだ。彼女の知っている死者や、知らない他の死者たち。これが教会でいつも感じること。膨れ上がったように巨大なヨーロッパのカテドラルでも、このように小さな貧しい教区の教会でも。彼女は壁に死者を感じた、何十年も、何百年も前の死者たち。ここには人を拒むような冷たさはない。あるのは安心感だった、彼らの存在を感じることは――彼女が愛してきた死者たち、それから千もの教会に埋められている顔のない他の死者たち。彼らは親近感と安らぎをもたらした。地下の聖堂や納骨所に眠っている、あるいは教会の墓地に埋葬されている遺骸。彼女は座って待ち続けた。そのうち誰かが入って来て、彼女を通り越し、一般会衆席に向かう。彼女はいつでも一番だった。いつでも後部に座り、蠟燭や香から死者を吸い込んでいた。

　彼女はキースのことを考え、そうしたらキースから電話が来た。彼は一、二週間のうちに、数日間家に帰れそうだといった。彼女はオーケー、いいわよと言った。

　髪に白いものが混じってきていることに彼女は気づいた。それを染めようとは思わなかった。神よ、と彼女は思った。この言葉を言うことにどういう意味があるのだろう？　神とともに生まれたということか？　この言葉を一度も聞くことなく、儀式を見ることがなくても、自分の中に息づく存在を感じるのだろうか？　脳波の中に、あるいは鼓動する心臓の中に？

彼女の母は、最後には白髪をたてがみのように生やしていた。体がゆっくりと壊れていき、発作に繰り返し襲われ、目は充血していた。母は霊魂として生きる状態に近づいていたのだ。もはや霊魂としての存在になり、言葉として認められる音をほとんど発しなくなっていた。ベッドの上で萎んでいき、長いストレートの髪が母の残骸とも言えるものを取り囲んでいた。太陽に当たると真っ白に輝き、この世のものとは思われないほど美しかった。

彼女は誰もいない教会に座り、いつもの妊婦が現われるのを待った。あるいは、いつでも彼女に頷きかける老人が現われるのを。女がひとり現われ、それから次の女が現われる。あるいは、女がひとり現われ、それから男が現われる。パターンができあがっていた。この三人がまず現われる。だいたいはそういうパターンで、さらに他の人々が入って来て、ミサが始まる。

しかし、あなたを神に至らせるのは世界自体ではないのか？　美、悲しみ、恐怖、何もない砂漠、バッハのカンタータ。他者が我々を結束させる。教会が我々を結束させる。教会のステンドグラス、ガラスにもともと含まれている色素、ガラスに融かし込んである金属酸化物、粘土や石で作られた神。それとも、彼女は意味のない言葉を言い続けているだけなのだろうか？　ただ暇をつぶしているだけ？

彼女は、時間があるときは教会から歩いて帰ったが、そうでなければタクシーを捕まえ、運転手と話そうとした。運転手は十二時間の勤務の終了を目前にして、死なずに勤務を終えられればそれでよさそうだった。

彼女はいまだに地下鉄には近づかないようにしていた。そして駅の外のコンクリートの防壁を注視せずにいられなかった。ほかにもターゲットとなりそうな場所がないかと目を凝らした。

彼女は早朝走り、家に戻ると、服を脱いでシャワーを浴びた。神は自分を呑み込んでしまうだろう。消滅させてしまうだろう。自分はあまりにちっぽけで飼い馴らされており、それに抗うことができないのだ。だから、自分はいま抵抗しているのだ。考えてみてほしい。このようなことを――つまり神は存在すると――信じてしまうと、どうやってそれから脱却できるのだろうか？いかにその力に抗して生き永らえられるのか――神が現在も、過去も、未来も存在するという考えに？


彼はテーブルに平行に座り、埃っぽい窓に向き合っていた。左の前腕をテーブルの縁沿いにぴたりとつけ、手は角からだらりと垂らす。日に二度のリハビリを始めて十日目だった。手首を伸ばし、尺骨をひねる。彼は日にちを数え、一日の回数を数えた。

手首には何も問題がなかった。手首は良好だ。それでも彼はホテルの部屋に座って、窓に向き合っていた。手を軽く握って「ゆるやかな拳」を作り、いくつかの動きでは親指を立てるポーズを取る。彼は説明書の言葉を思い出し、小さな声で暗誦しながら、手の動きに取り組んだ。手首を床に向けて曲げる、手首を天井に向けて曲げる。使っていない方の手で運動している手に圧力を与える。

彼は深く集中していた。手の動きのすべてを――それぞれの秒数や、繰り返しの回数まで――覚えていた。手のひらを下に向け、手首を床に向けて曲げる。前腕を横向きに載せ、手首を床に向けて曲げる。手首の屈伸、橈骨のひねり。

毎朝、それから夜戻って来たとき欠かさず。彼は埃っぽい窓に向き合い、説明書からの断片を暗誦する。この姿勢を五秒保つ。十回繰り返す。彼は毎回リハビリのセット全体を行った。手を上げ、前腕をテーブルにぴたりとつけ、手を下げ、前腕を横向きにし、少しだけ速度を緩め、朝と夜、そして次の日もまた同じ繰り返し。それを引き伸ばし、長続きするようにする。秒数を数え、回数を数える。


今日のミサには九人出席していた。彼女は他の出席者たちが立ち上がり、座り、ひざまずくのを見て、その真似をした。しかし、司祭が典礼文からの一節を朗唱したとき、他の者たちと同じように応唱することはできなかった。

彼女は考えた。神の存在の可能性が残り続けていることにより、かえって魂の孤独と疑惑が生み出されるのではないか、と。また、こうも考えた。神は空間と時間の外に存在する物体なのではないか。それは言葉の音による力、つまりは声によって、疑惑を解決してくれるのだ。

神は声なのだ、そして「私はここにいない」と言うのだ。

彼女は自分自身と議論していたのだが、それは議論とも言えなかった。ただ、脳がノイズを作り出しているだけ。

彼女の肉体的形態は普通だった。そうしたら、ある晩遅く、服を脱いでいるとき、洗ったばかりの緑のTシャツを頭から脱ごうとして、何かに気づいた。汗の匂いではない。汗のかすかな痕跡かもしれないが、朝のジョギングから来る饐えたような悪臭ではない。それは単に彼女、徹頭徹尾、肉体から来るものだった。肉体と、それが抱えているすべて。内側も外側も――アイデンティティ、記憶、体温。それは嗅覚で感じたものというよりも、常に知っていたものだった。子供時代がそこに含まれていた、他人になりたいと思っていた少女が。そして、彼女には名づけられない漠然としたものがあった。それはささやかな一瞬であり、すぐに過ぎ去ってしまう。いつでも数秒しか続かず、すぐに忘れられてしまう一瞬。

彼女はひとりになるつもりだった。安定した静けさの中で生きる、彼女と子供で、あの事件が起こる前にそうであったように。銀色の航空機が青空をよぎって行った、あの日以前。

# ハドソン回廊《コリダー》

航空機は完全に彼らの手に落ちた。彼は前部調理室の向かいの補助椅子に座り、見張りをした。ここ、操縦室の前で見張りをしているか、通路をパトロールすることになっていた——カッターを手に持って。彼は混乱していたわけではなかった。ただ腰を下ろし、ひと息ついているだけ。このとき、彼は腕の上部に何か感じた。肌が切られたときの、すくむような一瞬の痛みだった。

彼は仕切り壁に向かって座っていた。背後にはファーストクラス専用のトイレがある。まわりの空気は、彼が撒いた催涙ガスの匂いに満ちていた。それから誰かの血の匂いがした——彼の血だ。長袖シャツの袖口から滴り落ちている。それは彼の血だった。彼は傷口がどこかを探そうとはしなかったが、血がさらに袖口から肩のあたりにかけて染み出しているのに気づいた。痛みは前からあったのだが、今になってようやく感じるようになったのだろう。カッターがどこにあるのかはわからなかった。

ほかのことが予定通り進んでいたら——この計画に関する彼の理解によれば——航空機は「ハ

ドソン回廊《コリダー》」に向かって進んでいるはずだった。これはアミルから何度も聞いた言葉だった。窓から外を見るためには、椅子から立たなければならなかったが、彼はそこまでする必要を感じなかった。

彼は携帯電話をマナーモードにした。

周囲は静まり返っていた。飛行しているという感覚はなかった。彼の耳には騒音が聞こえたが、動きは感じず、騒音はすべてを覆い尽くすような、完璧に自然なものに思われた。エンジンや機械系統のすべてが空気と一体化していた。

世界を忘れろ。世界と呼ばれるもののことなど気にするな。

人生の無駄な時間はすべて今終わる。

これがおまえの長く望んできたことなのだ。兄弟たちとともに死ぬこと。

彼の呼吸は短く激しいものになっていた。目は熱くなった。少し左に目を向けると、ファーストクラスの客室に空席があるのに気づいた。通路側の席だ。彼の正面には仕切り壁がある。しかし、彼には景色が見えた。頭の奥で、想像による景色がはっきりと浮かんでいた。

腕をどのように切られたのか、彼にはわかっていなかった。兄弟のひとりに切られたのだろう、それ以外は考えられない。もみ合っているときに、偶発的に。彼は血についてはは喜んで受け入れたが、痛みに関してはそうはいかなかった。だんだんと耐え難くなってきていた。それから彼は長く忘れていたことを思い出した。シャッタルアラブの戦闘におけるシーア派の少年たちのこと。彼の目に、少年兵たちの姿が浮かんだ。塹壕や砦から現われ、敵陣めがけて泥地を渡って来る。

口を大きく開け、断末魔の叫び声を上げながら。彼はそれを見て、勇気づけられた。波が崩れるように、機関銃によってなぎ倒されていく何百もの少年たち。それはじきに何千もの数になった。自殺部隊の少年たち——首に赤いバンダナを巻き、その下にプラスチックの鍵を入れている。それは、天国のドアを開けるためのものだ。

聖なる言葉を朗誦せよ。

衣服を体にぴったり巻きつけろ。

視線を固定しろ。

魂を両手でしっかりと守れ。

彼はタワーを真っ直ぐに見つめているように思った——実際にはタワーに背を向けていたのだが。航空機がどこを飛んでいるのかもわかっていないのに、後頭部に目があるかのように正面にタワーを見すえた。航空機のスティールやアルミを見通して、細長いシルエットが見えた。その形が、構造が、姿が迫っている、その物体が。

信心深い先祖たちは、戦いの前に衣服を体にぴったり巻きつけた。そのやり方に名をつけたのも彼らだ。これ以上の死に方などあるだろうか?

おまえの罪は、これからの数秒間のうちにすべて許される。

これからの数秒間のうちに、おまえと永遠の生命とのあいだには隔たりがなくなる。

おまえはずっと死を望んできて、それはこれからの数秒間のうちに手に入る。

彼は震え始めた。これは飛行機の震動なのか、それとも自分自身が震えているのか、区別がつかなかった。彼は椅子に座ったまま、痛みに耐えかねて体を揺らし始めた。客室のどこかから音が聞こえた。痛みはひどくなる一方だ。声が聞こえた。興奮した叫び声――客室からなのか操縦室からなのかはわからなかった。調理室のカウンターから何かが落ちた。

彼はシートベルトを締めた。

通路の向こう側にある調理室のカウンターからボトルが落ちた。彼はボトルがあちこちに転がるのを見た――水のボトル、空っぽだ。一方向に弧を描いて転がり、また逆に転がる。そして彼はボトルの回転がどんどん速くなるのに気づいた。ボトルは床を滑るように転がり、その瞬間、航空機がタワーに激突した。熱、燃料、炎、そして爆風がビル全体に伝わり、キース・ニューデッカーは椅子から転げ落ちて、壁にぶつかった。気づくと、壁に向かって歩いていた。壁にぶつかるまで、電話機を落とすことはなかった。足下の床が滑り落ちていくようで、彼はバランスを失い、壁伝いに床まで崩れ落ちた。

彼は椅子がスローモーションで廊下を弾んでいくのを見た。それから天井が裂けていくのを見たように思った。持ち上がり、裂けた。彼は両腕を頭上に挙げ、膝を立てて座り、顔を両膝のあいだに埋めた。地殻変動のような大きな動きを感じた。それから小さな見えない動きも。物体が漂い、滑っていく。そして音が聞こえた――それは何かひとつの音というよりも、単なる音そのもの。諸々の部分や要素の配置が根本的に変化しているということ。

その動きを彼は足下に感じたが、やがてまわり中に感じるようになった。大規模な動き、夢想だにできないようなもの。それはタワーが傾いている動きだった。彼はついにそれを理解した。

タワーが左側に大きく傾き、彼は顔を上げた。両膝のあいだから顔を出し、耳を澄ました。物音ひとつ立てないようにし、いつも通り呼吸を続けながら、音を聞き取ろうとした。オフィスのドアの向こうに、ひざまずいている男がいたように思った。煙と埃の最初の波に呑み込まれているその姿は、顔を上げ、何かに深く集中しているようだった。ジャケットは半分脱げて、片側の肩からぶら下がっている。

やがて彼はタワーの傾きが止まったことに気づいた。この信じられないほどの傾斜度が永遠に続くように感じられたが、彼が座ったまま耳を澄ませていると、しばらくしてタワーはゆっくりと元の位置に戻り始めた。電話機がどこにあるのかわからなかったが、彼の耳に電話機を通した声が聞こえていた。どこかでずっと話し続けているのだ。彼は天井が裂けていくのを見た。何かよく知っている悪臭がそこら中に漂っていたが、それが何の匂いなのかはわからなかった。

タワーがついに垂直に戻ったとき、彼はやっとの思いで床から立ち上がり、ドア口まで歩いて行った。廊下の一番端の天井が軋り、口が開いた。上からの圧力で天井が悲鳴を上げ、ついに裂けたのだ。羽目板や壁板などの物体が上から落ちてきた。空中は漆喰の埃に満ち、廊下には人々の声が飛び交っていた。物事が起きるとともに失われていくのを彼は感じた。物事はやって来ては去っていく。

男はまだそこにいた。正面のオフィスのドア口にひざまずき、何かを必死に考えている男。シャツからは血がにじみ出ている。この男は顧客か顧問弁護士だが、キースは彼のことをあまりよく知らなかった。二人は視線を交わした。それが何を意味するのかはわかりようがない——彼のその視線が。廊下には声をかけ合っている人々がいた。彼は自分のジャケットをドアから取った。ドアの背後に手を伸ばし、フックに引っ掛けてあるジャケットを手にした。自分がなぜそうしているのかよくわからなかったが、それを愚かだとも感じなかった。愚かさを感じることなど忘れていた。

彼はジャケットを身にまといながら廊下を歩いて行った。出口に向かっている人々がいた。彼とは逆方向に向かい、咳をし、他人に手を貸している人々。瓦礫を踏み越えてくる彼らの顔には、張り詰めた切迫感が現われていた。すべての顔に共通の認識が現われていた――地上に達するまでにどれだけの距離があるかということ。彼らは彼に話しかけた、ひとりか二人、そして彼は頷き返し、あるいは何も応えなかった。彼らは話しかけ、彼を見つめた。この男はジャケット着用が求められていると思っているようなやつ、そして逆方向に行くようなやつなのだ。

悪臭は燃料だと、彼は気づいた。上階から染み出してくる匂い。彼は廊下の端にあるラムジーのオフィスにたどり着いた。中に入るには、よじ登らなければならなかった。椅子や散らばった本、倒れたファイリングキャビネットなどを乗り越える。かつて天井があったところに剝き出しの骨組が見えた――トラスだ。ラムジーのコーヒー用のマグは手の中で粉々になっていた。ラムジーはまだマグの破片を持っていた――指をマグの取っ手に入れたまま。

ただ、その姿はラムジーだとは思えなかった。椅子に座り、頭を片方に傾けている。何か大きくて硬いものがぶつかってきたのだろう。天井が落ちてきたときかもしれないし、もっと前、最初にビルが大きく震えたときかもしれない。ラムジーの顔は肩にぴたりとくっついていた。血がいくらか流れていたが、たいした量ではなかった。

キースは彼に語りかけた。

ラムジーの脇に座り、その腕を取って、この男の顔をじっと見つめた——話しかけながら。ラムジーの口の端から何かが滴り落ちた、胆汁のようなもの。胆汁とはどんな色なのだろう？　ラムジーの頭には何かの痕があった。凹んでいる部分、鑿でえぐったような深い傷。そこから剝き出しの筋肉や神経が見えている。

オフィスは小さく、間に合わせのものだった。角に無理に押し込んだような小部屋。その窓からは、朝の空が部分的にしか見えない。彼は死者が近くにいるのを感じた。そのことを、漂う塵芥の中に感じた。

彼は男が呼吸しているのを見ていた。確かに呼吸していた。生まれてからずっと体が麻痺している人のようだった。この状態で生まれてきた人——頭が肩にぴたりとくっつき、昼も夜も椅子に座っている人。

頭上のどこかで火事があった。燃料が燃え、通風管から煙が吹き込んで来る。それから窓の外に煙が見えた。ビルの側面を煙が滑り降りてくる。

彼はラムジーの曲がった人差し指を元に戻し、壊れたマグを手から取り上げた。

彼は立ち上がり、ラムジーを見つめた。彼に語りかけた。椅子を転がして、外まで連れて行くことはできないと言った。椅子に車輪がついていようといなかろうと、そこらじゅうが瓦礫の山なのだから。彼は早口でしゃべった。瓦礫がドアも廊下も塞いでいるんだ、と。早口でしゃべり、自分の思考も同じように早めようとした。

物が落ち始めた。ひとつが落ち、また別の物が落ちる。最初のうちはひとつずつ、天井にできた穴から落ちていた。彼はラムジーを椅子から抱き上げようとした。そのとき外で何かが動いた——窓の外を通り過ぎた。何かが窓をよぎり、それから彼はそれに気づいた。まず何かが通り過ぎ、彼はそれに気づいてじっと見つめたが、そこには何もなかった——ラムジーの脇の下を支えながら。

それに気づかないわけにはいかなかった。六メートルほど離れた窓の外を、一瞬、何か傾いたものがよぎる。白いシャツを着た人が、手を頭上に掲げ、落ちていく——それから彼はそれに気づく。今では瓦礫が塊となって落ちて来ていた。階下では何かの音が鳴り響き、顔にはワイヤーがぴしぴしと当たり、白い塵芥がそこらじゅうに漂っている。彼はその中で、ラムジーを抱えたまま立っていた。ガラスの間仕切りが粉みじんになった。何かが落ちてきて、大きな音が鳴り響いた。ガラスが震え、それから割れ、彼の背後の壁が崩れ始めた。

起き上がり、抜け出すまでにしばらくかかった。彼の顔にはピンポイントの火事が百箇所も燃え盛っているようで、ものすごく息苦しかった。煙と埃の中にラムジーが見えた。瓦礫の中にうつ伏せになり、ひどく血を流している。彼はラムジーを持ち上げ、体の向きを変えようとしたが、自分の左手が使えないことに気づいた。それでも、ラムジーの体を少しだけ動かすことはできた。

彼はラムジーを肩に担ごうと思った。左の前腕を使って上体を支え、右手でベルトを摑んで、体を持ち上げようとした。

体が少し持ち上がった。ラムジーのシャツについた血で、彼の顔は生暖かくなった。血と埃だ。男は摑まれたまま、ビクッと動いた。咽喉で何か音がした――唐突な、半秒ほどの、半ば喘ぐような声。それから血がどこからともなく流れ落ちてきた。キースは顔を背け、飛び退いたが、手はまだベルトを摑んだままだった。彼は動作を止め、呼吸を整えようとした。床に落ちたラムジーの顔を見つめた。上体は完全に力を失い、顔は彼のものとは思えなくなっていた。ラムジーという存在はすでに粉々になっていたのだ。キースはベルトのバックルをしっかりと握った。立ち上がり、彼を見つめた。そのとき男は目を開け、そして死んだ。

このとき、彼は初めて考えた。ここでいったい何が起きているのだろう?

紙が廊下を飛び交っていた。上から吹き降ろしてくるような風に煽られ、カサカサと音を立てている。

両側のオフィスに死の気配があった――かすかにしか見えなかったが。

彼は倒れた壁を乗り越え、ゆっくりと声のする方向に向かった。

階段はほとんど真っ暗闇だった。女性が小さな三輪車を胸にしっかり抱えて歩いている。三歳児向けの三輪車のハンドルが肋骨を囲んでいる。

彼らは階段を下っていた――何千もの人々――その群れに彼も加わった。長い眠りに就いているかのような歩き方。一歩下ろし、次の一歩を下ろす。

どこかで水が流れていた。遠くの声、近くの声が混ざって聞こえてくる。別の階段かエレベーター、どこか闇の奥から聞こえてくる声。

蒸し暑く、とても込み合っていた。顔の痛みは頭を収縮させてしまったように思えた。目と口が肌の中に沈み込んでいくように感じた。

ぼんやりとした映像となって、物事がよみがえってきた。まるで目を半分閉じて、物事を見つめているようだった。これは、物事が起こるとともに失われていくような瞬間。彼はそれを見ないですむように、歩みを止めなければならなかった。立ちすくんで、何を見るともなく、じっと見つめていた。並んで歩いていた、三輪車を持った女が彼に話しかけ、そして通り過ぎていった。

何かおぞましい匂いがした。そして、それは自分から匂ってくるのだと気づいた。彼の肌に付着しているものの匂い。埃の粒子、煙、脂っぽい砂のようなものが顔と手につき、それが体から出てくる液体と混じって、糊のようにへばりついている。血と唾と冷や汗。この匂いは彼自身のものなのだ。それと、ラムジーの匂い。

この大きさ。物質的な規模が純粋に大きいということ。そして彼は自分自身がその中にいるのだと感じた。その嵩《かさ》とスケール。この建物の揺れ方。ゆっくりと、亡霊のように、傾いていったこと。

誰かが彼の腕を取り、数歩導いた。それから彼は自分で歩き始めた——半ば眠りながら——そしてその瞬間、彼はまたそれを見た。窓をよぎるもの。そのとき、彼はそれがラムジーだと思った。ラムジーと混同したのだ。横向きに落ちていく男、腕を広げ、指差すように頭上に掲げている。まるで、自分はどうして外《ここ》にいるのだろう——内《そこ》ではなく——と考えているかのように。

彼らは時々立ち止まらなければならなかった。長い膠着した時間。そして、彼は真っ直ぐ前を見ていた。行列がまた動き始めると、彼は一段降り、また一段降りた。周囲の人々は彼に何度も話しかけた——異なる人々が。そしてこれが起きると、彼は目を閉じた。おそらくは、そうすれば返事をしなくてすむからだ。

少し先の踊り場に男がいた。小柄な老人。影の中に膝を抱えるように座り、休んでいる。何人かが話しかけ、彼はオーケーと言うように頷いた。頷きながら、人々に手で合図し、先に進ませた。

近くに女物の靴が、逆さまになって落ちていた。その傍らにブリーフケースが倒れていて、男が体を曲げ、それを手に取った。彼は手を伸ばし、進んでいく行列に向かって、苦労してブリーフケースを押し出した。

彼は言った。「これをどうしたらよいのかわからないんだ。女の人が転んで、これを置いて行ったんだよ」

人々の耳には入らないようだった。あるいは、聞こえても記憶できず、あるいは記憶したくないようで、そのまま通り過ぎた。キースも通り過ぎた。行列は、光の見える地域に向かって、螺旋状に降りていった。

彼には、これが永遠のようには思えなかった——階段を下る行進が。速度や時間の感覚など失っていたからだ。階段には、以前は見たこともない光の縞模様があった。行列の後部で誰かが祈っていた——スペイン語で。

男が急ぎ足で昇って来た――ヘルメットをかぶった男――人々は彼のために道を開けた。続いてフル装備の消防隊員たちが昇って来て、彼らはまた道を開けた。

ラムジーは椅子に座っているのだ。彼には今それがわかった。彼はラムジーを元の椅子に降ろしたのだ。消防隊員たちが彼を見つけ、下に降ろしてくれるだろう。それから他の人々のことも降ろしてくれるだろう。

彼の背後から声が聞こえてきた。階段の上の方からひとりの声が聞こえ、それから別の声がほとんど木霊のように続いた。フーガのような声。自然な発話のリズムでありながら、歌っているように聞こえた。

下に降ろすよ。

下に降ろすよ。

手渡してくれ。

彼はまた立ち止まった、二度目か三度目。人々は彼にぶつかり、睨みつけ、動けと言った。ひとりの女が彼の腕を取り、助けようとしたが、彼は動かなかった。彼女は通り過ぎた。

手渡してくれ。

下に降ろすよ。

下に降ろすよ。

ブリーフケースが螺旋階段を降りて来た、手から手へと渡されて。誰かがこれを置き忘れた、誰かがなくした。下に降ろすよ。彼は立ちすくんで正面を見つめていた。ブリーフケースが彼のところまで降りて来たとき、彼は右手を左側に差し出して、何も考えずにブリーフケースを掴んだ。そして、再び階段を下り始めた。

長い待ち時間があり、また、それほど長くない待ち時間があって、やがて彼らはプラザの下のコンコース階まで降ろされた。彼らはひと気のない店、鍵のかかった店を通り過ぎ、今では走り始めていた——何人かは——水がどこからともなく降ってくる中を。街路に出て、後ろを振り向くと、タワーが両方とも燃え上っていた。じきに太鼓を叩くような轟く音が聞こえてきて、見ると、片方のタワーの最上階から煙が出ていた。煙がうねるように外へ、下へと噴き出していく。ひとつの階から別の階へ、整然と広がっていく。そしてタワーが崩れ始めた。南棟が煙の中に飛び込んでいき、彼らはまた走り始めた。

爆風にたまらず、人々は地面に伏せた。入道雲のような煙と灰がこちらに向かってくる。太陽は覆い隠され、輝かしい日射しは消えた。彼らは走り、転び、立ち上がろうとした。タオルを頭に当てた男たち、粉塵で目の見えなくなった女、誰かの名を叫んでいる女。光と言えるものはわずかな痕跡だけ——あとから押し寄せてくる事物の光——粉々になった事物の残滓に運ばれてくる光。さまざまな物や人間の灰に含まれた光が頭上を漂っている。

彼は足を一歩前に出し、それから次の一歩を前に出した。煙が頭上を流れて行く。足が瓦礫を踏んでいるのを感じ、それからまわりじゅうが動いていることに気づいた。人々が走り、物が飛んで行く。彼は駐車場の看板の前を通り過ぎた——さらに「朝食スペシャル」と「背広三着大バーゲン」の看板を。人々が走り過ぎて行った——靴や金を落としながら走っていく人々。ひとりの女が手を挙げて走っていくのが見えた。バスに待ってもらおうと合図しているかのように。

彼は並んでいる消防車の列を通り過ぎた。消防車には誰も乗っていなかったが、ヘッドライトは点滅していた。自分が見るもの、聞くものに、彼は自分自身を見出すことができなかった。担架を運ぶ二人の男が通り過ぎた。担架には人がうつぶせになり、その髪や服からは煙が燻っている。彼が見ているあいだに、彼らは唖然とするほどの距離に遠ざかっていった。すべてが崩れ落ちていた——彼のまわりじゅうで——道路標識が、人々が、そして彼が名前も知らないようなものが。

そのとき、空からシャツが落ちて来た。彼は歩きながらそれを見た。シャツは腕を懸命に振りながら落ちて来た。

# 訳者あとがき

小説の翻訳を始めてすでに十五年経つが、これほどまでの衝撃と興奮をもって訳したのは初めてである。

そもそも題材が衝撃的なのだ。冒頭に描かれるのは、九・一一テロ事件直後のワールドトレードセンター周辺。空からは灰が降り注ぎ、地面は瓦礫で満たされ、人々が逃げ惑う。もはや「街路」とは言えず、異次元の「世界」としか言いようのない光景。ドン・デリーロの描写は実に生々しい。その廃墟のニューヨークを、ひとりの男がとぼとぼと歩いている。主人公のキース・ニューデッカーである。

キースはワールドトレードセンターで働くエリート・ビジネスマン。テロ事件で親友の死を目の当たりにし、彼自身も体中にガラスの破片を浴びながら、九死に一生を得る。そのとき無意識に他人のブリーフケースを摑んで逃げ、別居中だった妻リアンのもとに舞い戻る。こうして一度は破綻した結婚生活が奇妙な形で再開される。

それと並行して、キースはフローレンス・ギヴンズというアフリカ系アメリカ人の女性と不倫関係に陥る。彼女は、キースがワールドトレードセンターから持ち出したブリーフケースの持ち主。彼がブリーフケースを返しに行き、二人でテロ事件のときの記憶を語り合ううちに、関係が深まっていく。

一方、テロ事件にまつわる人々の辛い記憶を挑発的に喚起する者も現われる。それが「落ちる男」として知られるパフォーマンス・アーティスト。彼は人目につく場所を選び、スーツとネクタイと革靴を身につけて、建造物から逆さまにぶら下がる。事件のとき、燃え上がるタワーから人々が飛び降り、その写真が新聞にも掲載された。彼はそれを再現しているのだ。

本書を貫くひとつのテーマと言えるのが、このような「記憶」の問題である。キースがフローレンスと親しくなるのは、誰にも語れなかった衝撃的な記憶を共有し、語り合うことができたためだ。一方、リアンは認知症の初期段階にある老人たちとのセッションで、記憶に残っている出来事を老人たちに書かせ、認知症を食い止める試みをしている。リアン自身、父親が認知症の兆候を感じ取って自殺しており、自分もいつかそうなるのではないかと怯えている。記憶に苦しめられる者がいる一方、記憶は人間の証であり、記憶を語ることが人間を生かしている。そんな人間と記憶と物語との関係が浮かび上がる。

キースやフローレンス、リアンの世話する老人たちが語る「小さな物語」に対して、テロ事件に関する「大きな物語」も見え隠れする。テロリストたちのアメリカへの憎悪は正当なものなのか、アメリカはそういう他者たちに対してどう対処すべきなのか、神はなぜあのような暴力を許したのか。リアンと母のニナ、その恋人のマーティンらは、こうしたことを頻繁に議論しあう。それらが結局空しく聞こえるのは、個々人の「小さな物語」とかけ離れているためだろう。デリーロはひとつの政治的な立場を取ることなく、個々の記憶を拾い上げようとする。この小説が感動的なのはそのためだ。

同時に、本書が傑作の名に値する所以は、デリーロがテロリストの意識にまで踏み込んでいることにある。キースを中心とする物語の合間に「マリエン通りにて」、「ノコミスにて」などの短い章が挟まれ、九・一一テロ事件でワールドトレードセンターに突っ込むことになるハイジャック犯のひとり、ハマドの経験が描かれる。ごく普通の青年であったハマドが、アミルという男(テロ事件の首謀者とされるモハメド・アタ)に感化され、筋金入りのテロリストとなっていく過程。ビルに突っ込むハマドの意識から、突っ込まれた側のキースの意識へと転換する最終章「ハドソン回廊《コリダー》」は、デリーロでなければ書けない凄みを感じさせる。

と、このように解説してみても、この小説の凄さはとうてい語り尽くせない。ビン・ラディンを「ビル・ロートン」という名前と誤解し、自分たちなりの物語を作っていく子供たち。「あの事件のとき、どうしていた?」を語り合う、認知症一歩手前の老人たち。モランディを研究する美術史家のニナと、かつてドイツの過激派のメンバーであったらしいマーティン。こうした個性的な人物像とエピソード、そしてテロ事件後の緊迫感を伝えるデリーロの文章力。「とにかく読んでみてください!」としか言いようがない。

九・一一テロ事件が起きたときから、私はデリーロがこの事件について書くのではないかと思っていた。いや、デリーロこそ書かねばならないと思っていた。『マオII』(一九九一)など、以前の作品でも彼は中東やテロを扱っていたし、『アンダーワールド』(一九九七)ではワールドトレードセンターの写真を表紙とし、このビルの崩壊を幻視する者を登場させていたからだ。まるでデリーロが予言したかのような事件が起きてしまった今、デリーロがそれに対して何を言うのだろうと待ち構えていたである。

デリーロはまずエッセイで九・一一テロ事件を取り上げた。事件発生からわずか二カ月後に「崩れ落ちた未来にて」というエッセイを『ハーパーズ』誌に発表、その拙訳が『新潮』二〇〇二年一月号に掲載された。この中でデリーロは、淡々とした語り口で、事件直後の現場へ行ったときのことや、事件に巻き込まれた人々の物語を語っていた。また、テクノロジーと資本主義がいかに一部の人々の伝統的な暮らしを破壊したか、それを押しつけていったアメリカがいかに彼らに憎まれることになったかにも目を向けていた。

とはいえ、小説としてこの題材を取り上げるには、まだまだ準備が必要だったのだろう。発生から数年を経て、デリーロはようやく小説という形でテロ事件に向き合った。それが本書である。その期待度の高さと、ゆえに失望した書評家もいたという話は、都甲幸治氏が『新潮』連載の「生き延びるためのアメリカ文学」の第一回目で紹介してくれている(二〇〇八年三月号)。一部の書評家が失望を感じたのは、デリーロが「大きな物語」を語ろうとせず、「スローガン」に回収できない個別の物語」を書こうとしたためだ。しかし、個別の物語を書くことこそ小説の役割であり、そこに『墜ちてゆく男』の魅力がある——といった都甲氏の意見に私も全面的に賛成である。短いものではあるが、都甲氏の文章はこれまで本書について書かれた評の中でも最も優れたもののひとつだろう。

それにしても、すでに七十歳を越えていながら、このところのデリーロの充実振りには目を見張るものがある。膨大なスケールで五十年近い冷戦期のアメリカを語り直した大作『アンダーワールド』以降も、彼は『ボディ・アーティスト』(二〇〇一)、『コズモポリス』(二〇〇三)と新作を発表し続けており、これら三作はいずれも新潮社から拙訳が出版されている。まったく異なる作風を駆使し、アメリカ社会の、そして現代人のさまざまな様相にメスを入れているデリーロは、まさにアメリカ最大の作家の名にふさわしい。

本書はそのデリーロの、小説としては『コズモポリス』に続く新作である。原題の *Falling Man* はもちろん、作品中に登場するパフォーマンス・アーティストの「落ちる男」を指しており、その意味では邦題も『落ちる男』にすべきだったかもしれない。しかしタイトルには、テロ事件を経験することで人生を大きく狂わせてしまった、キースのような者も含まれるのではないか。そんな精神的な意味も込めて、邦題は『墜ちてゆく男』とした。

翻訳に当たり、疑問点については Ian MacDougall 氏と Michael Keezing 氏に質問させていただいた。訳文のチェックには、大学時代からの畏友、平山実氏に協力をお願いしたほか、学習院大学大学院の野口孝之君にもお世話になった。記して感謝したい。

最後に、今回も担当してくださった新潮社の北本壮氏にも、心よりお礼を申し上げる。

二〇〇九年二月

上岡伸雄

# FALLING MAN
by Don DeLillo

墜《お》ちてゆく男《おとこ》

著者　ドン・デリーロ
訳者　上岡伸雄
発行　2009.2.25

発行者　佐藤隆信
発行所　株式会社新潮社
〒 162-8711
東京都新宿区矢来町 71
編集部 03-3266-5411
読者係 03-3266-5111
http://www.shinchosha.co.jp

印刷所　株式会社光邦
製本所　加藤製本株式会社

乱丁・落丁本は、ご面倒ですが
小社読者係宛お送り下さい。
送料小社負担にてお取替えいたします。
価格はカバーに表示してあります。

ISBN978-4-10-541805-2 C0097

Shinchosha